異世界動物なんでも相談所

～女獣医師、貧乏な村で畜産改革を実行します～

麻木未穂

この作品はフィクションです。
実在の人物・団体・事件などに
一切関係ありません。

異世界動物なんでも相談所

女獣医師、貧乏な村で畜産改革を実行します

目次

異世界動物なんでも相談所

女獣医師、貧乏な村で畜産改革を実行します

◆1章　聖女と騎士とほか一名

段ボール箱の最後の一つにガムテープを貼りおえ、私はふう……と小さな息を吐いた。

茶色い側面には「メス、鉗子、ピンセット等手術一式」の文字がある。他には「カテーテル、チューブ等処置一式」「薬いろいろ」「スクラブ、コート、マスク等」……。

消耗品はこれで終了。

私は、少しだけガランとした診察室を見回した。

中央に古びた診察台。左右の壁にはエックス線や超音波の画像を映すモニター、デスクトップパソコンが並び、診察室の奥は処置室につながっている。

備品はどれも型式が古く、価値があるかどうかは謎だが、私がすべきは亡くなった院長先生の財産目録作りで、金になりそうな遺品のリストができればこの病院ともおさらばだ。

最後にここに足を踏み入れたのは、高校二年のときになる。

十七歳だったはずだから、ちょうど十年。

見事に感慨がない。

季節外れの風邪で安らかに召された院長先生は、享年九四。

最後の数年、病院は開店休業状態だったとはいえ、差し押さえにあうこともなく乗り切ることができたのだから幸せな人生だったと言えよう。

そんな私は、小学校低学年から高校二年まで学校の授業以外は院長先生の「お手伝い」に埋没。

高校三年のときは病院がそこそこ暇になったため、ぶじ受験勉強にいそしむことができ、都会の大学に合格した。

一般教養科目は普通なのに、専門科目はやたら優秀だったことから、友人たちに天才扱いされ、慌てて事情を説明したところ「それ、ただの奴隷じゃん」と言われ、やっと状況を理解した。

そう！　両親が不仲で、二人ともいなくなることが多々あり、近所に住む幼なじみの家でお世話になっていたからと言って、幼なじみのおじいさん、つまりは院長先生が経営する病院で掃除や受付はもちろん、手書きカルテの入力、消耗品の発注、備品のメンテナンスの電話、はては院長先生の朝食作りまでするのは、「お手伝い」の範囲を超えていると。

しかも、私の両親は、食費や生活費、謝礼金を幼なじみの家に振り込んでいたのだ！

私が幼なじみの家からもらったお金と言えば、近所のお祭りに行ったときのお小遣い三〇〇〇円だけで、私はそれを修学旅行のお小遣いにとっておいた！

私が院長先生と同じ医師になることを目指したのは、他にできることがなかったからだ。

この仕事が天職だと思ったわけでは決してない。

数日前、幼なじみのお母さんから久しぶりに電話が来て、院長先生が亡くなり、病院が借金まみれだとわかったから手放すことにした、と聞いたときは、解放感に満たされた。「弁護士さんに財産目録を作るよう言われたけど、どうしていいのかわからなくて」という言葉に、またか、と思ったが、一家と関わるのもこれで最後だと言い聞かせ、「私がやります」と申し出た。

勤務先の病院は副院長が独立するとかしないとかでもめていて、顔で女性を判断する副院長についていくか、腕はいいが労働基準法には疎い院長のもとにとどまるかで悩んでいた矢先だった。

院長に郷里の話をすると「きみだけが頼りだ」という子どもの頃散々苦しめられた言葉とともに一週間の「リフレッシュ休暇」なるものを与えられ、退職を決意した。明日までには財産目録作りをおえ、リフレッシュがてら次の勤務先を探して就活だ。

ふと遠くで雷鳴が轟いた。

そういえば、午後から雷注意報が出ていたっけか。

私は、とっくに使わなくなった正立顕微鏡の型番を確認した。

庭先から車のエンジン音が聞こえ、視線を窓に移動させる。雑草の生えた庭兼駐車場に見慣れないSUV車が滑り込んできた。

助手席のドアが開いて、見覚えのある人影が現れる。人影が、運転席に座った男性に手を振り、車が去った。

人影が病院に近づき、ヤバい、と思う。鍵をかけるのを忘れていた。

といっても、人影は鍵を持っているだろう。

どうしようか考えるまもなく、靴音が大きくなり、診察室のドアが開いた。

「真月（まつき）、譲（ゆずる）君に追われてるの。しばらくかくまって！」

幼なじみで、いまは亡き院長先生の孫娘である美月（みつき）姫が涼しげな風とともに舞い込み、私は「は？」と訊き返した。

「離婚届置いて家を出たんだけど、譲君、私と別れる気はないって。完全にストーカーだよ。このままじゃ何されるかわかんない。ちょっとの間でいいから真月のマンションに泊まらせて」

「うち、契約者以外宿泊禁止なんだ。さっきの男性、高校のときの先輩だよね。あの人に頼んだら？」

事情を訊かず、さっくり言う。

譲君は小学二年までの私たちの幼なじみで、三年生のとき中学受験のための勉強に入り、私立の中高一貫校に合格し、大学は内部進学をした。大学在学中、「ミスター・ナントカ大学ファイナリスト」としてネットで活躍していたのを覚えている。

美月姫はというと、私と同じ地域にあるお嬢様女子大学に合格し、在学中は私が通っていた大学構内でよく姿を見た。

美月姫が、大手広告代理店に勤めていた譲君と合コンで電撃的な再会を果たしたのは、私が国家試験に受かったあとだったから、全員が二十四歳のときだ。

美月姫は、合コンの直前だか直後だかに派遣先の一部上場企業の商社マンと付き合い始めたと言っていた気がするが、それはさておき、「ハワイの教会で永遠の愛を誓いました♥」という結婚報告ハガキが美月姫を見た最後になる。

ウエディングドレスを着た美月姫は、本当にきれいだった。

三年経ったいま、美月姫はずっときれいになった。

丁寧にブローしたゆるふわの長い黒髪、ビューラーとマスカラを駆使した濃いまつげ、真っ白な肌に、ふっくらした赤い唇は派手さを一切感じさせず、わき水のような清楚さを醸し出している。

身長は私と同じ平均サイズで、私と同じぐらい痩せているが、胸元は私と違い、ほどよく盛り上がっている。淡い緑の地にザクロがプリントされたシルクのワンピースと白いロングカーディガンは、「夫から逃げる」というより、デートの帰りだ。

左手の中指には小粒のダイヤを散りばめた金の指輪をしているが、薬指には何もない。

私の方は、よれよれの白いチュニックにネイビーのコットンパンツ。まっすぐの長い黒髪はバレッタを使って後方でまとめている。

　顔立ちも服も何もかも地味だが、私の仕事では地味な方が好感度が高いから、美月姫と比べる気は毛頭（もうとう）ない。

　子どもの頃にしたって、小学校はさておき、中学に入ってからは属していたグループが違ったため比較することもされることもなく、それなりに平穏にすごしていた。

　なのに、なぜいま。

「男性の家に気軽に泊まれるわけないじゃん。真月、私が譲君に殺されてもいいの？」

「全然よくないから警察に相談しよう。ストーカーって警察がやめなさいって言ったらやめる人がほとんどなんだって。ストーカーを扱うＮＰＯ法人もあるよ。こういうのはプロに対処してもらうのが一番だよ。スマホで検索するから、ちょっと待ってて」

　私がスマートフォンを探してあたりを見回したとき、さっきとは違うエンジン音がした。

　美月姫が小さく息を飲む。めんどうだなあと思いながら、診察台に置かれた美月姫のショルダーバッグに目を向けた。

「美月姫、スマホは？」

　美月姫が慌ててショルダーバッグに手を入れ、乱暴にかき混ぜた。

「どうしよう。昨日、彼の家に……」

　彼って、誰だ。

雷の音が遠くの空で響いた。

スマホは充電中だったことを思い出し、足下のコンセントを確認しようとしたとき、鍵のかかっていない玄関ドアが開かれ、怒気を含んだ靴音が廊下を震わせた。

私がひざまずく前に、ドアが大きく開け放され、譲君が入ってきた。

「美月姫、ちゃんと話しあお。お前、誤解してんだよ」

長身でスマート。爽やかな黒い短髪に、顔立ちも爽やかで、白いシャツも黒いパンツも多分どこかのハイブランド。左の薬指には美月姫と違い、まだ銀の指輪がはまっている。

ナントカ大学ファイナリスト自慢が本気かギャグか知らないが、見た目がいいのは間違いない。

譲君は私に険のある視線を投げ、すぐ美月姫に焦点を戻した。

美月姫が怒りのこもった声を出した。

「誤解って何が? 私に内緒で会社を辞めたの、課長のパワハラが原因だって言ったけど、クライアントさん相手のプレゼンに遅刻して怒られただけじゃん」

「遅刻したのはお前が起こさないからだろ。大体それ、誰に聞いたんだよ」

「課長さんだよ。課長さん、譲君のこと心配して私にメールくれたんだよ」

「なんで課長がお前にメールすんだよ。お前、また浮気か? 前に教授秘書の仕事してるって言ったけど、ただの秘書が教授と出張するわけないよな」

とにかくスマホだ。警察を呼ぼう。

再度、足下のコンセントに手を伸ばしたとき、窓の外が金色に光った。

地を割るような雷鳴が鼓膜をうがち、私は思わず目を閉じた。美月姫が甲高い悲鳴をあげ、譲君が「美月姫！」と叫んだ。ライトが消え、診療室が薄闇に包まれた。

雷がゆっくりと遠ざかる。大気の震えが収まり、頭上のライトが復旧した。

譲君が私の背後で「美月姫、大丈夫か」と声をかけ、美月姫は「平気」とつぶやいた。

私は安堵の息を吐き、視線の先に目を向けた。

雷とともに二人の嵐は去ったようだが、いつまた始まるかわからない。スマホは……。

私は右を見て、左を見た。上体を起こして天井を仰ぐ。周囲をぐるりと見回した。

スマホがない。

というか、コンセントも、モニターも、デスクトップパソコンも、処置室につながるドアもない。あるのは正立顕微鏡と段ボール箱、大量の薪(まき)と壺だ。

薪と壺、ですか？

廊下につながるドアは、ガラスではなく、どう見ても天然の木製だ。室内を照らすのは木戸から入る自然光。壁も天井も床も天然木。診察室の窓の位置は木の壁になっていた。

「ここ、どこ……」

声を出したのは美月姫だった。譲君に肩を抱かれ、不安そうにあたりを見る。

「どこって……。おい、真月、どこだよ、ここ」

知るかと思いながら耳を澄ませる。遠くで大勢の人の声がした。何頭もの馬のいななき。ひづめが荒々しく土をかく。先ほどの雷で、馬がパニックに陥ったようだ。

私たちが聞いたのと同じ雷鳴を、あの馬たちも聞いていたら、だけど。

でも、なぜここに、馬？

「乗馬クラブはもうなくなったんじゃなかったっけ……」

美月姫が言った。そのはずだ。

乗馬クラブどころか最後の酪農家さんが数年前に廃業し、人も動物もいなくなった。

「さっきの雷で薬の瓶が割れて、神経系に作用する揮発性の薬剤が飛び散った、とか」

「そんなの、この病院にあんのかよ！」

私の適当な言葉に、譲君が苛立たしげな声をあげた。

「知らない。けど、この病院、相当古いし、どんな薬があってもおかしくないと思う。譲君、さっきものすごい勢いでドア開けたから、そんときに瓶が割れたんじゃない？」

私は「換気するよ」と言って、わずかに開いた木戸を押し、外の景色をうかがった。

冷たい空気が肌を刺す。太い木々が頭上に伸び、緑の影から淡い陽光がのぞいていた。

葉の匂いと土の匂いは、田舎とはいえ、このあたりにはないものだ。

「人のせいにすんなよ！　お前がちゃんと掃除しないから、こんなことになるんだろ。美月姫と俺に後遺症が残ったら、お前のせいだからな」

「はいはい」

適当に受け流し、鼓膜に神経を集中させる。やはり馬と男性の声だ。

争っているわけではないが、静かな行進でもない。声に切迫した響きがある。

「ちょっと見てくる」

一歩足を踏み出すと、柔らかい落ち葉の感触が靴底に広がった。ぽきりと――。

どこかで小枝の折れる音がし、私は動きを止めた。

濃い葉、草。乾いた風が頬をなでる。気のせいか……。

「勝手に行動すんなよ。美月姫に何かあったらどうすんだ」

「知らないよ。二人はここでけんかの続きをするか、薬が抜けるまで大人しく寝てて」

譲君が「ふざけんなよ！」と叫んだが、私はするっと無視して歩き出した。

馬と男性が実際にいたときに備え、大きめの石を見つけてはパンツのポケットに拾い入れ、地面に重なる太い枝を手に取って上下左右に振ってみた。

何かあったら馬に石を投げ、奇声を発して枝を振り回そう。パニックを起こした馬が私に突っ込んでくるかもしれないが、そのときは見知らぬ男性も蹴散らされているはずだ。

幻覚だったら武器を持つのはむしろ危険な気がするが、何もないのは心もとない。

すぐ後ろで「余計なことすんなって」と譲君がささやいた。

首をひねると、譲君が美月姫と手をつないでついてくる。小屋に戻ったらどちらかが死んでいた、という状況よりはマシだと思い、先に立って分厚い葉肉をわけていった。

喧噪（けんそう）が大きくなり、私は動きを止めた。

木の葉の陰で身を隠し、陽光の奥をうかがった。男性は十人ほど。馬は、多分、同数。

問題は格好だ。

「コスプレ会場とか？ 世界大会みたいな」

後方で、譲君が比較的まっとうな疑問を呈した。

男性の多くは鋼（はがね）のかぶとをかぶり、茶色い革製のチュニックを身につけていた。半袖から伸びる腕は銀の板金（いたがね）で覆われ、チュニックの裾から鎖帷子（くさりかたびら）がのぞいている。

大腿から下も板金だ。腰には細身の長剣を携えている。

彼らのそばにいる馬も板金のかぶとをつけ、首筋から胸元に板金をまとっていた。

デカい馬だ。シャイヤーと呼ばれるもっとも大きな品種をさらに大きくした感じ。

男性陣もデカい。身長は譲君と変わらないが筋肉のつきかたが違う。どう見ても兵士だ。

全員アジア系ではなく、白人が多いが、アラブ系っぽい人やアフリカ系も少しいる。

兵士たちは地面に跪いた状態でこちらに背を向け、誰かに声をかけていた。外国語だ。

聞き取ろうとしたとたん、兵士の言葉が意味を持って脳内に流れ込んできた。

殿下、大丈夫ですか、殿下！

殿下、だ。耳に伝わる響きは知らない言語だが、頭が理解する言葉は間違いなく「殿下」

殿下、お怪我は……。大事ない、それより私の馬はどうした。

殿下とやらの言葉にあわせ、何人かが横合いに視線を動かした。

そちらにも数人の兵士が跪いている。中心に馬が横たわっていた。

真っ白な馬体は艶（つや）やかに光り、頭絡や手綱、鞍の所々に金の装飾が施されている。

馬のまわりにいる兵士のうち、ひとりだけ鎧かぶとをつけておらず、首元に銀ギツネとおぼしき毛皮のついた黒いマントを羽織っていた。なんだかやたらと目立つ男性だ。

首の後ろでまとめたオリーブシルバーの長い髪は、ウィッグなのか、ブリーチか。きらきら光る双眸は青みがかった紫色。おそらく二〇代だろう。

オリーブシルバー氏が馬の前肢のつけねに手を入れ、「心臓が止まっている」と言った。

「仕方あるまい。殿下はごぶじだ。馬はこのままにして、あとで……」

男性が先を続ける前に、私は持っていた木の枝を放り投げ、茂みから飛び出した。

譲君と美月姫が「お前、何やってんだっ」「真月！」と叫んだが気にしなかった。

私は兵士たちの間に割り込み、馬の腹部の側に膝をついた。

馬は右側に倒れていた。胴体が厚いため、左の前肢と後肢が地面につかず浮いている。

私に見える側が心臓だ。

オリーブシルバー氏が見知らぬ闖入者（ちんにゅうしゃ）に驚き、まわりの兵士が腰の長剣に手をかけた。

「雷に打たれたんですか？　心臓はここ？」

私は腹帯のバックルを外し、刺繍（ししゅう）の入った敷物を鐙ごとずらして胴体をさらけ出した。

オリーブシルバー氏が「ああ」と頷いてから、「きさまは……女人か？」と戸惑いの声をあげた。

古めかしい言葉を無視して馬の胸元で手を重ねる。中腰になって肩から腕に全体重をかけ、胸を強く押し、力を緩めた。膝を屈伸（くっしん）させ、リズミカルに力を込め、また緩める。

「何をしているっ。女、下がれ！」

鎧をつけた兵士が私の首筋に長槍の柄尻を突きつけたが、私は動きを止めなかった。

胸を押すたび筋肉の弾力と胸骨の硬さが手の平をはね返す。これではどうにもならない。

私は馬体から目を離さず、後方にしりぞいた。兵士がつられたように長槍をひく。私はそのすきをついて、思いっきり前に駆け出して高く跳び、両膝を馬の腹部に打ち付けた。

「きさま！」

反動で尻餅をついた私の前で長槍が交差した。数人の兵士が左右から私を取り囲む。

「どきなさい！」

鋭い声に、兵士たちがわずかにひるむ。手の平を馬体にあてたが、骨折している様子はない。私は再び後退し、助走をつけて跳び上がり、両膝を揃えて馬体を打った。

衝撃が全身にやってきて、パンツのポケットからいくつもの石が飛び出した。

兵士の一人が「無礼者！」と叫んで長槍を振り上げ、オリーブシルバー氏が「待て！」と命じた。怒号の中に「やめて、真月っ。かわいそうじゃん！」という甲高い声がまざる。

私はまた跳び上がり、馬体に両膝を打ち付けた。全身に汗が滲み、息が上がる。

再びしりぞこうとしたとき、馬の前肢がわずかに動いた。二度、三度、痙攣（けいれん）する。

私は大声を張り上げた。

「さがって！　早く、さがりなさいっ」

兵士たちは私の言葉に含まれる慣れた響きに戸惑いながら素直に馬から距離を取った。

ほぼ同時に馬が四肢に力を込め、後ろ足を崩したあと一瞬で起き上がった。

どよめきが広がった。

馬は調子を確かめるように足踏みし、長い尻尾を左右に振った。怪我はなさそうだ。

私は大きく息を吐き、チュニックの袖口で汗を拭いた。

「真月、何してんのっ。いくらなんでも、ひどいじゃん！」

美月姫が茂みから小走りでやってきた。柔らかな声に責める色合いがこもっている。

美月姫は兵士たちに臆することなく馬に駆け寄り、長い首筋を優しくなでた。

美月姫は動物をなでるのが得意なのだ。

「真月がひどいことをしてごめんね。痛くなかった？」

兵士たちの視線が美月姫に集中した。譲君が姿を現し、所有権を主張するように美月姫の背中に手を添える。コスプレ世界大会だと思えばさほど恐くはないだろうが、自然体の美月姫と違い、譲君の瞳には不安と警戒心が潜んでいる。

オリーブシルバー氏が美月姫と譲君、私を順繰りに見ていった。背後から「殿下、ごむりをなさらず」という声がして、オリーブシルバー氏を含む全員が体の向きを変えた。

「馬は……、私の馬はどこだ」

ひときわ壮麗な服を着た男性が二人の兵士に支えられ、ゆっくりと前に進み出た。ライトグレーの髪は波打ち、胸元に垂れている。こちらも若く、それなりにきらきらしい。

黒貂とおぼしき毛皮がついた緋色のマントはオリーブシルバー氏のものより華やかで、誰がリーダーかを示すようだ。

「生き返ったのか……。そなたが、生き返らせたのか」

ライトグレーの男性は起き上がった白馬を見て、安堵とともに駆け寄った。

これまた古めかしい言葉。男性がとらえたのは、白馬をなでている美月姫だ。

譲君がライトグレー氏と美月姫の間に立ち、緊張を隠して問いかけた。

「Excuse me, sir, but, what are you doing here?」

なぜそこで英語……。

ガイジンは英語だと思ったんだろうが、彼らは日本語が通じるようですよ。

「私はこの国の第二王子、シェイマスだ。そなたの名は？」

ライトグレー氏が譲君を無視して美月姫に訊いた。

この国の、第二、王子、シェ……、って何？

「私は……、美月姫、です。意味は、美しい、月の、姫、です」

兵士たちが、今度は美月姫を見てどよめき、何人かが頭上を仰いだ。

つられて顔を上げると、太陽が傾いた空に欠けることのない月が煌々（こうこう）と光っている。

ライトグレーの王子が何か言った。耳では聞き取れなかったが意味はわかる。

「神聖な」とか「聖なる」とかに「高貴な女性」とか「姫」みたいな意味がついた語だ。

「聖女」ということで理解する。

王子が譲君に目を向け、口を開いた。こっちは簡単だ。「では、そなたが騎士か」だ。

譲君が背筋を伸ばし、母語で答えた。

「剣道はしてました……。これは何かのイベントですか？　ライブRPG（アールピージー）とか」

王子は訊き返す顔をしたが、言葉に出したのは「ケンドーとは剣術のことか？」だった。

「ええ、そうです」

キリッ、というキメ顔とともに胸を張る。確か譲君の学校の高等部では、剣道の授業があったっけか。

「聖女と騎士、間違いない。私が探していたのはそなたたちだ。あの者は……」

王子が私に目を向ける。王子の横にいたオリーブシルバー氏がきらきらした焦点を私に戻した。

兵士が叫んだ。

「その女は魔女です。殿下の馬を足蹴にし、陛下から下賜された馬を殺そうとしました！」

私は、左足を一歩ひいた。右足をひき、左足をひき、じりじりと距離を取る。

ほんとにライブRPGだろうか。だったら、悪い魔女担当もいるだろう。けど……。

「真月は殺そうとしたわけじゃありません。乱暴はしましたが……、馬はぶじですし」

美月姫がつぶらな瞳をのぞき込み、馬に「ね」と同意を求めた。ちょっと待て、と思うも、いまのは胸骨圧迫による救命処置だと言って理解されるとは思えないし、これは何かのイベントだと本気で思っているのかもしれない。それか、薬物の影響か。

「そやつを捕まえろっ。殺しても構わん！」

王子が腰の長剣に手をかけた。オリーブシルバー氏はきらきらした瞳に逡巡を浮かべた。

私は右のサイドポケットに手を入れた。石が一つ。

ゲームイベントだろうが、幻覚だろうが、逃げてまずいことはない、だろう。

私は「とりゃっ」と叫んで、力任せに石を投げた。斜め上に。

兵士の目が反射的に石を追う。私は彼らに背中を向け、木々の中に飛び込んだ。

鋭い葉先が頬を削る。鈍足ではあるが私の方が小柄だし、狭いところに入っていけば、あいつらは追ってこられない。行き止まりになったら、そのときはそのとき。

私は「待て！」という怒声を無視して、茂みと茂みの間、枝と枝の間、木の根と木の根の間を駆け抜け、倒れた大木の下をくぐり抜けた。

鈍い陽光が次第に遮られ、周囲の視界が曇っていく。

草だか枝だかにつまずき、危うく踏みとどまったとき、前方で落ち葉を踏む音がした。

そう言えば小屋から出たとき枝の折れる音がした。あれは気のせいではなかったのかも。

私は音から逃れようと、右足を横合いに動かした。

誰かが「危ない！」と叫んだ。

かかとが滑り、世界が回った。

全身に衝撃がやってきて、私は気を失った――。

＊

神無(かんな)真月。二七歳。

職業、獣医師。

私は、うんと頷き、柔らかいベッドの上で寝返りを打った。

小学校低学年の頃から幼なじみである天城(あまぎ)美月姫のおじいさんが経営する動物病院で診療以外のすべてを行い、成長した。

天城動物病院では牛、豚といった産業動物から、犬、猫といった伴侶動物まで幅広く診ていたため、大学に進学するまでには獣医師として必要なことはほとんど頭に入っていた。

国家試験に合格し、獣医師となり、動物病院に勤務すること三年。副院長が反乱を起こし、院長からリフレッシュ休暇を与えられ、新たな勤務先を探す決心をし、郷里に戻って清々しい気持ちで、私を酷使した亡き院長先生の遺品を整理していたとき、幼なじみである美月姫が来て、美月姫の夫である譲君が来て、中枢神経系に作用する薬の瓶を……。

私は後頭部の痛みに顔をしかめ、身じろぎした。横たわったまま手を伸ばすと、小さなコブができている。押すと疼くが、大した怪我ではない。

そんなことより認知力の確認だ。薬の影響がどこにどう出ているかわからない。

私は、中枢神経系に作用する薬の瓶を気づかないうちに……。

「大丈夫かい？」

私は、「あ、はい」と答えた。大丈夫、です。

「痛いところがあったら、……の医者を呼んでくるから言ってくれ。医者って言っても見習いだがな」

ハハハ、という笑い声。

「……」の部分は「医療をする場」みたいな意味だったので「医療院」ということで理解する。

「見習い」は、言葉通り、「見習い」だろう。研修医ではない、ということだ。

「水を持ってくるからちょっと待ってな。それか、エールがいいかい」

いろいろありがとうございます、と寝ながらお礼を言い、聞き慣れない言葉を読解した。

「エール」はビールに似たお酒だ。ビールとは発酵方法が違う。

どうやら私の持っている知識と合致すれば、脳が知識にあわせた言葉として認識するらしい。高性能な自動翻訳機能と言えよう。どうしてこんな機能があるのかわからないが。

「すいません。お酒は好きじゃないので……。お水でお願いします」

「あいよ」

あいよ、と復唱する。変わった感じの喋り方だが、私の脳がそう理解しただけだ。

すでに音と意味のタイムラグもなくなっている。

ドアの閉まる音と開く音がし、大きな体躯がそばに来た。私は重い上体を起こし、ありがとうございます、と礼を言い、顔を上げた。いろんな意味で見たことのない男性がいた。

サイドテーブルらしきものに木のトレイを置き、行儀良く距離を取っている。

トレイには、どろどろしたものが入った木の器（うつわ）、水の入った木のコップ、白く濁（にご）った液体の入った木の器とタオルらしき布が載っていた。

私は右を見て、左を見て、天井を見て、下を見た。

ログハウスというよりずっと立て付けの悪い納屋のような、しかし広々とした居室。中央に大きなテーブルがあり、壁にはぼろ布や棒、いくつもの壺が置かれている。

私はベッドの上で粗布の毛布をかぶっていた。毛布を少しずらすと、チュニックもパンツも靴下も靴も、気を失う前のものだ。

ベッドの下に敷かれているのは干し草だろう。お尻がちくちくする。

開け放された窓からは青く澄んだ空と緑の野原、舗装されていない道路が見てとれた。

「俺は隣の家にいるよ。大声を出したら聞こえるから何かあったら呼んでくれ」

男性が背中を向け、私は慌てて「すいません」と呼び止めた。男性が振り返った。

「ここはどこですか？　家の中とかそういう意味ではなく、地域というか、世界というか」

目の前の男性は長身で、譲君より高いから、一九〇センチ近くある。

緑がかった黒髪は短く刈り、瞳は濃い紫色。年齢は三〇代前半。

顔の部位は過剰になる寸前でとどまり、短い無精ひげがワイルドさを醸し出している。

ボタンのない灰色の短いチュニックと焦げ茶色のパンツは、よれてはいるが不潔ということはなく、ウエストに太い布ベルトを締めていた。

肩は広く、前後の厚みもあり、折った袖口から伸びる上腕はたくましい。

「俺の名はタイグだ」

「私は……、マツキ、です」

タイグさんが、テーブルのそばにあるいすを引いて腰を下ろした。

私は緊張でどきどきしながら、四つの器を順繰りに見ていった。

どろどろしたのは、オートミールだ。以前、消費期限間近で安く売っているのを買って食べたら、まずかった。

それから、水、タオル、白く濁った液体。

水とタオルはわかるとして、この白い液体は何？　乳酸飲料的なやつ？

「それは消毒水だよ。手を洗うのに使ってくれ」

不審な顔をする私にタイグさんが説明し、私は脳が理解した言葉を反芻した。

「消毒するための水」で「消毒水」。食べる前に手を洗え、ということだろう。

「あんたの世界にはないかい？」

「なくはないですが……」

いわゆるフィンガーボウルというやつだ。失礼な考えだが、いかにも文明が発達していなさそうなところに「消毒」という概念があるとは……、そこまで考え、ふと気づく。

「すいません、いま『世界』って――」

タイグさんが気遣うような笑みを浮かべ、慎重に口を開いた。

「あんた、ここことは違う世界から来たんじゃないのかい」

私の首から下に無礼にならない目を向ける。つまりは服に。

「昨日、牛だの鶏だのがやたら騒ぐから、あたりを見て回ってたんだ。そしたら、ご大層な騎士団がいるじゃないか。騎士の中には貯蔵庫を荒らすやからがいるから調べに行ったら、あんたとほかの二人が出て行くのが見えたんだ。あとをつけようか迷ってる間にあんただけが戻ってきて、崖から落ちて気を失ったから、ここに連れてきたのさ」

貯蔵庫、とつぶやき、大量の薪と壺を思い出す。そういえば、段ボール箱は……。

「貯蔵庫にあった箱やなんかは隣の納屋に運んである。あんたのもので大丈夫かい？」

私は曖昧に頷いた。美月姫のお母さんには、遺産としての価値のないものは好きにしていい、という実に面倒なことを言われたから、いまとなっては私のものになるだろう。

私は、改めて「いただきます」と言い、濁った水で手を洗い、タオルで拭いた。

くんくん、と指先の匂いを嗅ぐと、薬草っぽい香りがした。なかなかいいかも。

トレイを見下ろし、水を一口。ひやりと冷たく、都会の水道水よりよほどおいしい。

ごくごくと飲んでから、お腹、大丈夫？　と思ったけどぶじっぽい。

コップを置いてトレイを見た。スプーンもフォークもない。手づかみだよね。

私は大きな器を両手で包むようにして持ち上げ、軽くすすった。まずい。そして冷たい。

人差し指で軽く中身をわけてみる。大麦、ライ麦、オーツ麦あたりは家畜の飼料に使うからわかる。あとは、キャベツ、ニンニク、玉ねぎ、キノコ類、豆類、赤っぽかったり、青っぽかったりする謎の葉っぱ、蕗みたいな茎、茎みたいな何か、何かみたいな何か。

甘味と辛味と酸味と苦味に、濃いえぐみが加わり、それぞれが個性を主張している。

これだけいろいろ入っていれば栄養はあるはずだ。雑穀でカロリーもとれるし。いいところだけを見てずるずるすすっていると、タイグさんが説明した。

ごくたまに、ここことは違う世界から人が来ることがある、と。

「国によって言い伝えはいろいろさ。人心が乱れたとき神の子が現れるとか、王家が傾いたとき建国の英雄が生まれ変わるとか。このあたりじゃ国が危機に陥ったとき、月の聖女と聖女を守る騎士が現れるって言われてる」

ふむう、とうなる。聖女と騎士。美月姫と譲君。私は……。

「聖女と騎士が現れるときってわかるんですか？ 聖職者が予言をする、みたいな」

「聖女は神から切り離された存在だから神官は関係ないんだ。俺が聞いた話だと、夜を照らす救いの聖女と剣を帯びた騎士の夢を王家の者が見るらしい」

「美月姫」という名は母の友達だった美月姫のお母さんが、母の考えた「真月」という名を気に入り、かっちょよく改変して、数ヶ月後に生まれた自分の娘につけたものだ。

タイグさんの言う「月」は私と美月姫の名前にある「月」とは別の音のはずだから、私や美月姫の名前を聞いても空に浮かぶ「月」だとわからないだろうが、美月姫は名前を名乗ったとき、意味も説明した。

「天の城に住む美しい月の姫」となれば、国を救う聖女はもはや美月姫しかいない。

「天城」は旧姓だから、いまは別の苗字だけど。

この自動翻訳機能も、聖女と騎士の力の影響ということだろう。

ちなみに「譲」は占いで決めたとかなんとか。騎士とどう関係があるのかは知らない。しかし、私はただのおまけで大丈夫なのか。悪しき魔女だったりしないのか。

魔女もいるんですか？　と訊きたいが、恐くて訊けない。追いかけ回されたら困るし。

「国が危機に陥るって、いま何かあるんですか？」

「何かっていうんだったら、ドラゴンだろうな」

ふ、ふうん、とどもりながら相づちを打つ。ドド、ドラゴンですか……。

「王都から来る商人によると、隣国との国境に住むドラゴンがこの国の鉄山を狙って飛来してるって話だ。隣国が、この国の覇権を得るため裏で手を引いてるって噂もあるらしい」

「ドラゴンが鉄山を狙うっていうのは？」

「国境に住むのは、鉄を食うドラゴンなんだ。元々のすみかも鉄山だよ。五年前にドラゴン討伐をしたが、あんときは鉄山を奪い返すことができず、負けにおわったんだ」

「ドラゴン討伐って、そんなにしょっちゅうやるもんなんですか」

タイグさんが「まさか」と乾いた笑いを滲ませた。

「小さいドラゴンが多かった何百年も昔は、娯楽として行われることが多かったが、鉄山に住むのは遊びで狩るようなもんじゃない。それだけこの国が行きづまってるってことさ。流行病は起きるし、家畜も上手い具合に育たない。ドラゴン討伐は、王家の人気取りにはもってこいだ」

うう、嫌だ。違う世界に来たんだから平和に暮らしたいもんだが、そうもいかないのか。平和に暮らせるようなところに救いの聖女が必要なわけないもんね。娯楽としてドラゴンを狩ってた歴史があるなら、ドラゴン討伐と聞いて血が騒ぐ人も多いだろう。

けど……。

「病院……、医療院があるんだったら、流行病もそれなりに対処できるんですよね」

「医療院はそういうところじゃないさ」

タイグさんは、ハハハ、と笑ったあと、心配そうな表情をした。

「怪我はほんとに大丈夫かい？　さすがに抗菌薬は見習いじゃ作れんしな。痛み止めもせいぜい頭痛を和らげるレベルだ」

「抗菌薬っ？」

いま抗菌薬って言ったよね！　私の脳がそう理解したからにはあっちの世界の抗菌薬、少し前で言う抗生物質と同じものだ。消毒はあるわ抗菌薬はあるわ。けどスプーンはない。

「医療院って何をしてるんですか？」

「抗菌薬や駆虫薬、鎮痛薬を作ってる。麻酔薬もあるが、戦場で騎士が大けがをして、痛み止めじゃどうしようもないときに使う。あとは骨折の整復かな」

「手術もされるんですか」

「なんだって？」

しゅ、じゅ、つ、と一語一語区切って言ったが、タイグさんには伝わらなかった。

この世界に手術はないということだ。しかし、麻酔はある。要は眠らせるだけか。

「獣医師はいるんですか」

タイグさんが問うような顔をし、私は「動物を専門に診る医者です」と説明した。

「動物を診てどうするんだ？」

……。それは……、いないってことでよろしいでしょうか……。

「医療院は身分の高い連中のためにあるところだよ。貧しい者や身分の低い者は見習いが診る。騎士の乗る馬は医療院で診るし、それ以外の動物を診たって意味ないだろう」

タイグさんによると、医療院は所領内の山にある殺菌成分を持つ土を使って抗菌薬、鎮痛薬等を作る。タイグさんの持ってきた消毒水もその土を利用したものだ。

山自体はほかの地域にもあり、医療院はどこも山の近くに建っているが、この所領にある魔法の山は土が上質で、良い薬ができるとのこと。

私は栄養豊富なオートミールを食べおえ、ごちそうさまでした、と頭を下げた。

おいしい水でまずさをすべて流してから、遠慮がちに質問した。

「私と一緒にいた二人が……どうなったか知ってますか？　子どもの頃からの親友なんですけど、私、騎士の人達に誤解を与える行為をしてしまって……」

「親友」どころか「友人」かどうかも疑わしいが、いまは「親友」にする。

タイグさんが困ったような顔をした。

「俺は、あんたのところにいたから見てないんだ。あんたの親友が聖女と騎士だとみなされたんだったら王宮で手厚くもてなされてると思う。二人が説明すれば、あんたも王宮に迎え入れられるよ」

「王宮には興味ないです」

即答。

殺されることはないと思うが、誤解が解けたとしてもよくて聖女の奴隷だろう。

さて。

これからの人生を悩もうとしたとき、外からゆるいひづめと車輪の音が聞こえてきた。荷車(にぐるま)だ。すでに太陽は沈み、冬めいた風にあわせて暗い夜が窓から忍び込んでいる。

「私、元の世界に戻ることはできるんでしょうか」

「あんたとしては戻りたいだろうが、戻った者の話は聞いたことがないな」

実はそう戻りたいわけでもない。学生の頃借りた奨学金という名の借金もある。親とは縁がないし、恋人もペットもいない。大学のときの友人は卒業とともに全国に飛び散った。けど、この世界はいろんなものが過酷なはずだ。食べ物。仕事。衛生状況。特にトイレ。仕事ではどれだけ汚い目にあっても平気だが、私生活で使うトイレはきれいなのがいい。

ひづめと車輪が止まり、金具がこすれる音がした。足音が近づき、ドアが開く。

「親衛隊に追っかけられてた魔女はどうなってる？」

おっとー、と思いながら、表情では冷静さを保つ。

豪快な音とともに豪快な女性が入ってきた。身長はタイグさんより低いが、私よりは相当高い。ＢＭＩは私の三倍はありそうだ。

可愛らしい青い袖なしのチュニックと灰色のワンピース。白い肌にたくさんのそばかす。瞳は濃い鳶色で、頭から首にかけて白いベールをつけているが、布からのぞく髪は輝くストロベリーブロンドだ。くりくりした目と高い鼻は、若い頃相当な美人だっただろう、と思わせる。

女性が、のしのし、と歩いてきて、間近で私を見下ろした。

「あたしはメラ。三八歳だ。あんたの年は？」

「お世話になってます。マツキと言います。二七、です」

メラさんが微妙な空気を発した。もっと若いと思ったのだろう。タイグさんが「俺は三三だ」と言った。私は、タイグさんの髪の生え際をチラ見してから弱々しい声を出した。

「魔女っていうのは誤解で……。追っかけられたのは追っかけられたんですが」

メラさんが、ふんっと鼻を鳴らした。

「ここじゃ自分の気に入らない女は魔女なのさ。市場であんたの話をしてるやつはいなかったから、親衛隊は王宮に帰ったんだろう。お尋ね者でもなんでもないから安心しな」

私は安堵の息を吐き、メラさんが私の全身を見回した。

「助けてもらった恩を働いて返す気はあるのかい？」

「ありますっ」

大ありですっ。

「できることはあんまりないんですが……」

「あんまり」というより、「ほぼ」ない。動物病院があれば役に立ったかもしれないが、獣医師という職業が存在しない以上、手も足も出ない。

「力もなさそうだねえ」

すいません、とうつむく。動物の保定は看護師さんや飼い主さんにしてもらうし、一人で治療するわけではないから、力持ちでないと獣医師になれない、ということはない。

「トイレ掃除でも、なんでもします！」

切実に叫ぶと、メラさんは「トイレ？」と訊き返した。

「トイレ掃除なんて、ここじゃしないよ」

なんですって～～～～!!

なんとトイレは一人に一箇所、自分専用のマイ・トイレがあるのだった。

ここでも活躍するのは、殺菌成分のある土だ。

太陽にさらして粉状にしたものを老廃物にかけるとみるみる分解され、土に還る。マイ・トイレに常備する使い捨ての紙も、粉をかけるとどっかに行く。

トイレの紙は、生理用品としても使える優れもの。

トイレまわりの掃除が必要ないのは、それぞれが自分でメンテナンスするためだ。

どんな組成か知らないが、あっちに帰ることがあれば、おみやげにしよう。

タイグさんとメラさんは夫婦ではなく、タイグさんは流れ者だという。

一緒に夕食をとるのは、その方が楽だから、という実利一点。

タイグさんは四年前、村の人達が二ヶ月に一度の大市場に荷車で商品を運ぶ途中、車輪をぬかるみに取られて身動きできなくなっていたところを助け、大市場での客引きもこなし、たちの悪い連中にはすごんでくれたため、その日は村の空き家に泊まってもらい、いまにいたるまで泊まっている。

村の人口は約五〇人。同じ所領にある他の村に比べ、大層貧しく、メラさんの夫を始め、働き盛りの男性は報奨金を求めてドラゴン討伐に加わり、戻らなかった。

領地の税金は村単位で課されるから村人同士の協力は欠かせず、農地の耕し手(たがや)がなくなり、税をどうしようか寄り合い会で話し合っていたとき、タイグさんが現れた。

タイグさんは、初めは不慣れだった畑仕事もいまでは立派にこなし、隣村からも結婚話が舞い込むほどの農夫っぷりだが、「俺にはもったいない」と頑強に断り続けている。

私は、いないよりはいいという判断のもと、メラさんが子どもの頃に着ていた赤い袖なしチュニックと灰色のワンピースを与えられ、人足として働くことになった。

この国の名前は、「アートゥ・シュリアヴ」。意味は「山の浅瀬(あさせ)」だ。

春を迎えたばかりのアートゥ・シュリアヴは、トイレ掃除はないにしろ、やることはたくさんあり、私はメラさんの経営する鶏肉屋で働くことになった。

鶏肉屋の朝は早い――。

日の出とともに目を覚まし、昨日のオートミールの残りを食べ、村の雄鶏さんの縄張りを回って商品を選び、その場で首をはねて血抜きをし、赤い毛並みのロバさんが引く荷車に積み、村のかまどで茹(ゆ)でて羽をむしり、食料市場にある店舗に行って、巨大な肉切り包丁で、だん！　だん！　だん！　とぶつ切りにして大胆に混ぜ込み、量(はか)り売りする。

ちなみにこっちの世界の鶏さんは、とさかが青で体が緑だったり、頭部が黄色で体が白かったりいろいろ。毛色以外は器官も含めて、あちらの鶏とまったく同じ。「鶏」という言葉が通じるのだからあっちの鶏と種は同じで、毛色を決める遺伝子座が違うだけだろう。

　鶏さんは放し飼い。えさはもちろん、産卵場所も自分で探す。品種改良が進んでいないという点を差し引いても肉付きはいまひとつ。

私が二枚の羽根の付け根をつかんで持ち上げると、骨が折れることがある。

「卵はどうしてるんですか」と訊くと、「卵は医療院の見習いに渡すんだ。けど、うちのはなかなか卵を産まないし、産んでも殻(から)が割れやすくてねえ」という答えが返ってきた。

うーーーん……。

　食料市場の顧客は領主や大商人の料理人、修道院の料理担当、小さな商家の使用人だ。

所領の中で一番の金持ちは領主、……ではなく、修道院。

医療は金持ち相手の商売だから医療院も金持ちだが、大金持が寄進をする修道院は別格。

当然、確執(かくしつ)もあるというが、「あたしら貧乏人には関係ない」by(バイ)メラさん。

　食料市場は大きく、豚肉や鶏肉はもちろん、季節の野菜や果物、香辛料、生魚や干物が所狭しと並んでいた。燻製牡蠣(くんせいかき)を売る店では、怠惰(たいだ)なのか客寄せか、巨大な牡蠣の殻が店の両端に積まれ、広い市場には土のものから海のものまであらゆる匂いが充満している。

　私の仕事は雄鶏さんを捕まえてメラさんに渡し、メラさんが、だん！　と首をはねたあと、なお暴れる雄鶏さんを受け取り、逆さにつるして血抜きをすること。

市場の店のスペースで、メラさんがだん！　だん！　だん！　とぶつ切りにした鶏肉を全部まぜてまとめること。

量り売りは、最初はメラさんがやったが、部位が均等になるよう私が慎重にまぜると客足が増えたため、お金の数え方やおつりの出し方を教えてもらい、私が担当することになった。メラさんの鶏肉の売れ行きが芳しくなく、値段を下げるしかなかったのは、鶏が貧弱で店舗の立地が悪いのもさることながら、売り方が気さくだったからでもあるようだ。

メラさんは、とろくさそうな私が、こっこっこっこーっと鳴きまねをして雄鶏さんをひょいひょい捕まえ、血しぶきをあげながら暴れる肉をものともせずにつるしていくのを見て「あんたもしかして肉屋をやってたのかい⁉」と驚いた。

商品が完売すると、放牧地にいる鶏さんの様子を見て帰宅。晩ご飯を食べ、森で採取した謎の茎をめん棒で叩いてトイレの紙を作成し、修道院に納入して日銭を稼ぐ。

毎日がこんな感じだ。

初日の夜、メラさんがオートミールを作っている間に、私はロバさんの健康診断をした。体温、脈拍、呼吸数、結膜や鼻粘膜等々の可視粘膜、目、耳、心音、腸蠕動音を確認し、ブラッシングしながら皮膚と被毛のチェックをして、触れるところは触っていく。黒ずんだ歯から判断して働き盛りの壮年だが、こっちの世界だと老年に入るのかもしれない。

老廃物を顕微鏡で見てみると、予想どおり寄生虫を発見。

あっちでもおなじみの線虫で、駆虫薬は段ボール箱に入っている。

さて、ここで問題です。

あっちの世界の薬剤をこっちの世界の生物に投与していいのでしょうか。

謎。

私の持っている駆虫薬には、あっちに存在する複数のウイルスに対し、抗ウイルス作用を示すものがある。また、こっちの生物があっちとは違う抗体を持っている可能性は十分に考えられる。つまり、こっちの生物がなんらかの抗体を持っていることで、思いもよらない副反応が出るかもしれないのだ。

顕微鏡で見る限り、寄生虫は重大な健康被害を及ぼすレベルではなく、栄養不良は飼料によるところが大きいだろう。段ボール箱にはサプリメントや栄養剤が入っている。

私がこっちの水や食べ物を口にしても問題は生じていないからサプリのたぐいは大丈夫だと思うが、あっちの医薬品は貴重な医療資源だし、使わないにこしたことはない。

ということで当面はロバさんの健康状態を含め、こっちの世界の様子を見ることにした。

＊

殺菌作用のある土と謎の茎をとりに行くことができたのは、六日に一度の市場が休みの日だった。

ちなみにこっちの「一年」は十二ヶ月。「ひと月」は三〇日。一日は二四時間。暦（こよみ）はグレゴリオ暦ほどガッツリはしていないが、一週間という単位がない以外、大体一緒だ。さて。

太陽が昇ってから、私は分厚い手袋をつけ、ずだ袋を抱えて家から離れた森の中をメラさんとともにひたすら歩いた。

足元を見ると、野草が力なくうなだれている。やっぱり……、と思いながら、ずんずん森をわけいると、青々とした新芽が身悶（みもだ）えするように顔を出していた。

メラさんが固い芽や緑色の実を鋭い鎌でざくざく切って、これでもかとずだ袋に放り込む。

私は小さめのナイフを与えられ、何か見つけるたびにメラさんに伺いを立て、メラさんが頷いたらずだ袋に、首を振ったら元の場所に戻した。

濃い紫の実を見つけ、小走りに駆け寄り、匂いを嗅ぐ。酸味と甘みが鼻先をくすぐった。

「これ、ブルーベリーっすよね」

「ああ。とれるだけとっとくれ」

メラさんは、黄色い花を咲かせた草を一心不乱に刈りながら言った。

私は一粒つまんで口に運んだ。すっぱ！

「まだ酸っぱいですよ。もう少し待ったら甘くなると思いますが」

「そんなことしたら、あたしらの口に入る前に鳥に食われちまうよ」

地味に落ち込みながら、ブルーベリーの実をちまちまむしっていると、メラさんが「実だけじゃなく、全部だよ」と衝撃の言葉を発した。

春の森は食べ物の宝庫だ。

瑞々しいアスパラガスが顔を出し、水辺にはクレソンが茂り、ヘーゼルナッツがそこら中に落ち、少し季節を逸した黄色いレモンも、熟し切らない野ブドウも、すべてかき集め、オートミールにする。甘いものも、辛いものも、酸っぱいものも、苦いものも、食べられるものはすべてぶっ込み、日々の食事ができあがる。あくってなんですか？　の世界。

ナッツ類はさすがに殻を割るが、そこまでだ。家で作るのは鍋料理のみ、という私が、なんでもぶっ込みオートミールに文句を言えるわけもなく……。

ずだ袋が一杯になると、ヘーゼルナッツを割って食べ、殺菌作用のある土の採取に向かった。

私のいる村が他の村より貧しいのは、魔法の土が原因だという。

魔法の山があるせいで、森も畑も他の領地より狭くなり、畑の収穫物も少ない。

「公衆衛生」「予防医学」という概念が存在していれば高値で売れただろうが、そんなものはないこの世界では、使うところと言えば、トイレと、それに類似する場面。

う×ちで服が汚れたり、う×ちで手が汚れたりして、どれだけ洗っても、しみはおろか、においさえ落とせないときだ。

つまり私は初対面のタイグさんにう×ち扱いされたことになる。気にすまい。

去年、おととしに比べ、今年は税金をたくさん払わないといけないそうで、「増税ですかっ‼」と気色ばむと、メラさんが一言。「滞納してる」えー……。

この二年、不作が続き、税金が払えなかったそうだ。時間があれば、トイレの紙を作って利息のたしにしているが限界がある。今年も不作ならロバさんを手放すしかない……。

ロバさんをドナドナしなくてもいいようにがんばらねば！

さらに奥深くへと進むと、元気がよかった草花が再び力を失い、黄土色をした謎の茎が増えたかと思うと、突如、世界が開け、眼前に真っ白な岩棚が広がった。

ところどころに蒸気が噴き上がり、低木と謎の茎があちこちに伸びている。

山全部が魔法の土でできているのではなく、勾配の一部が魔法の層になっているようだ。

私はメラさんとともに、蒸気のまわりにある粘土状の部分をナイフで削って革布に入れていった。

どこからか女性の泣き声が聞こえ、メラさんが顔を上げて草木の奥をのぞき見た。

「コーラ、そんなとこで何してんだい」

緑の影が大きく動き、小枝がわかれ、長身の女性が現れた。

　年齢は三〇代後半。赤い髪がのぞく山吹色のベールも、刺繍の入った緑色のチュニックも上質で、日々の汚れはあまりない。

「メラ……。どうしよう……。ブラムが……、ブラムが………」

　女性が、端麗な顔を涙まみれにして言った。

「ブラムって誰？」

「奥様の犬だよ！」

　メラさんが「犬？」と訊き返し、コーラと呼ばれた女性が混乱した声を発した。

「おとといの夜、えさを喉につまらせたんだ。大好きなナッツをあげても食べないんで医療院の見習いに痛み止めをもらったら、奥様が戻る頃には元気になったけど、痛み止めが切れたらまた元気がなくなってさ。もう一度見習いに頼んだけど、これ以上はだめだってくれなかった。ブラムになんかあったら、使用人全員奥様に鞭で打たれて死んじゃうよ！」

　ナッツというのは、ヘーゼルナッツのことだろう。

　犬が食べても問題はないが、実が大きいので喉につまらせる危険がある。

　ヘーゼルナッツがつまれば、元気がないではすまないので、つまったのは別のものだ。

「えさってなんですか。つまらせたときどんな様子でしたか。食べ物や血は吐きましたか。よだれはどうですか。水は飲んでますか。うんちはしましたか。熱はありますか」

　私がメラさんの隣から立て続けに質問を投げかけると、コーラさんがぽかんとした。

「申し遅れました。私、マツキと言います。いまメラさんの家で働いています」

よろしくお願いします、と頭を下げる。顔を上げても、コーラさんは、まだぽかんとしていたが、少ししてから、はっと気づき、人生の混乱を私への怒りにすり替えた。

「えさはえさだよ。おいしそうに食べてたのに突然えずくような仕草をしたんだ。吐いたかどうかなんて知らないよ。よだれなんか覚えてない。水は飲んだと思うけど……。うんちはいつもそこらで適当にするから、したかどうかなんてわからない。熱も何も、犬の体温は人間より高いだろっ。そんなことも知らないのかい！」

最後はバカにするように怒鳴りつけるが、私は気にせず、別のことを口にした。

「その葉は犬さんに持っていくやつですか？ 薬草ですよね。私も手伝いますから、たくさんむしってすぐに持って行きましょう。メラさん、すいません。土はまたとりに来ます」

私は粘土の入った革布をずだ袋にしまい、コーラさんのバスケットに目を向けた。

ハート型の赤い葉と青い小花が入っている。草も花も見たことがないから名前を訊いてもわからないだろう。わからない以上、「こんなのはむだです」とは言えない。

私は、これですかっ？ これですかっ？ と訊きながら、コーラさんのバスケットに葉と小花を入れていった。粘土をとりおえたメラさんが「そのくらいでいいだろ」と眉を曇らせ、コーラさんはバスケットを振って表面をならし、麻布をかけた。

「ありがとよ。私はこれで。じゃあ……」

「じゃあ、行きましょう！　人手がいるでしょうから私も行きます。人数は多い方がいいです。メラさん、私も行っていいですかっ」

メラさんではなく、コーラさんが「はあっ？」と大仰な声をあげたが、私が、こっちですか？　こっちですか？　と急かすと、勢いに押され、こ、こっちだよ、と指をさした。

「奥様」というのは奉公先の奥様で、コーラさんはメラさんと同じ村の出身だ。

コーラさんは、以前は小麦作りに従事していて、精製した小麦を納入するうち、奥様の夫、つまりは旦那様に気に入られ、大きな邸宅に住み込みで働くようになった。

仕事は、掃除、洗濯、皿洗い、奥様や犬様の世話……。

「旦那様の子どもを産めば行く末安泰だと思ったのに、労働力として気に入られただけなんだよ！」

一所懸命働くのを見て気に入ったのであれば、そうなる。

ブラム君は、おととしの春に生まれた雄犬だ。お腹は白、背中は黒の猟犬で、短毛、スリム。何度か吐いたことはあるが、いつもすぐ元気を取り戻す。

私はコーラさんのバスケットを見て「何に効く薬草ですか」と質問した。違う世界の知らない植物だったら、すごい効能があるかもしれない。ＤＮＡを組み換えたりとか。

「なんにでも効く薬草さ。邸に帰って煎じるんだよ」

メラさんが「なんにでも効く薬草なんてないよ」と渋い顔をした。

だが、効くこともある。いわゆるプラセボ効果だ。動物の場合も、ラットを使った実験で、プラセボにより痛みが和らぐことがわかっている。が、いまはそんな話ではない。

「痛み止めと薬草を一緒に飲ませて大丈夫なんですか」

「なんにでも効く薬草なんだから大丈夫に決まってるだろ」

「飲ませたらどうなるんです？　痛みと一緒につまったものが取れるとか？」

「痛み止めと薬草で取れるのは痛みだけさ。それで治るときは治るし、治らなかったらそこまでだ」

自己治癒力。

コーラさんは「ブラムはいいやつなんだけど、奥様と旦那様がねー」とため息をつきながら、痛み止めのことを教えてくれた。

医療院でもらう鎮痛薬は、見習いさんが、どこがどんな風に痛いのか問診し、答えにあわせて調合する。ブラム君に処方された痛み止めはコーラさんがもらうのと同じものだが、量は少なく、ブラム君に飲ませたのは今回が初めて。

コーラさんが飲んだときは少しだけ眠くなったが、それ以上は何もない。飲みすぎると効きにくくなるから用量を守れ、というのが見習いさんからの注意点だ。

あっちで使う鎮痛薬のうち、アセトアミノフェンとイブプロフェンは、犬猫が一定量を超えて摂取すると肝臓、腎臓を損傷することがあるが、話を聞くかぎり、そういう心配はなさそうだ。

「ブラム君のおとといのご飯を教えていただけますか。香辛料も含めてできるだけ詳しく」

「ご飯」という語は、「えさ」に置き換えられているのだろう、と思いながら訊く。

「おとといは、鶏の肝臓（かんぞう）のペースト、羊のシチュー、真鯛（まだい）の香草焼き、かな。香辛料は料理人じゃないとわかんないよ。旦那様や奥様の食べ残しを、犬も使用人も食べるんだ」

メラさんが「犬のくせに贅沢してるねえ」とため息をついた。

とはいえ、肉や魚は人間が食べ、犬には残ったスープやシチューに大麦やオーツ麦をまぜたものを与えるという。昔の味噌汁ぶっかけご飯といったところだ。不健康の極（きわ）み。

「鶏は骨ごとあげましたか？　ぶつ切りにしたのを、そのまま使うんですよね」

「肝臓って言ったろ。あんたは知らないだろうけど、動物ってのは部位によって味が違うし、食べられないところも多いんだ。市場で買った肉のうち、料理人が食べられる部分だけを切り取って、それをわけて、部位ごとに料理法を変えるんだよ」

あんたは知らないだろうけど、という前置きは、動物がお金持ちの食べ物であることを示している。庶民のタンパク質は、豆だ。豆、大事。

「骨も切り取るんですか？　そのままシチューに入れるとかじゃなくて」

「骨は食べられないだろ。料理人が肉をそぎ落として、骨は捨てるよ」

少しすると、私とメラさんが来た道とコーラさんが来た道にわかれ、まずはメラさんの家に行った。納屋にずだ袋を置いたあと、段ボール箱から必要なものを見繕い、肩で息をしながら、二人に向かって「遅くなってすいません」と頭を下げた。

肩に提げた布バッグを見て、メラさんは何も言わず、結果コーラさんも無言だった。

市場に行くときとは違う道をたどると景色が変わり、巨大なチーズを抱えた女性や馬車に乗る家族連れが行き交い始めた。コーラさんが「あそこだよ」と顎を上げた。

三階建ての母屋を中心に、食料庫や馬小屋、納屋が並んでいる。邸宅の裏口に、がりがりの中年男性が立っていた。男性はコーラさんの持つバスケットを見て安堵した。

「家にある分は使ったよ。ブラムが飲もうとしないんで、全員で顔と体を押さえて喉に流し込もうとしたら暴れて暴れて……。奥様に見つかって、いまひどいことになってる」

熱湯を流し込んだわけではないだろうが、トラウマ間違いなしだ。要指導。

「ブラム君はどこですか？」

私が訊くと、がりがりさんが不審そうな顔をした。コーラさんがこっちはあたしのなじみ、こっちはその使用人と説明し、その使用人は「よろしくお願いします」と頭を下げた。

「私、犬をなでるの得意なんで、がんばってなでて、ブラム君を落ち着かせます」

大嘘をついて、ブラム君は？　ブラム君は？　とせっついたとき。

「何が起こったのか、ちゃんと説明しなさい！」

甲高い女性の怒鳴り声が薄闇の中から聞こえてきた。

私はがりがりさんの脇をすり抜け、開きっぱなしのドアを通った。がりがりさんとコーラさんが「どこ行くんだっ」「勝手に入るんじゃないよ！」と叫んだが、どちらも小声だ。

広い厨房はさまざまな匂いで満ちていた。炉の近くには香辛料の入った瓶が並び、壁際の箱にはニンニク、玉ねぎ、長ねぎが詰め込まれ、テーブルにはぶどうやナッツが盛られた皿が置かれている。黒ずんだ床には野菜屑や魚の頭が放置されていた。

厨房の奥では、白いベールをつけた女性が乗馬用とおぼしき細い鞭を持ち、背中を向けて立っていた。ふっくらした体に刺繍入りの青いガウン。雰囲気からして「奥様」だ。

奥様の前で、九人の使用人が全身をこわばらせていた。

奥様から少し離れたテーブルの下で、ウィペットに似た大型犬が腹ばいになっている。あれがブラム君だろう。奥様を瞳でうかがい、力なく目をつぶる姿は、両親の諍いを聞くまいとしてうつむいた子ども時代の自分に重なり、心臓が苦しくなった。

私は小声で「失礼します」と言い、腰をかがめ、横合いからブラム君に近づいた。

使用人さんたちが私を見て息を呑んだが、後ろを向いた奥様は気づかない。

私は布バッグを脇に置き、寝転がるような恰好で、ブラム君の鼻先に拳の甲を出した。

ブラム君の目がわずかに開き、黒い鼻がぴくぴくと動く。

尻尾は床についたままだが、嫌がるそぶりは見せず、大人しい。

「ブラムが死んだら、どう責任を取るのっ」

奥様が鞭を振り下ろす前に、私は「奥様、ブラム君が怯えています」と言った。

奥様が即座に振り返った。もう若くはなく、鬼のような形相だが、なかなか美人だ。

「ブラム君がどうしてこうなったかを調べるのは大切ですが、奥様が使用人さんを怒鳴れば、ブラム君は自分が怒られたと思って恐くなります。どうか優しく尋問してください」

「お前は誰っ？」

「近所の者です。ブラム君の調子が悪いと聞いて、心配で飛んできました」

私は、大丈夫だよー、お母様は怒ってないからねー、とブラム君に話しかけた。

使用人さんたちは、奥様を犬の母親扱いするとは何事かっ、という顔をしたが、奥様は、犬を「君付け」したときはまばたきをし、「お母様」と呼んだときは少し驚いたものの、私が犬の扱いに慣れ、かつブラム君が嫌がっていないのを見て、すぐ状況を受け入れた。

奥様は素直に声音を変え、「では、もう一度訊きます。ブラムが死んだら、どう責任を取るのですか」と訊いた。そこちゃう。

心の中で訂正するが、いまは、奥様が私の邪魔をしないことの方が大切だ。

私は、お母様はブラム君を心配してるだけなんだよー、と言いながら、首の後ろの皮をつまんで指を離し、元に戻る時間を確認した。煎じ薬のおかげか脱水はまぬかれている。

スリムな体を引き寄せ、左手でブラム君のマズルをつかみ、右手で全身を探っていく。

下顎(したあご)を触ったとき、ブラム君が、きゅー、と切なそうな声をあげた。

奥様が振り向く直前で、マズルから手を放し、ブラム君の耳の裏側を指でかいた。

奥様はしばしブラム君と私を見ていたが、前に向き直り、説教を再開した。

私は鼻梁(びりょう)を包み込むようにして左手で上顎を、右手で下顎をつかみ、ブラム君の口を大きく開けた。擬音にすれば「あが」だ。使用人さんたちは気合いで声を押しとどめた。

私は布バッグからペンライトを出し、親指でスイッチを押した。小さいが、確実なLE(エルイー)D(ディー)ライトが、ブラム君の口内を照らす。

魔術に見えるものは使わない方がいいとは思うが、仕方ない。

ペンライトを口にくわえ、鉗子を出してハンドルに指を入れ、先端を口内に差し込み、目当てのものを、ひょい、とつまんで、床に垂れたスカートの端に置いた。

鉗子を布バッグにしまい、あいた手でペンライトを持って口内を確認する。

上顎から手を放すと、ブラム君は派手に身震いして奥様の体に前足をかけ、「お母様、怒らないで」というように尻尾を振って、奥様の口をべろべろと舐めた。

奥様は、突如説教に乱入してきた愛息に驚き、上体をのけぞらせた。

「ブラム……、元気になったの？」

私はペンライトを布バッグに戻し、ブラム君の口内から取り出したものを奥様に見せた。

「これがブラム君の喉に刺さっていました。真鯛の骨です」

太い骨が、ブラム君の右の軟口蓋から頬の内側にかけて斜めに突き刺さっていた。あと少し奥だったら、どうにもならなかったろう。

ふいに外から車輪とひづめの音が聞こえ、ブラム君が尻尾を振って走って行った。

馬車が止まり、誰かが「ブラム、元気になったのか！」とがなり声をあげた。

私は立ち上がってスカートの裾を手で払い、布バッグを肩にさげ、先を続けた。

「骨が刺さっていたところが少し赤くなっていますが、問題はないでしょう。何かあれば呼んでください。あと……」

説明の途中で、大柄な影が、ぴょんぴょん跳ねるブラム君を連れ、厨房に入ってきた。

「一体どういうことだ！　ブラムは治ったのかっ」

力士みたいな体格で、あるかないかの髪は明るい金。瞳は薄い青。黒いズボンのサイドと白いチュニックの前面にボタンがつき、見るからに「旦那様」だ。

かわいらしさを取り戻した奥様が、私から真鯛の骨を受け取って旦那様に見せた。

「ブラムの喉に、これが刺さってたんですって。この娘さんが取ってくださったの」

旦那様は、奥様の手に載った真鯛の骨を指先でつまんだ。

「たかだかこの程度か。バカバカしい！　これなら私でも取れるぞ。医療院の見習いの元になど行くから、ブラムの調子が悪くなったのではないのか」

旦那様は真鯛の骨をぽいっと地面に投げ捨てた。こいつ、何しやがる！

私は、ブラム君が興味を持つ前に慌てて骨を拾い、取り繕った笑みを浮かべた。

「ブラム君が飲み込む危険のあるものは床に置かないようにしてください。部屋は常にきれいにして、人間の食べ物は与えないように。ヘーゼルナッツをあげるときは砕いて……」

旦那様はテーブルに載った果物皿からぶどうをつまみ、私に気づいて眉を寄せた。

「お前、まだいたのか。とっとと帰れ」

手の甲で、しっしっ、と追い払う。奥様が困ったような顔になり、九人の使用人さんは不安そうに旦那様と私の間で視線を行ったり来たりさせた。

私は布バッグを抱え直し、「失礼します」と頭を下げた。広い厨房に背を向け、ドアの後ろに隠れるがりがりさんとコーラさんの前を横切って、二人にも頭を下げる。

私がやったことで、二人が旦那様に怒られなければいいが——。

あたりには夜が満ち、大気は冷たく、鉛色（なまりいろ）の分厚い雲が月も星も隠している。

メラさんが、私の背後から小走りについてきて気遣うような声をかけた。

「お金持ちなんてあんなもんさ。気にすんなって。それより、あんた、すごいね。まさかあんなに簡単に……」

「私が悪いんです」

私は殊勝な声を出した。そう、悪いのは、私だ。

命の危険が迫っているわけではなかったのに、すぐそばにいる飼い主さんに了承を取らなかった。ブラム君に医療を施すかどうかを決めるのは、私ではなく、飼い主さんだ。

「奥様はもちろん、コーラさんにも助けてくれって頼まれたわけじゃないですから。見たことのない奴が自分の家にいて、愛犬に何かをしてたら誰だって怒ります」

どんな簡単な医療行為でも事故はつきものだ。医療の押し売りはいけない。

「だからって怒鳴ることはないさ。それより、さっきの……」

「ですよね！　怒鳴らなくたっていいですよね！　頼まれたわけじゃないけど、怒鳴ることないですよね！」

私は態度を一変させ、身を乗り出して勢いよく同意を求めた。

メラさんが「そ、そうだね」と上体をひいた。

「礼を言えとまでは言わないけど怒鳴ることないじゃんっ。ああ、そうか、でいいじゃん」

メラさんが「そうだね。うん、怒鳴るようなことじゃないよ。うんうん」と首を下ろす。

私は、怒鳴るほどじゃないじゃん、そこまでのことじゃないじゃん、としつこくしつこくしつこくしつこく繰り返し、ずいぶん経ってやっと清らかな心を取り戻した。

「さっきの、ぴかっと光ったやつ、あれは一体なんなんだい？」

私がすっきりした表情になったのを確認し、メラさんが瞳に好奇心を滲ませた。

「私の国で使われる新型の蝋燭です。蜜蝋は高くてなかなか手に入らないので」

布バッグからペンライトを出し、ここを押したら、灯りがついたり消えたりします、と説明して、メラさんに渡す。「せっかくだから使いましょう」と言い、薄闇の前方を指さすと、メラさんは電源ボタンを何度か押してから、私の指の先を照らした。

私は紺色の空を仰ぎながら、ずっと考えていたことをメラさんに切り出した。

「鶏肉のことなんですが、全体をぶつ切りにするじゃなくて部位ごとにわけて……」

そこまで言ったとき、背後から「娘さーん！」という声が聞こえた。

無視したかったが、コーラさんに恨みがあるわけではない。

私は足を止めて振り返り、メラさんが血相を変えたコーラさんにライトをあてた。

「何かありましたか」

さすがに笑みを向ける気はなく、だらけた声を出す。コーラさんは酸欠でいましも倒れそうになりながら、「旦那様が……、旦那様が……」と息もたえだえに繰り返した。

「私、人間のことはわかりません。医療院の先生に……」

「違うの。旦那様がブラムにナッツをあげたら、ブラムががっついて喉につまらせたの。苦しそうに咳き込むから旦那様が口を開けて取り出そうとしたら、中に押し込んじゃって」

最後まで聞かなかった。私は布バッグを抱え、来た道を全速力で戻った。メラさんもついてきて、ペンライトで薄闇を照らしてくれる。

私はメラさんに伴走され、去ったばかりの厨房にぜえはあ言いながら滑り込んだ。

九人の使用人さんと奥様が私に気づき、すがるような目を向けた。いつのまにか蜜蝋が灯り、炎と混乱がまざっている。

ブラム君は真ん中で横向きに倒れていた。旦那様がブラム君の名を呼びながらマズルをつかんでぶんぶん振り、反対の手で首筋をばんばん叩いていた。オッサン、手ぇ離せ！

「失礼します！」

私は巨躯を押しのけ、ブラム君の背中側にひざまずいた。

旦那様が派手に尻餅をついたがどうでもいい。

私はブラム君の上顎と下顎をつかんで口を開き、舌先を外に出して、メラさんからペンライトを受け取り、口内に向けた。ヘーゼルナッツが見事に気道を塞いでいる。

メラさんにペンライトを返すと、メラさんは私と同じ角度でペンライトを構えた。

私は布バッグからさっき使った鉗子を出し、口内に先端を差し入れ、慎重に、だが素速く、確実にナッツを取って、メラさんの手に乗せた。

ついでに鉗子も渡し、ブラム君の胸に手をあて、鼻先に顔を近づけた。呼吸がないことを確認し、ブラム君の口唇をしっかり閉じて黒い鼻をぱくりとくわえた。

ぎゃー、と叫んだのは、尻餅をついたままの旦那様だ。

私の吐く息にあわせ、ブラム君の胸が膨らむ。数回息を吹き込んでから、心臓の位置で両手を重ねて強く押し、力をゆるめ、また押し、再び鼻をくわえ、再度息を吹き入れた。

ぴくりと、私の口に微細な動きが伝わった。

鼻を解放し、後ろ足の付け根に手をあてると、大腿動脈が力強く脈打っている。

ブラム君が、あれ？　という感じで目を開いた。まばたきしてから立ち上がって身震いし、お父様、どうしたの？　というように尻尾を振って旦那様の口をべろべろなめた。

私は肩で息をしながら、「旦那様」と声をかけ、無表情で、ゆっくり言った。

「ナッツは、小さく、砕いて、あげてください」

広い厨房が静まり返る。奥様も、九人の使用人さんも、がりがりさんも、コーラさんも、メラさんでさえ息を呑み、旦那様の怒りを待った。

ずいぶん経ってから、旦那様が重く、険しい声を出した。

「……はい」

「ブラム君が喉に何かをつまらせたら、いきなり口に手を入れるのではなく、背中を叩いて、ブラム君に吐き出させてください。方法はあとで教えます」

「わかった」

「もう一つ、使用人さんたちを怒らないでください。あの方たちが医療院の見習いさんのところに行ったおかげで、ブラム君は痛みを和らげることができ、脱水症も起こさず、体力を取っておくことができたんです。いまブラム君が尻尾を振っていられるのは、使用人さんたちのおかげです」

旦那様と奥様は、二人揃って神妙に頷いた。

＊

私は奥様から蜂蜜(はちみつ)の入った壺をもらった。重さでいうと、二キログラムぐらいだ。

しかも、蜂の巣も一緒のやつだ。あっちの世界でも超高級品だ。

私は、タイグさんに「こういうの作ってください」と形状を説明し、ブナの木の枝でスプーンを作ってもらった。きれいに削られたスプーンで蜂蜜をひと匙(さじ)すくい、木のコップに入れ、お湯でとかしてレモンを搾り、少しだけ塩をたす。

スプーンでかきまぜ、冷めた頃合いを見計らい、飲む！

うめー。超うめえ。

蜂蜜の濃い甘みとレモンの酸味、わずかな塩とおいしい水の組み合わせが最高だ。メラさんとタイグさんは奇跡が口に舞い降りたような顔で、初めての蜂蜜レモン水を堪能した。

蜂蜜は殺菌作用があるので怪我の治療にも使えるが、こっちは殺菌には不自由していない。あんたが犬を助けたんだからあんたのものだ、というメラさんの言葉に甘え、残りは村の人たちにお裾分けした。

謝礼は、一人一杯の蜂蜜レモン水となって村の人全員の喉を潤した。

コーラさん、がりがりさん、その他使用人さんたちには臨時ボーナスが支給されたという。旦那様は、実はいいやつだったようだ。

あのあと、奥様に「狂犬病をご存じですか」と尋ねたが、奥様は不思議そうな顔をし、「ワクチンってわかります？」と訊くと、「はっ？」と大きく眉を寄せた。

「ご要望があれば、去勢しますよ」と言うと、「ほんとっ？」と身を乗り出した。

「去勢」はあるということで。

奥様は小声で「旦那様と相談するわ」とささやいたが、いまのところ旦那様は考え中だ。

鉗子はさておき、ペンライトは魔術の道具だと思われるのでは、と不安になったが、犬の鼻を、はむ！　とくわえたインパクトが強すぎ、新型の蜜蝋はさほど気にされなかった。

「鶏肉を部位ごとにわけて値段を変えて売る」という提案は、早速メラさんのお店で導入された。私の予想としては、解体する手間暇を考え、トータルぶつ切りより、二〇倍……、いや五〇倍……、場合によっては一〇〇倍の売り上げになる！

はずだった。

が、しかし、ここの人たちはまず鶏肉の部位を知らなかったのだ。

コーラさんが口にした「肝臓」は、この部分だけがあっちの世界の「肝臓」と一致していたからで、それ以外は一致せず、「砂肝」も「ささみ」も、は？　という顔をされた。

顧客それぞれの考える「部位」が曖昧で、値段を変える意味が理解されなかった。

私は、一羽分の頭部、胸肉、ささみ、もも、手羽先、手羽元、砂肝、ぼんじり、せせり、心臓、肺、膵臓（すいぞう）もろもろすべて並べ、丸鶏の胸を開いて内臓をむき出しにしたものも添え、木の板に鶏の絵を描き、どの器官がどの部位にあたるか矢印で示し、商品の横に立てた。

結果、気持ち悪がられただけだった。

切り分けた部位のほとんどは、日々ぶつ切りの山に混ぜ込まれ、最終的に部位別販売はわずかな顧客（こきゃく）が買う分だけにし、私はぶつ切りをわける作業に集中した。

わずかな顧客とは、二人。

一人は、がりがりさん。がりがりさんは、店に出した初日、義理と人情で買ってくれ、それからは、部位別の上得意さんになった。

そして、もう一人。名も知らぬ不審な青年だ。

青年は、最初の数日、通りすがりを演じて店の前を行ったり来たりし、私が「よければどうですか」と声をかけると、だだっと走って消えてしまった。

申し訳ないことをした、と反省していたその翌日、緊張した声音で「全部！」と注文し、すべての部位を、持ってきた革布に一つずつ丁寧にくるみ、一羽分を買っていった。

それから数日に一回来るようになり、あるとき内臓をむき出しにした丸鶏を凝視していたので、「これも買いますか」と訊くと、「い、いいのか？」とうわずった声を出した。

「身体の構造を知りたかったら、絵を描くのが一番ですよ」と言って商品を渡すと、青年は、ふがが、と荒い息を吐き、解体したのと同じ料金を払って、だだっと去った。

青年はとにかく挙動不審だった。そして、かなりの美形だった。年齢は二〇歳前後。タイグさんより背は低いが十分に長身で、細身の肩幅はやや広く、ダークブラウンの長い髪を胸の前でまとめている。整った鼻と真っ青な瞳は優美な繊細さに溢れ、不審さと相まって、私には不思議な魅力を、世間一般にはヤバい感じの怪しさを醸し出していた。

部位別販売をやめることにした数日後、青年が姿を現したので、「これからは注文にあわせて、その場で解体します」と説明し、ズバリ訊いた。

「切り分けるところを、見たいですか?」

不審君の鼻息が、ふがふがと荒くなった。「見たい」という意味だと判断。

「市場のない日に村に来ていただければ、それぞれの器官の役割を説明しますよ」

不審君は頬を紅潮させ、口をぱくぱく動かした。

メラさんに家の場所を教えていいか確認してから、まだ口をぱくぱくしている不審君の元に戻り、時間を決めると、不審君はだだだっと去った。

不審君は、画材を持って約束の時間よりずいぶん早く現れた。

外科手術用メスの絵を描くことから始まり、すべての説明をもらさず聞き、わからないところは何度でも質問し、おわったときには太陽がすっかり傾いていた。

疲れ切った私とは裏腹に興奮した表情で「役に立った。ではこれで」と硬貨を三枚、私の手に乗せ、だだだだだっと走って消えた。銀貨三枚は、部位別丸鶏一羽分と同じ額だ。

教授代を期待した私は多少……、すごくがっかりしながら家に戻って手の平を見返した。

硬貨は、銀色ではなく、金色だった。

メラさんによると、金貨は一番重い銀貨の四〇倍の価値だという。

部位別丸鶏、六〇羽分だ！

メラさんは、「あんたが稼いだんだから、あんたが使いな」と、さすがにそれはどうか？ということを言ったが、せっかくなので、お言葉に甘えさせていただくことにした。

馬だ。

現在、村にいる産業動物は農耕用の牛さんと市場の行き帰りに働いてもらうロバさん、そして、鶏さん。食用豚は飼養できる森が狭く、かつ市場に出すときの税金が高いため、飼ってもいいことがなく、村の経済は大部分が農耕に支えられている。

畑を耕すだけなら牛さんで十分だが、機敏で、仕事の早い馬さんがいれば何かと助かる。

金貨が三枚もあれば新しい馬が一頭ぐらい買えるのでは？　という野望。

なんせ金貨三枚だ！

晩ご飯の席でぶっ込みオートミールを食べながら、メラさんは「むり」と即答した。

農耕用の馬は、金貨五〇枚が相場。

この先ずっと働いてもらうことを考えれば、なるべく若くて健康なものがいい。

「それにうちは、これから牛を買う必要が出そうだからさ。牛は金貨三〇枚が相場だよ」

メラさんは、じゃあ、牛を買います！　と言いそうな私を制するように付け加えた。

いま村にあるお金では、三枚あわせても、牛一頭には届かない……。

「そんなにしょんぼりすることはないさ。その金貨はあんたが取っときな」

「いやです。がんばって働いて馬を買って畑を耕してもらって税金を完納します」

私は、ぶっ込みオートミールを黙々と食べているタイグさんに訊いた。

「牛が必要って何かあるんですか？　あした市場から帰ったら、私が牛さんの健康診断をしましょうか」

タイグさんは、口に残ったオートミールを大量のエールで流し込み、ハハハ、と笑った。

「牛の前に、俺の健康診断をしてもらわないとな」

「人間のことはわかりません」

私が真顔で答えると、タイグさんは、ハハハハハ、と笑い、牛の話題はおわった――。

＊

翌日、メラさんがたたき切った鶏肉をわけていたとき、灰色のガウンを着た高齢の、神経質、かつ上品そうな男性がやってきた。

背筋をまっすぐ伸ばしたじいさまは細い目をさらに細くし、私の全身を見回した。

「きみは東方の民か」

「はい。船に乗って自分探しの旅をしていたところ、ここにたどり着きました。人手不足と聞き、住み込みで働きながら、いまも自分を探しています」

何度か繰り返している口上をすらすら述べる。私の顔立ちはこっちでも「東方の民」だそうで、東方のことはみんな知らないから怪しむことのできる人はいない。

じいさまは不審そうな顔をすることもなく、店頭に並んだ商品に視線を移した。

「ここでは鶏の肉をほしい部分だけ売っていると聞いた。——どこにある？」

「その売り方はやめたんです。少し時間がかかっても構わないなら、いまお切りします」

じいさまは三羽分の肝臓を注文した。私はカウンターの横にあるテーブルを濡れ布巾で拭き、水桶で両手を洗って、メラさんから丸鶏を三つもらい、テーブルに載せた。肝臓を取った丸鶏三羽はぶつ切りに混ぜることになる。それがぶつ切りの醍醐味だ。丸鶏を仰向けにし、メラさんに借りたナイフを使って肝臓を切り分け、重さを量り、通常の三羽より少し軽かったので、その分だけ安くした。

じいさまは、ふむ、と言い、肝臓三羽分をバスケットに入れ、去った。

残った部位はぶつ切りに投入、……しようとしたとき、じいさまの背後で行きつ戻りつしていた女性が「足の部分三つは、丸鶏一羽と比べてどのぐらい高いの？」と訊いた。

「足五本分が一羽と同じ値段です」と答えると、女性は足五本を買っていった。

翌日、見たことのない人が、四羽分の「うにゃうにゃした部分」と「こりこりした部分」を買い、ぶつ切りの常連さんが「胸肉をどばっと」買った。

数日後、私の担当分は、さほど多くはないとはいえ、骨を残してすべて売れた！

仕事をおえて家に帰ると、私は捨てるばかりの脊髄と肋骨が入ったバケツを抱きしめ、メラさんに「今日のご飯は私が作ります」と言った。

鶏の脊髄と肋骨とは、つまり鶏ガラだ。あっちの世界で何度お世話になったことか……。

私は、鶏ガラに適当に湯をかけ、血合いや汚れを適当にとり、野菜の切れ端を適当にぶっ込み、適当に水を入れ、塩も入れ、煮立たせないよう適当に注意しながら火にかけた。

いつもの時間に来たタイグさんは、マツキがゴミを煮ている、とメラさんに聞き、淀んだため息をひっそりともらした。いまに見ていろ、ふふふ。ふっふっふっ。

一時間煮込み、脂の浮いたスープをお皿に入れ、メラさんとタイグさんに一つずつ差し出すと、二人はげんなりした表情で受け取り、湯気の立つスープをゆっくり飲んだ。

ざまあみろ！

私は、勝利の雄叫びとともに久々の鶏ガラスープを全身で味わった。ここ数日、太陽が沈むと真冬かと思う寒さに見舞われていたから、あったかいスープはまさに神。

と言うと、この国では不敬にあたるから、鶏さんに感謝する。ありがとう鶏さん！

私が満足していると、二人は空になったお皿を見つめていた。あ、ちゃんと飲んだんだ。世界が違えば味覚も違うし、ゴミを煮込めばゴミの味がするだろう、と残念な気持ちを抱きつつ、鶏ガラスープは時間があるときの自分の楽しみにしよう、と思っていると——。

「うまい」

タイグさんがしみじみとつぶやき、メラさんも「うまいね」とまじめな顔で同意した。

「実は続きがあるんです」

私はタイグさんに頼んで、まだ熱い鶏ガラスープを別の鍋に入れてもらい、残った鶏ガラを水で冷やした。いつもなら三時間は煮込んで放置するが、今日は時間がない。手で触れるようになったのを見計らい、骨についた肉くずをちびちびと取っていく。メラさんもタイグさんも異義申し立てはせず、三人で背中を丸めて骨から肉を外していった。

作業がおわると、大きなお皿に山盛り一杯の肉が取れた。骨についた肉は意外に多い。

鶏ガラスープを改めて火にかけ、ニンニクやキャベツや玉ねぎなど絶対においしいチョイスをぶっ込み、肉くずもぶっ込み、いつもより少しばかり遅い夕食ができあがった。

タイグさん手作りスプーンで全員黙々とオートミールを食べ、タイグさんもメラさんもおかわりをした。

ふははははは！

翌日から、私はどんどん忙しくなっていった。

メラさんが売り子を担当するようになったのは、その数日後だ。これが大層よかった。

私は、仕事に集中すると喋らなくなるため、「隣の所領で流行病が起こったってさ」とか、「うちんとこは、母親はぶじだったけど、子どもはだめだったよ」とかいう世間話をすることができず、ここに来て以降、社会の動きから遠ざかる一方だった。

ネットもテレビもない時代、世間話は何より重要な情報収集ツールなのだ。

お喋り上手で顔の広いメラさんが売り子になってから、やっと所領の外の様子を知ることができるようになった。

ナイフの扱いにも慣れ、鶏肉屋さんと同じぐらいのペースで切り分けられるようになり（私調べ）、昼前には私の担当分はすべて切りおえ、ここ最近、タイグさんを見かけないなあ、と思いながら、ほうっと一息ついたとき、お客さんが咳き込む音が聞こえた。

私は、キッ、と自分でもわかるほど険しい視線を投げつけた。

お客さんは私の殺気には気づかず、咳き込んだままメラさんと「お大事に」「あんたも気ィつけて」という言葉を交わし、店を去った。

私は、ナイフを持ったままメラさんのそばに行き、客が消えた方向をうかがった。

「いまの人、咳してましたね。風邪でしょうか。最近いきなり寒くなったし」

「なんだって？」

メラさんが訊き返す。どうやら「風邪」という病気はないようだ。私は表現を変えた。

「あの方、お体の調子が悪そうでしたね」

「流行病にやられたらしいよ」

「流行病っ？」

予想外の言葉に身を乗り出す。

「その流行病、もしかして……私が来てから発生したんですか……？」

声に不安を滲ませると、メラさんが顔をしかめた。

「まさか。あんたが来る前から流行ってたよ。毎年寒い季節に起こるんだけど、今回のは抗菌薬が効くやつと効かないやつがあるんだ。噂じゃ医療院でも広まってるらしい」

全身で安堵の息を吐き、「どんな症状が出るんですか」と訊いた。

「咳が出たり、鼻水が出たり、熱が出て、うなされたり、その全部だったりさ。咳が続くと胸の下が痛くなって、咳をするたび痛みがひどくなっていくんだって。喉が痛くて、声が出なくなる者もいるらしい。抗菌薬を飲んでも、喉の痛みも胸の痛みも取れないんだ」

ちょっと待て。

咳、鼻水、熱、喉の痛み。って、それ風邪ぢゃん！　風邪であってるぢゃん！

胸のすぐ下が痛くなるって、咳のしすぎで、あばらにヒビが入っててんぢゃん！

「抗菌薬が効くやつと効かないやつ」って、肺炎（はいえん）と風邪じゃね？

肺炎と風邪って症状が似てるし、抗菌薬は肺炎には効くけど風邪には効かないしさ。大流行してるならインフルエンザか私の知らない病気かもしれないけど、私とは関係ない。

発生源はさておき、肺炎も風邪もインフルエンザも予防法は同じだ。手洗い、うがい。

私はメラさんにひっそり視線を走らせた。

血で手が汚れたときは私の用意した消毒水で洗うが、そこまでだ。むむむむ……。

「前に『母親はぶじだったけど、子どもは……』って言ってた男性がいましたよね。流行病でお子さんが亡くなったんですか。ここ数日タイグさんが来てないですが、まさか……」

メラさんは眉をひそめてどこかを仰ぎ、「あれか」と思い出したような顔をした。

「あれは牛だよ、牛」

牛?

「牛が妊娠したけど、死産だったたんだと。うちも、いま一頭妊娠してるんだよ。前に初産じゃない牛が子どもを産んだあと立てなくなって死んじまってさ、仔牛も乳が飲めなくて死んじまったんだ。今回は、せめて母牛か仔牛のどっちかはぶじじゃないと困るから、タイグがつきっきりで見てるんだけど、牛の出産で、人間ができることなんてないしね」

「産まれそうっていつですか⁉」

「うまくいってりゃ、もう産まれてるはずだよ。昨日の寄り合い会で、そろそろだって報告してたから」

村の寄り合い会で何が話題になっているか私は知らない。

大事なことは教えてもらえるだろう、と思い、気にしなかった。ぬー。

「鶏はもう切り分けたんで、私、牛さんを見に行っていいですか！　だめでしょうか‼」

私が勢いよく訊くと、メラさんは気圧されながら口にした。

「いいよ。急いでるならロバを使いな。荷車はあたしが引いて帰るから。場所は……」

「鶏さんの縄張りの奥ですよねっ。走って行きます！　失礼しまーすっ！」

ロバさんは私より速く走るが、鐙（あぶみ）と手綱（たづな）がない状態で、私に乗りこなせるわけがない。

ということで、がんばって走るが、私の足とロングスカートでは限界がある。

市場の門を抜け、小石が地味に転がる勾配（こうばい）を進むと、もうへろへろだ。

背後からひづめと車輪の音が聞こえ、私は肩で息をしながらふらふらと道の端に寄った。

二頭の馬さんが引く馬車が通りすぎるのを待ち、深呼吸を繰り返す。

再び足を踏み出したとき、馬車が止まり、窓から見たことのある男性が顔を出した。

「おぬし、ここで何をしておる」

私は口を大きく開けて酸素を取り込み、かろうじて挨拶した。

「だ、旦那様……、お、お久し、ぶり、です……」

息が切れて喋れない。ブラム君のお父さんは馬車のドアを開き、心配そうな声をかけた。

「乗りなさい。おぬしの家まで送っていこう。――構いませんかな」

旦那様が馬車の中にいる誰かに訊く。口調からして奥様ではないようだ。

「さあ、入りなさい。急いでいるなら遠慮している時間がもったいない」

エエやつや……、と思いながら、スカートを持って馬車のドアに走って行き、御者さんに家の場所を伝え、「ありがとうございます」と頭を下げて馬車に乗った。

旦那様が巨体を可能なかぎり端に寄せ、私はあいたスペースに腰を下ろした。

正面に見覚えのあるじいさまが座っていた。

「じい……、お客様……」

厳しい顔つきはいつもと同じだが、いつもとは違う緋色（ひいろ）のガウンを身につけている。

「お知り合いですか」

旦那様が、私とじいさまを交互に見た。私は「うちのお店の上得意様です」と説明し、じいさまと旦那様の両方に「本当にありがとうございました」と礼を言った。

「われらは商売の話をしていただけだ。構わぬ」

じいさまの言葉に、旦那様が「じいさまにはかないませんな」という笑みを浮かべた。

「実はさらに厚かましいお願いがあるのですが……。家に寄ったあと、村の農場に送っていただくことはできますでしょうか」

じいさまが旦那様に顎の動きで了承し、旦那様が私に向かって頷いた。

じいさまが私と旦那様の関係を問うように眉を上げ、旦那様が「以前、この娘に犬を助けてもらいまして」と、ブラム君救出エピソードを話し始めた。

ブラム君が倒れたあたりで馬車が止まり、私はドアを飛び出し、納屋に駆け込んだ。段ボール箱を開き、頭の中で用意した道具を布バッグに入れていく。

ぜえはあ言いながら馬車に戻って、御者(ぎょしゃ)さんに場所を告げ、ドアをくぐると、旦那様が「ハサミみたいな道具で。あれを作って売ろうかと」と鉗子を使う動作をしていた。

段ボール箱にいろんな種類の鉗子が数本ずつ入っているから旦那様に渡しておこうか。うまく作って、世に広めてもらいたい。

窓の外には、朝と夕、市場に行くときと帰るときに必ず見る景色が広がっていた。木の柵の向こうに木造の家屋がぽつぽつと並び、家屋の一つに牛小屋が併設されている。

牛小屋と言っても屋根と柱だけで、牛さんはお仕事のとき以外、牧草地で放牧だ。

強引にでも健康診断をすべきだったか？　と思うも、家畜の健康診断に農家さんの問診は欠かせず、タイグさんの了解なくして診療はできない。

馬車が止まり、私はバッグを抱え直してドアを開け、旦那様とじいさまに「本当にありがとうございました」とお辞儀をし、柔らかな牧草の中に走り出した。

屋根の下で大柄な男性とタイグさんがひざまずき、その横に長身の女性が立っていた。大柄な男性と長身の女性は兄妹だ。顔は知っているが、まともに話したことはない。

男性二人の向こうに力なく倒れた牛さんが見えた。もしかして……、もう死んだ？

私は全速力で疾走し、やっと三人にたどり着いた。

タイグさんが私に気づいて「どうした、マッキ」と顔を上げた。

言葉を返す余裕もなく、タイグさんたちの背中ごしに牛さんをのぞき込む。

赤茶けた体をした大型の母牛さんがわずかな藁の上で横になっていた。長い尻尾の下から体膜が垂れ、赤みがかった二本の足が見えている。一次破水、二次破水ともしたようだ。

母牛さんの腹部は大きく膨らみ、小刻みに上下を繰り返していた。間に合った……。

「あんた、何しに来たの」

長身の女性が後方からぶっきらぼうに声をかけ、緑色の目を不快そうに光らせた。

メラさんと同じストロベリーブロンドの輝く巻き毛を背中に垂らし、汚れた茶色いエプロンと灰色のドレスを身につけている。

私と同い年ぐらいで、スタイルも肉付きもよく、顔立ちも派手。

あっちの世界だったら、間違いなくイケてるグループのイケてるジョシだ。

兄の方はタイグさんの筋肉を脂肪にした感じで、短髪に無精ひげをはやしている。タイグさんよりやや若く、妹さんと顔立ちは似ているが、目が眠そうで、性格のきつさも派手さもない。

兄は、仔牛の両足に太いロープを巻きつけていた。タイグさんは作業の邪魔にならないよう長い尻尾を持ち上げている。相当な難産なのだろう。仔牛さんを引っ張り出す気だ。

私は大きく深呼吸して息を整え、必要なことを訊いていった。

「母牛さんは何歳でしょう。出産は何回目？　ここ最近の食欲はどうですか」

イケてるジョシ、略してイケジョが「はあっ？」と訊き返し、タイグさんが尻尾を持ったまま答えた。

「年は三歳。出産はこれで二回目だ。一回目はおととしの春で、生まれた牛は元気に畑を耕してるよ。食欲は、牧草地にいるからわからんさ」

「いつからこの状態ですか」

「二回目の破水から三時間ってとこかな。普通ならとっくに産まれてるはずなんだが」

イケジョ兄が「よし」と言うと、タイグさんがしなやかな尻尾から手を離した。

とたんに母牛さんが尻尾をしならせ、先端でタイグさんの顔をばしりと叩いた。

「いろいろ質問してすいません。どうして出産が進まないのかわかりますか。仔牛の体勢がおかしいとか。仔牛が大きすぎるとか」

「母牛の体の中にいるんだから、そんなのわかるわけないでしょ」

イケジョが苛々（いらいら）と吐き捨てた。

「触って確認とか……」

「母牛のお腹を触ったらわかるとでも思ってるの？」

どうやら「お腹を外から触って確認する」と受け止められたようだ。

ここでの牛の生死は、自分たちの生死と同じ意味を持つ。私みたいな珍妙（ちんみょう）なのが出てきて質問し倒せば、キレるのは当然だ。が、質問は続く。

「以前、別の牛が出産して立てなくなったって聞きました。そういうことはよく……」

「黙れ」

ほえ？　と声の方向に顔を向ける。奥に三人の小柄な男性が立っていた。

ミドルヘアは赤みがかった薄い白で、瞳は緑。眉が長く、先端が目に入っている。

膝丈までの青いチュニックに朱色の刺繍の入ったベルトは、妙に派手。村の人には全員挨拶したつもりだが、初見さんだ。長老っぽいので、長老と呼ぶことにする。

「初めまして。メラさんのところでお世話になっています。よろしくお願い……」

「ここにいるのは、喉にナッツをつまらせた犬ではない。とっとと立ち去れ」

よく知ってる。見た目によらず、ゴシップ好きか。

「だいたい何、その恰好。そんな恰好で来られても邪魔なだけだから」

イケジョが私の服に目を細め、私は、待ってましたとばかりに言った。

「じゃあ、着替えてきます。あそこの納屋を使わせてもらっていいですか。すぐ戻りますから、そのままでいてください。そのままですよ！　行ってきます！」

ささやき声で念押しし、牛小屋から少し離れた木造の小屋に走っていった。

ドアを開くと農具やのこぎり、金槌が乱雑に並べられている。私は布バッグから服を出して素速く着替え、バレッタで髪を後方にまとめて、不要なものはその場に置き、イケジョたちの元に駆け戻った。

長老とイケジョがほぼ同時に「なんだ、その恰好は！」「何、その服っ」と叫び、私は「声を抑えていただけますか」と小声で頼んだ。反感を買うだろうが、出産の方が大切だ。

二人は瞳で激怒し、罵声はぐっと呑み込んだ。

母牛さんのそばに行き、ふと足を止め、振り返る。旦那様とじいさまがいた。

じいさまが長老と同じ質問をした。イケジョも長老も不機嫌そうだが、何も言わない。

「見学させてもらおうと思ってな。その恰好は？」

私が着替えている間に話がついたようだ。

「動きやすいように着替えてきました」

半袖の青いスクラブ白衣の上下と、鶏さんを切るときに使う作業用のエプロンだ。

スクラブはVネックの医療用ユニフォームで、私が着ているのは男女兼用。当然ズボン。

天城の院長先生は消耗品を余分に買いたがる人で、薬剤やガーゼ類はもちろん、スクラブも予備をたくさん持っていた。これはその一つだ。

私が布バッグを置く場所を探してきょろきょろすると、旦那様が持ってくれた。

「仔牛の様子が見たいんですが、いいですか？」

丁寧に訊く。長老とイケジョが反対する、かと思いきや、長老が無言で顎を上げた。

蜂蜜をくれた旦那様がいるから素直なのか。蜂蜜をあげたのは私だけどね！

私は母牛さんのそばに行き、ロープでまとめられた足を見た。イケジョ兄が背後にずれて、私のためのスペースを作る。「ありがとうございます」とお礼を言い、「ちょっと触っていいですか」と続けると、長老が渋々「ああ」と答えた。

私は兄からあいたロープをもらい、尻尾の先端を縛って首の下に回し、たすき掛けの要領で尻尾を胴体にくくりつけた。顔を叩かれたタイグさんが感心したような息を吐いた。

私は旦那様の持つ布バッグから紙箱を出して、中のものを引き抜いた。

「なんだ、それは？」

旦那様が紙箱をのぞき込んだ。商売人だけあって新しいものにはめざとい。

「検査用の手袋です。一枚なら取ってもいいですよ。ただし、貴重なものなので一枚だけにしてください。乱暴に扱ったらすぐ破れるのでご注意願います」

ポリエチレン製の直腸検査用手袋だ。なければ素手だが、感染症の予防には不可欠。

「この水は消毒用ですか？」

足下にあるバケツに目を下ろす。イケジョ兄が頷き、「人間の出産のときも使うやつだ」と付け加えた。だったら、大丈夫だろう。

私は直検手袋をはめた手を消毒水に浸し、破れないよう注意しながら手袋と手袋から出た腕を入念に洗った。母牛さんの尻尾の下にも消毒水をかけ、直腸に手を入れると、お腹を外から触ると思っていたらしい長老が、ひー、と喉を引きつらせた。

ここまで来れば、最初から産道でもいいと思うが、実は私は指導者がいない状態で大型動物の直腸検査や分娩介助をしたことがない。ゆえに、マニュアルに従うこととする。

私は手の平を奥に進め、仔牛さんの輪郭をひととおり確認してから手を出した。

「出産のとき、仔牛はどんな体勢で出てきますか。うつ伏せで前足からとか、仰向けで後ろ足からとか」

イケジョが表情をこわばらせたまま強がるような声を出した。

「あんた、そんなことも知らないでここに来たの？　仔牛は母牛の胎内でうつ伏せになってるのよ。前足も後ろ足も前に伸びてて、最初に前足、次に頭、最後にお尻が出てくるの」

「これ、前足じゃなくて、後ろ足です。仔牛は仰向けになった状態で、後ろ足から出てこようとしています」

長老とイケジョが「どうしてそんなことがわかる！」「どう見ても前足じゃない！」とささやき声で叫んだ。

「ご自分の手で直接触ってみてください。二本とも関節から下が蹄底とは逆向きに曲がります。前足であれば蹄底と同じ向きに曲がりますから、この二本は後ろ足です。どうぞ」

イケジョ、イケジョ兄、タイグさんを順繰りに見たが、誰一人動かない。

長老が苦しそうな言葉を絞り出した。

「ずっと以前、なかなか出てこない仔牛を引っ張ったら母牛の産道が破れて、母牛も仔牛もともに死んだ。仔牛は仰向けで、後ろ足から出てきていたんだ……」

重苦しい沈黙が広がり、イケジョが弱々しく言った。

「……とにかく引っ張りましょう。まだ死ぬって決まったわけじゃないんだし。ほんとに逆向きかどうかもわかんないわ。早くしないと二頭とも死んじゃう」

「待ってください。まず私が産道に手を入れて仔牛の体を回し、母牛の胎内でうつ伏せにします。牽引(けんいん)するのはそのあとです」

聞いたことのない助産だったのだろう。みな理解できないというようにしばし反応しなかった。最初に口を開いたのは長老だ。

「その方法で、母牛か仔牛かどちらか一方は片方は助かるのか」

「絶対助かるという保証はありません」

長老はさして迷うことなく「やってくれ」と強い口調で言った。絶対助かると答えていれば、了承しなかったかもしれない。そんなお産はないからだ。

私は汚れた手袋を旦那様に渡し、消毒水で手を洗って新しい手袋をはめた。

「清潔な藁をたっぷり持ってきて、ここに敷いてください」

長老は慌てて周囲を見回し、イケジョが大量の藁を持ってきた。私はタイグさんとイケジョ兄に「母牛を立たせてください」と言った。

すぐさまタイグさんが母牛さんの頭絡をつかみ、イケジョ兄が曳き綱を引っ張った。

イケジョが兄と交替し、兄よりずっと慣れた手つきとタイミングで曳き綱に力を込め、母牛さんががんばって起き上がった。

ロープをつけた二本の足が母牛さんの後方からうなだれたように垂れ下がる。

私は片手を足の上に差し込んだ。

藁を抱いた長老が、うう、とうめいたが、出産も半ばなのでスムーズに入る。

私は手の平に全感覚を集中させ、仔牛さんを奥に押し込み、慎重に向きを変えていった。

二本の足が産道に戻って見えなくなる。汗だくになって、産道から手を出すと、母牛さんが小さく息み、ロープのついた足首が外に出た。結び目の位置が先ほどとは違っている。眠そうだったイケジョ兄が感嘆の吐息をもらしたが、それ以上、仔牛さんが出てくる気配はない。

私は足についたロープを持って「手伝っていただけますか」と言った。

じいさまと旦那様、イケジョ兄が私と一緒にロープをつかんだ。

「合図したら引いてください」

陣痛を見極め、母牛さんが息むのにあわせて、「引いて！」と叫び、全員で牽引した。

仔牛さんはうつ伏せになった恰好で、後ろ足、尻尾、お尻、頭の順に姿を現し、敷きつめられた藁の中に音を立てて生まれ落ちた。旦那様が感極まって泣きだした。

母牛さんと同じ赤茶けた仔牛さんだ。全身から湯気が立ちのぼり、耳がぴくぴくと動いている。雌だ。

「藁で体を拭いて、マッサージしてください」

イケジョ兄が足首からロープを外し、イケジョが濡れた体を藁に包んで拭いていった。

母牛さんが力尽きたように足を崩した。私は手袋を外して、鼻水をすする旦那様に渡し、手を消毒水で洗って、じいさまが持つ布バッグをのぞき込んだ。

長老が曳き綱を引いて母牛さんを立たせようとしていたが、母牛さんは動こうとしない。

長老は苦しげに顔を歪め、曳き綱から力を抜いた。

「仔牛は助かったようだが……、こいつはもうだめだ……」

「だめじゃありません」

私は、布バッグからカルシウム製剤の入った輸液ボトルを取り出した。

無色透明で、見た目はただの水だ。

「これはカルシウムと呼ばれる栄養の入った水です。これを母牛の体に針で注入します」

その場でしゃがみ、ポリボトルの蓋にぴん針を差して、輸液ラインを組み立てる。旦那様がめざとく気づいて、涙の中に好奇心を滲ませた。

「カルシウムは、ミルクや骨に含まれる栄養素です。母牛は出産のとき大量にミルクを作るため、体内のカルシウムがミルクに奪われ、立てなくなることがあります。カルシウム不足が原因なので、カルシウムを入れれば立てるようになります」

長老に「母牛を押さえててください」と言い、じいさまに輸液ボトルを持ってもらった。エア抜きをし、トイレの紙を丸めて消毒水に浸し、母牛さんの首のつけねを手早く拭いて、首の皮を思いっきり引っ張り、肉に向かってずぶっと刺した。

旦那様が、ひー、とうめく。母牛さんが痛みで頭を振り、長老が懸命に保定した。

カルシウム製剤の注入にあわせ、赤い皮が盛り上がる。

私はじいさまから輸液ボトルを受け取り、注入速度を速めていった。

液体をすべて入れ、太い針を抜き、刺さったあとをぐりぐりと押して、終了だ。

「これまで母牛が立てなくなって死んだのは、なんとかいう栄養が不足していたからか？」

長老が恐る恐る質問した。私は牛小屋から離れ、足下に生える牧草を手に取った。

「牛が立てなくなるだけなら他の病気も考えられます。ですが、鶏の骨がもろく、卵の殻が割れやすいとなると、共通して食べるものにカルシウムが不足していることが考えられます。どちらもカルシウムが多く含まれるものですので」

「共通して食べるものというと、草か」

「土です。土に不足しているから草にも不足し、それを食べる家畜がカルシウム不足に陥ります」

「どうすればいい？　このなんとかを牛と鶏に注入するのか」

「市場に牡蠣の殻が捨てられていました。牡蠣の殻はカルシウムからできていますから、市場でもらって雨にさらして塩を抜き、細かく砕いて土にまぜれば、いい肥料になります」

「その栄養は、どの地域でも不足してるんですか？」

タイグさんがなぜか敬語で訊いてきた。

「いえ、地域によって土質は変わりますから、どの地域も同じということはありません。人間の場合、海の近くに住む人は陸の栄養が不足し、足りない栄養は市場で買って補います。人間が自分にするのと同じことを、土や家畜にもするんです」

長老も、じいさまも、タイグさんも、うなるような声をあげた。納得と感心のうなりだ。

「牛に関しては、ここの牧草だけでは栄養が不足しますので、大麦やオーツ麦などの飼料も与えてください。特に妊娠後期の牛は通常よりたくさんの栄養を必要とします。鶏に関しては、鶏小屋を作って、大麦などの飼料と水を置き、床に藁を敷いてください。卵は暗くて、外敵に襲われないところで産みますから、産卵のための箱もお願いします」

母牛さんが立ち上がり、長老と旦那様が無邪気な喜びを浮かべた。

長老が、仔牛さんを母牛さんのところに連れて行く。

仔牛さんは、栄養たっぷりの初乳を迷うことなく飲みはじめた。

私は「畜産とは別なんですが」と前置きしてから、村で、手洗い、うがいを徹底してほしい、とお願いした。みんな「うがい」を知らないので、実演も忘れない。

すべきことはまだある。すべての家畜の健康チェック、飼養方法の全面的な見直し……。

目指すものはただ一つ。

「畜産改革」

私がひととおり説明すると、長老が真剣な顔で口にした。

「今日、寄り合い会を招集する。おぬしから説明してくれ」

＊＊＊　聖女の護衛騎士団長代理の憂鬱(ゆううつ)　＊＊＊
～異世界から聖女と騎士が来たけど、育った文化が違うので行動が理解できません～

キエラン・ティアニーはいつもながらの厳しい表情で「水晶の庭」の入口に立っていた。

太陽の下で輝くオリーブシルバーの長い髪は首の後ろでまとめ、胸の前に垂らしている。

いっそ短く切りたいが、ティアニー伯爵家の男子はみな髪を長く伸ばすのが習慣だ。

肩と両袖に金の刺繍が入った黒いサーコートと黒いズボンは、アートゥ・シュリアヴの第二王子であるシェイマスに仕える親衛隊に属するあかしであり、胸についた金の鎖飾りは親衛隊長であることを示している。それ以外の装飾と言えば、新たに加わった象牙(ぞうげ)とダイヤモンドのイヤリングのみで、腰に帯びた長剣にも宝玉のたぐいはついていない。

よく諸侯に「いずれティアニー伯爵位を継ぐのだからもう少し取り繕ってはどうか」と言われるが、大抵はその妻が夫に「紫水晶のような瞳があれば、宝玉をつける必要などありませんわ」と返す。


彼女たちはその後必ず「立っているだけでいいので舞踏会に来てください」とキエランを誘った。キエラン様は二六歳でしたわね、そろそろ人生の伴侶がほしいお年頃ではありませんか、と話は続く。


二六歳だからなんだ、と思う。キエランの幼なじみであり、アートゥ・シュリアヴの名門、クロス侯爵家の三男であるファーガル・クロスは二八歳なのに人生の伴侶はいない。

だが、ファーガルはほどほどに舞踏会に出席し、貴婦人の誘いをうまくかわしていた。

キエランは、少し離れた場所で爽やかな笑顔を浮かべるファーガルを目に留めた。

身長も体型もキエランとさほど変わらないが、肩の下で軽くはねるアッシュベージュの髪と春の新緑に似た瞳はクロス侯爵家特有のものだ。

右手の中指には自分の瞳とあわせるようなペリドットの指輪をはめ、黒いサーコートの胸についた銀の鎖飾りは、シェイマス親衛隊の副隊長であることを示している。耳にはキエランと同じ半月を模した象牙とダイヤのイヤリングをさげていた。

ファーガルの前では救いの聖女ミツキが若い貴婦人たちとテーブルを囲み、王宮での午後のひとときを楽しんでいる。

ファーガルが瞳だけでキエランを見た。面倒臭いので無視。

キエランがシェイマスの親衛隊長に任じられたのは、いまから四年前になる。

前年のドラゴン討伐（とうばつ）で親衛隊長が死に、副隊長だったキエランが隊長に繰り上がった。

ファーガルは文化交流と称して異国にいたからドラゴン討伐のことはあまり知らず、アートゥ・シュリアヴに戻ると王の命令でキエランのあとを継ぎ、親衛隊の副隊長になった。

いまでも苦々（にがにが）しく思う。

王が、カルディア王国との国境沿いにある鉄山にドラゴン討伐に行くと言ったとき、どうしてもっと強く反対しなかったのか。

アートゥ・シュリアヴとカルディア王国は前王の時代に和平条約が結ばれるまで領土を巡って争いを繰り返していた。いまも両国の民の間には憎悪に近い感情が残っている。

ドラゴンは隣国カルディア王国の象徴とされ、王国内には、さほど多くはないものの、野生のドラゴンが飛び交っていた。

アートゥ・シュリアヴの民人にとって、ドラゴンは憎いカルディア王国そのものだ。

流行病や干魃（かんばつ）が起き、不満を募らせた民人の目をそらすには、ドラゴン討伐はもってこいだった。

王は、戦がもとで馬に乗れなくなっていたからドラゴン討伐を二人の王子に託した。

王に似て、生来(せいらい)の武将である第一王子は、父王にドラゴン討伐を命じられるとすぐに受け、同時に討伐のため貴族から徴収(ちょうしゅう)した税を民人にも使うべきだと主張した。

ドラゴン討伐より内政(ないせい)を重視すべきだと考えていたキエランは、ひそかにがっかりした。

討伐のために徴収する税は、結局、民人が負担するのではないのか？

だが、民人は税が増えることより、ドラゴンを討つことを求めた。

病に倒れた者も干魃で苦しむ者も、ドラゴンを倒せば、何かが変わると信じていた。

第二王子であるシェイマスは、まだ一六歳だった。キエランは、シェイマスが父王との晩餐のとき「内政を重視した方がいいという諸侯もいます……」と話すのを聞いた。

戦争に行きたくないがためにそんな話を持ちだしたのだと王は断じたが、キエランは、どんな理由であれ、諸侯の声に耳を傾けるシェイマスを立派だと思った。

そして、討伐が行われた。

鉄山にいたのは子どもを育てていた母ドラゴンで、矢を放った兵士たちに激昂し、大きく羽ばたいて、親衛隊長とその背後にいたシェイマスの馬を吹き飛ばした。

鋭い爪がシェイマスの肩をえぐろうとしたとき、第一王子が飛び出し、シェイマスに逃げるよう指示した。キエランはシェイマスを自分の馬に乗せ、ひたすら逃げた。

シェイマスはキエランに離せと命じたが、キエランは聞かなかった。

逃げる直前、キエランは、親衛隊長がドラゴンの牙にかかったのをはっきりと見た。

第一王子の体にドラゴンの爪が食い込むのも――。

シェイマスは善戦した第二王子として名をあげたが、あれ以来、キエランにむりな命令をするようになった。そのたびに、キエランの耳にシェイマスの内心の声が聞こえた。

きさまは、どんなときも私の命令に従わないのではないか？

シェイマスの不信が大きくなっていくのを感じる中、王が月の聖女と聖女を守る騎士の訪(おとず)れを告げた。

聖女の訪れは王家の者が夢に見る。国王や王妃、王子、王女などだ。

全員が同時に夢に見ることもあるし、一人だけが見ることもある。

今回は国王だった。朝、いつもと違う声で「月の聖女と聖女を守る騎士が来る」と言い、目を閉じた。再び目を開いたとき、夢は覚えていたが、口にしたことは覚えていなかった。

その日の朝儀(ちょうぎ)で、王が夢の話をすると、廷臣たちはもとより、シェイマスも驚いた。

あの驚きで、キエランはシェイマスが聖女の夢を見ていないことを知った。

王は、夢に見た場所を宮廷画家に描かせ、シェイマスに月の聖女と守りの騎士を迎えに行くよう命じ、親衛隊長であるキエランも随行(ずいこう)した。

ファーガルは異国のできごとを大学教授に報告するため聖女探しには加わらなかった。

シェイマス一行が地図に沿って進むと、突如雷が鳴り、シェイマスの馬が怯えて暴れ、前足を高く振り上げ、雷に打たれた。

シェイマスは振り落とされ、馬は落雷で命を落とし、地面に倒れた。

曇っていた空が晴れ渡り、そこへ月の光とともに聖女が現れ、シェイマスの愛馬を……。

違う。

正確には、
一、シェイマスの馬が倒れ、
二、魔女が茂みから走ってきて両膝を馬に打ち付け、
三、馬が起き上がり、
四、聖女が現れて馬をなで、
五、キエランの部下が「魔女だ！」と叫ぶと魔女が逃げ出し、
七、部下が追いかけ、
六、魔女が崖から落ち、探しに行くと、すでに魔女はいなかった、
……だ。空はいつのまにか晴れていた。

あの魔女は一体なんなのか――。

職務をおえたファーガルに聖女探しの顛末を話すと、ファーガルは思案とともに口にした。

「魔女が殿下の愛馬にとどめを刺そうとしたけど、王族に仕える馬が魔女の力をはねのけ、そこに聖女が現れた、とかじゃないですか」

だが、魔女が馬にとどめを刺すのに、なぜ膝打ちか。邪悪な魔法はないのか。

「ストレスとか。ことあるごとに邪悪、邪悪って言われたら、魔女だってストレス溜まるでしょう」

魔女の生態(せいたい)は知らない。ゆえに、違うとは言いきれない。

二人と対面した王は、ユズルには頷いただけだったが、ミツキには「夢で見たとおり美しい。目も、鼻も、口も、髪の一本にいたるまで夢の女人(にょにん)と何もかも同じ。そなたこそわが国を救う麗(うるわ)しき月の聖女だ」と熱心に語った。

キエランは、ずいぶん細かいところまで覚えているのだな、と感心した。

ミツキとユズルが退出したあと王に魔女の話をすると、王は、そのようなものは見ていない、……と思う、と曖昧に返した。王によると、聖女は鮮明だったが騎士はぼやけていて何人いるかもわからず、それ以外はもっとわからなかった、という。

聖女ミツキと護衛騎士ユズルに魔女のことを訊くと、口を揃えて「ただの知り合い」と答えた。知り合いであれば探した方がいいのでは、というキエランの言葉に、これまた口を揃えて「王宮に来たければ来るはずです。私たちを探そうと思えばいくらだってできますから」と言った。

いろいろと腑(ふ)に落ちない。

「代理殿……、団長代理殿」

後方から小さな声が聞こえた。三回目の「団長代理殿」で自分のことだと気づく。瞳を移すと、眉目秀麗な男爵家の若い子息が遠慮がちな表情を向けていた。顔を動かし、ファーガルを見る。ファーガルはキエランにあからさまな視線を送っていた。意味は「お願いだから助けて」だ。知らん。

男爵家の子息も、その左右にずらりと並ぶ若者も耳に半月の象牙を垂らしている。みな聖女の護衛騎士団の団員だ。

現在、団員は二〇人以上。シェイマス親衛隊とほぼ同数。

耳のダイヤは護衛騎士団の高位の者ほど多く、最高数が護衛騎士団長であるユズルだ。

聖女の護衛騎士団は、ユズルが「やっぱ騎士は何人もいた方がいいっすよね。護衛騎士団、みたいな」と提案し、ミツキが「それ超いい！」と賛成して急ごしらえで設立された。

言い出しっぺのユズルは「いまの自分に護衛騎士団長が務められるほどの実力はありません。聖女ミツキを守れる力が備わってからミツキのそばにいます」と団長を辞退。

したかと思いきや、「辞退じゃなくてアートゥ・シュリアヴの文化を勉強中ってことで。親衛隊の誰かを副団長にして、団長を兼任させればいいんじゃないっすか。ぼく、あっちの世界で代理職だったんすよね」と持ち出し、結果、キエランが「護衛騎士団長代理兼副団長兼親衛隊長」に任ぜられ、自動的にファーガルが「護衛騎士団副団長代理兼親衛隊副隊長」となった。

「代理」ってなんだ。意味がわからん。外国の使節団が来たとき恥ずかしくて名乗れないだろ。

「団長代理殿……」

キエランはとうとう「きさまが行け。副団長代理には団長代理の命令だと伝えろ」と命じた。名も知らぬ団員は表情を輝かせ、「失礼いたします！」と礼をして、ファーガルの元に走って行き、入れ替わりにファーガルが戻ってきた。

「ぼくはあなたに助けを求めたんですがね、団長代理殿」

ファーガルがキエランの隣に並び、聖女を眺めたままささやくような声を出した。

「私は詩作で忙しい」

「詩作と言うと、われらが護衛騎士団長殿は子爵令嬢から自分のために詩を詠んでほしいと言われ、家庭教師に代作を頼んだそうです。家庭教師は護衛騎士に特命を受けたと喜んでいたそうな」

相変わらず情報通だと感心するが、ユズルに関してはキエランをのぞくほとんどが動向を知っている。異なる世界から来た聖女の護衛騎士となれば気にならないわけがない。

「ちなみに今日の文化はダンスの練習です。舞踏会でダンスが踊れなかったら貴婦人に見向きもされませんから。家庭教師に代わりに踊ってもらうわけにはいかないし」

ファーガルは、ダンスは役に立つみたいです、と付け加えた。

アートゥ・シュリアヴの文化を勉強するというユズルの言葉は口先だけではなかった。まずは文字だ。

ユズルは一日の目標を定めて、毎日決まった時間必ず机に向かい、ほどなく子ども用に書かれたアートゥ・シュリアヴの歴史書を読解できるようになり、家庭教師を喜ばせた。

驚いたのは数学だ。家庭教師が王宮の地図を見せ、「いくつもの庭のうち、どれが一番広いか」という問いを出すと、王宮の一片にある直線箇所の距離を訊き、定規とコンパスを使って、それぞれの庭の広さ、つまり面積を出した。

家庭教師は、自分には手に余ると判断し、王立大学の数学教授を呼んだ。

数学教授は、「とある数は二桁の整数で、その数を二乗し、十五で割ると、一あまる。このような数は全部でいくつあるか」という問いを出した。

ユズルは、小さな砂時計が半分も落ちないうちに解いた。数学教授がどう解いたのか訊くと、羊皮紙に不思議な記号を書き、「これが解き方です」と言った。

「これ、ぼくが十歳のときに解いてた問題ですよ」と笑うので、数学教授ははるかに難しい問いを出した。ユズルはそのほとんどを解いたが、「どうしてその方法で解けるのか」という質問には「解き方を覚えればいいだけです。どうしてとかそういうの、役に立たないんで」と答えた。

哲学の教授が「存在とは何か」という命題を出し、議論しようとすると「哲学なんか役に立たないですよ」と言う。

詩作の時間では「詩を作って、なんの役に立つんですか」と訊いてきた。

騎士であれば、最低限、剣を使い、馬を乗りこなさねばならない。剣と馬は役に立つ。

だが剣を渡すと「ぼくの世界では片刃(かたは)の剣を両手で持ちます」と言い、護衛騎士の剣を作る任を与えられた鍛冶屋が、どういうものか詳しく訊くと「剣は専門の職人が作りますから、騎士は知らないんです」と返した。

騎士には馬が必要だ。異世界の職人とて、馬は作るまい。

ユズルは、まず高い鐙に足をかけるのに苦心し、まわりの助けで鞍をまたぐと、馬の腹を鐙で思いっきり蹴りつけた。馬が暴れるともっと強く蹴り、あっけなく振り落とされた。

ユズルは言った。

「乗馬は動物虐待(ぎゃくたい)です。乗れというから乗りましたが、人間が楽をするために鞭で打ったり、鐙で蹴ったりしたらだめですよ。あっちの世界では、騎士は馬ではなく、もっと便利なものに乗ります」

待て。馬の腹を鐙でがんがん蹴ったのはお前ではないか。だから、馬が怒ったのだ。

それに騎士は馬の腹を蹴っているのではない。鐙に軽く力を込めて馬に合図を送っているのだ。その合図に反応し、馬が動く。馬に乗ること自体が虐待だ、というならともかく、痛い思いをさせて言いなりにしているわけでは決してない。

「もっと便利なもの」について訊くと、「鉄で作った乗り物で、専門の職人が作ります」と予想どおりの回答をした。

文化の溝は深い――。

「聖女殿と護衛騎士団長殿って、あんま仲良いようには見えないんですよね。どっちも関わりを持たないようにしているっていうか。そう思いませんか？」

思う。

ユズルは護衛騎士なのだから常に聖女のそばにいると考えていたが、常にそばにいて、ミツキをエスコートするのはシェイマスだ。

今日のように王宮に来たとき王子の立場では参列できないときに護衛騎士団だけが任につく。

「団長殿、王宮に来たとき指輪してたけど、あの指輪、どこに行ったんでしょう」

ユズルはキエランと出会ったとき、左手の薬指に牛の鼻輪でさえもう少し立派だぞ、と思うほど簡素な指輪をはめていた。

貧相な装飾を恥だと思ったとか？　どうせなら言動を恥じればいいのに。

若い団員と話していたミツキが遠目からちらりとキエランに視線を投げた。目があった。

しまった！　と思ったが、もう遅い。団員がキエランの元に走ってきた。

「団長代理殿、ミツキ様がお呼びです」

短い距離を全速力で駆けてきた団員は、息を切らしながら言った。

隣に立つファーガルが、行けば？ という顔をする。これ以上引き延ばしても仕方ない。ひっそりとため息をつき、ミツキの元に歩いて行くと、ミツキが柔らかく微笑んだ。

「さっきからずっと呼んでおりましたのよ。わたくしのそばに来るのはお嫌かしら」

ミツキを中心に丸テーブルを囲む若いご令嬢たちが、キエランを間近に見てさざめいた。キエランは「そのようなことはございません」とだけ言った。ミツキが、ほほほと笑う。

「キエラン様は、本当にご自分のお仕事に忠実ですこと」

最初は、はすっぱな村娘のように話し、食事のとき、どの指を使うかも知らなかったが、いまのミツキはアートゥ・シュリアヴの王都で生まれ育った侯爵令嬢といっても疑う者はいないだろう。

ひだ飾りのついたピンクのローブは、胸元にも手首にも白いレースがあしらわれ、耳には護衛騎士と同じ象牙とダイヤを光らせている。

右手の薬指と左手の中指にガーネットとトルマリンの指輪をはめ、あちらの世界の指輪は右手の中指だ。小粒のダイヤがいかにもわびしいが、ゆるく波打つ豊かな黒髪は指輪の貧相さを補ってあまりあり、彼女の美しさを特別なものにしていた。

ミツキたちの囲む丸テーブルには、薄く切ったパンに、マスタードとバターを塗り、生のキュウリと崩したゆで卵、ハムを酸味のあるソースであえたものを挟んだ「サンドゥ・イッチ」なる食べ物が置いてある。ミツキがみずから厨房に入り、作った。

ミツキは、「この方が食べやすいでしょ」と言ったが、一体どこが食べやすいのか。パンと中身をわける手間が増えただけではないか。

そもそも厨房は身分の高い者が入る場所ではない。野菜を生で食べるのは貧しくて火さえ炊けない者だし、ゆで卵は医療院の見習いに渡すものだ。

しかも、あのパンの薄さはなんだ。パンの向こうに立つ人物が透けて見える。

テーブルに載っている飲み物はワインとワインを薄めるための水だが、なんとミツキは、水で薄めたワインではなく、水だけを飲む。しかも、がぶがぶと。

王家より裕福と噂されるクロス侯爵家の三男は、キエランに「あちらの世界は貧しいんです。貧乏を蔑んではいけません」と諭すような声を出した。

ミツキは宮廷の料理人が腕によりをかけて作ったイルカの目玉の塩釜焼きも、牛の睾丸のパイも、豚の血合いをたっぷりかけた鶏の雛のゼリー寄せにも手をつけず、好んで食べるのは生の果物や野菜ばかり。

ユズルはというと、使用人と同じ食事に、茹でた野菜と生の果物、バター、蜂蜜を別皿で添えるよう注文した。若い侍女は護衛騎士が自分たちのことをおもんぱかり同じ食事をしていると感動したが、茹で野菜その他をつける時点でおもんぱかってはいないだろう。

食べ物の嗜好は幼い頃に養われるというから、ミツキもユズルも王宮の料理人が作る豪華な食事は受け付けないのにちがいない。かわいそうに……。

貴婦人たちがいるのは列柱をあしらったあずまやで、足下には広い池が取り巻いている。いくつもの区画に青く茂る草花は月の聖女の到来を喜ぶようだが、いましも雨を落としそうな灰色の空はアートゥ・シュリアヴの現実を嘆いているようだ。

地方では畑を耕す牛や馬が出産にたえられず、母子ともども死ぬことが多いという。ここ最近は薬の効かない流行病が発生し、貧しい民は貧しくなる一方だ。ドラゴン討伐に出かけたのはそんな貧しい農民たちで、大抵は生きて帰らず、貧しい村はさらに貧しくなった。なのに、また王は……。

会話が止まった。聖女との雑談は、キエランの仕事には入っていない。

「そろそろ視察に行くお時間ではないかしら。今日は王都から少し離れた村でしたわね」

ミツキは、微妙な間合いなどなかったように言い、キエランが「はい」と答えて視線を動かすと、ファーガルの隣に立つ護衛騎士が待ってましたとばかりにシェイマスの居所である第三宮殿に走って行った。キエランはミツキから距離を取り、一歩後方に移動した。

「聖女様は本当に民人のことをお考えですわね」

ご令嬢の一人が、キエランの落ち着きのなさを無視して口を開いた。

「王都に最新のドレスを作る衣裳店ができたのでお誘いしたんですけど、村の視察があるからと断られましたの。わたくしだったら視察など忘れて、ドレスに飛びつきますわ」

「わたくしだって新しいドレスはほしいですわ。美しいドレスは何着あってもたりませんもの。ですが、貧しい民人の心を癒やし、生きる喜びと希望を与えるのが、わたくしの使命。怠(なま)けるわけにはまいりません」

ご令嬢が、さすが聖女様、と口々に褒めそやす。

そういえば、ここに来たとき、ミツキは下着かと思う薄いドレスを着ていた。

毎日あんなドレスですごさなければならないのだったら、こちらの服は何着でもほしいだろう。

蔑んではいないぞ、とキエランは内心で言い訳した。

金属の触れあう重い音が響き、キエランは即座に一歩下がった。

もう一歩下がる。まだ少し近いかもしれない。

シェイマスが現れたとき、キエランはミツキから十歩下がっていた。

＊

視察から帰ったときにはすでに夜の幕が下り、冬の香りを残した大気が満ちていた。

王宮には何人もの不寝番が立ち、草木は眠り、フクロウの鳴き声が響いている。

午後、貴婦人たちとすごしたあずまやの下に、シェイマスとミツキが座っていた。

鎧を脱いだシェイマスは、ミツキの前でくつろいだような笑みを浮かべている。

五年前、兄を失ってから、ついぞ見せることのなかった穏やかな表情だ。

胸に届くライトグレーの髪と紺碧の瞳は、端麗さの中にキエランが不安になるような危うさを放っていた。

二人の前のテーブルにあるのは、ワインと水、限界まで薄く切ったパンとゆで卵だ。

キエランは、午後と同じ場所にファーガルと陣取り、いすに腰を下ろしていた。

目の前の丸テーブルに載っているのは大量の水と生のキュウリが丸々一本。食えるか。

斜め向かいの席で、律儀にキュウリをかじっているファーガルが言った。

「陛下も聖女殿も努力が好きですよね。護衛騎士団長殿も努力家だし。ぼくは早い段階で努力を放棄した人間ですから、努力至上主義みたいな人とはあわないですよ」

嘘をつけ。努力なくして、親衛隊副隊長や護衛騎士団副団長代理になれるわけ、……あるかもしれない。少なくとも護衛騎士団副団長代理は。

視察でのできごとが脳裏をよぎった。

清らかさに満ちたミツキが馬車の窓にかかったカーテンを開けると、目抜き通りの左右に集まった人々が熱狂の声をあげた。あんな小さな村によくこれだけの人間がいるなと思うほどの人だかりで、王宮の警邏兵が興奮した群衆を長槍で押さえ込まねばならなかった。

老いた男が、長槍の下をくぐって馬車に駆け寄り、警邏兵が男を槍の柄で殴りつけた。

ミツキが窓から「やめてください！　馬車を止めて！」と叫び、御者が手綱を引くと、自分でドアを開き、優雅に地面におりたった。群衆が、おお、と叫んだ。

シェイマスが即座に馬をおり、ミツキと群衆の間に入ろうとしたが、ミツキはシェイマスに手の平を向け、動きを制した。

護衛騎士のほぼ全員が地面に足をつき、ミツキのまわりに盾を作った。

キエランはぎょっとした。護衛騎士が馬をおりてどうする。

だが、そう声を張り上げるには村人の数が多すぎ、護衛騎士はミツキしか見ていない。

唯一馬をおりなかったファーガルに、キエランが軽く瞳を動かすと、ファーガルはシェイマス親衛隊に手をあげ、護衛騎士の分まで隊列を広げさせた。

ミツキは倒れた男に身をかがめ、「大丈夫ですか」と声をかけた。群衆が静まり返った。

男は、夜を照らす月のようなミツキをまぶしそうに眺めて嘆願した。

「聖女様、税が重くて食べていくことができません。どうか税を軽くしてください」

ミツキは諭すような笑みを浮かべた。

「裕福な人はあなたより、もっと重い税を払っています。税を軽くすれば、街道を整備することも、王都をきれいにすることもできませんわ。自分のためにもがんばって」

近くにいた護衛騎士たちが感心したような息を吐いた。

護衛騎士は名門貴族の出だ。多かれ少なかれ、貧しい者は甘えている、と思っている。

聖女様、聖女様、という声が響き、今度は若い女がミツキの前でひざまずいた。

「聖女様、私は働きたくとも仕事がありません。税を払うどころか生きていけないのです」

「誰だってやりたい仕事ができるわけではありません。努力をしなさい。王宮で働く者には貴族でない人もいます。努力をすれば、あなたも王宮で働けます」

ミツキの言葉に護衛騎士はもちろん、槍を持った警邏兵までもが頷いたが、シェイマスは紺碧の双眸に迷うような揺らぎを滲ませていた——。

キエランは反射的に立ち上がった。ミツキとシェイマスがたりとファーガルがいすを引き、キエランは反射的に立ち上がった。ミツキとシェイマスがこちらに向かって歩いて来る。


キエランとファーガルは頭を垂れ、草を踏む音がすぐそばで止まった。

「きさまらはもう居所に戻るがいい。親衛隊、護衛騎士団ともに解散し、休息せよ。きさまらも疲れただろう。朝になれば、わが宮殿と月離宮に来い」

月離宮は王がミツキに与えた宮殿だ。自分の宮殿と月離宮に来いと言うからには、ミツキとともに夜をすごすわけではないのだろうが……。

「御意」

キエランとファーガルが同時に答え、シェイマスはミツキを連れてその場を去った。

草のしなる音が遠くなったのを見計らい、キエランは頭を上げた。

「私が行く。きさまは帰っていろ」

「では、明日はぼくで」

ファーガルがすぐに応じ、キエランに礼をした。

キエランはシェイマスたちから十分に距離を取り、気づかれないようあとをつけた。

王宮のあちこちに松明（たいまつ）が焚かれ、アートゥ・シュリアヴの中心が闇に閉ざされることを防いでいる。松明の周囲には複数の不寝番が立ち、短い時間で交代するようになっていた。シェイマスがミツキとともに夜の王宮を歩いていたことは、明日の朝には王の耳に届いているだろう。

二人はいくつもの庭を横切り、月離宮から離れていく。濃い森の直前で、シェイマスは不寝番から松明を受け取り、薄闇に入った。

キエランは眉を寄せた。

深い木々は黒獅子（くろじし）の森と呼ばれ、昼間でも人を見かけることはまれだ。森の外周に警邏兵を配置しているから不審者が紛れ込むことはないが、貴婦人を連れて来る場所ではない。

不寝番はキエランにも松明を渡そうとしたが、キエランは手を上げて断った。

シェイマスとミツキが二人になるときは、自分が警護にあたらねばならないだろう。

ファーガルは、この先に何があるのかを知らないのだから。

黒獅子の森が開け、月の輝く空が広がった。木々がない分、松明の灯る庭より明るい。

ふー……、という声が聞こえ、ミツキが足をすくめた。キエランは森の出口に留まった。

正面に重い土が山のように盛り上がり、木で作られた太い格子が立っている。

土牢だ。

縦に作られた格子の隙間は、人ひとりがすり抜けられる広さだが、すり抜ける者はいないだろう。

シェイマスが松明を高く掲げ、ミツキが悲鳴を呑み込んだ。

ふー、ふー、といううなり。キエランをはるかに越える巨大な影が奥深くでうごめいた。

「これは……、ドラゴン、ですの……？」

ミツキが小さな声を出す。ミツキの世界にもドラゴンはいるようだ。

「怪我をしてるように見えますわ」

「してるだろうな」

シェイマスは淡泊に答え、ミツキが不安そうな顔をした。

ドラゴンは両足に木錠（きじょう）をはめられ、折りたたんだ両翼の上から木の鎖が巻きつけられている。身動きが取れない中、瞳だけが赤々と輝き、シェイマスとミツキを睨んでいた。

「先ほど領主様が陳情（ちんじょう）に来られてましたわね。あのことと関係がありますの？」

視察がおわって王に挨拶に行ったとき、ちょうど地方領主が嘆願しているところだった。

ドラゴンが鉄山を襲いに来たため鉄が採取できず、農具が作れず、所領民が畑を耕せず、結果、みんなが飢えている、ぜひドラゴン討伐をしてほしい、と。

王は無言で耳を傾け、領主が言葉をおえると、「わかった」とだけ答えた。

たった一言告げられた「わかった」がどんな意味を持つのかキエランには判断できない。

シェイマスがドラゴンを見上げ、乾ききった声を出した。

「これは、五年前の討伐のとき捕えたドラゴンだ。あの領主は、このドラゴンが棲んでいた鉄山の近くを治めている」

目の前のドラゴンは怪我をし、食べるものもなく、土の中で弱り続けている。

だが、まだ生きている。

兄王子は死んだ。

シェイマスが夜空に目を向けた。いつのまにか月は隠れ、星もない。

「わが領土にドラゴンが飛来しているという情報があちこちから入っている。王都にドラゴンが現れる日も近いだろう。ドラゴンを率いているのは隣国だ。ドラゴンを打ち倒すという名目で、わが国に侵攻しようとしている。その前にわれらがドラゴンの本拠に行き、悪しきドラゴンを打ち倒す」

シェイマスが抑揚のない声で言い放った。

憎悪、悲しみ、悔しさ、自責の念、――それらすべての感情が冷徹な瞳にこもっていた。

◆ 3章 「私の村」とドラゴンちゃんとおん馬さま

村の長老は、長老というほどの年ではなく、この村の村長で、寄り合い会の会長だった。

イケてる兄妹と血のつながりはなく、大事な家畜のお産だから来ていただけだ。

出納係のメラさんは、村の実力者ナンバー2。

いろいろと条件が重なり、私の改革案はすんなり受け入れられた。

村の大人たち総出で市場に捨ててある牡蠣殻、オリーブオイルの絞りかす、牛や豚、魚の骨、薪を使ったあとの灰、野菜くずを集め、発酵させるものはさせ、そのまま利用するものは利用する。

堆肥を作って、土に混ぜて、土質が変わって、草が変わって、畑も変わって、鶏さんや牛さんが健康になって、収穫量もアップする、なんてのはずいぶんあとの話だ。

畑に関しては待ちの姿勢。

鶏小屋は古い牛小屋を増改築し、止まり木とえさ箱と水箱と産卵箱を置き、藁を敷きつめ、野菜くず、穀物をえさ箱に入れ、えさの道を作って鶏さんを鶏小屋に導いた。

何度か繰り返すと私とメラさんを見ただけで鶏さんが群がるようになり、えさの道を作る必要はなくなった。

虫取りが好きな村の子どもたちには、取った虫を鶏さんにあげるようお願いした。

シリアルキラーが生まれませんように、と心の中でお祈りしつつ、子どもたちの手で生き餌を投入。

ごめんよ、虫さん。ありがとう、動物性タンパク質、そして、村の子どもたち。

こちらは畑とは違い、十日もしないうちに成果が現れた。鶏卵だ。

良質の動物性タンパク質と落ち着いた産卵環境のおかげで、卵を産まなかった鶏さんは十日に一回、十日に一回卵を産んでいた鶏さんは五、六日に一回卵を産むようになった。

品種改良が進んでない中で、この数は驚異的……、とまでは言わないが、よいんでないかい？

市場が休みの日は、メラさんに食料採取を任せ、私は村の牛さんの健康診断をした。

牛さんが働くのは明るい間だけだから睡眠不足で過労気味ということはないが、食生活は改善中。外部寄生虫に関しては、まだ寒いから命に関わる大型のマダニはいない。

内部寄生虫はいるにはいたが、ロバさんに比べ数は少なく、駆虫薬の投与は必要ない。

牛さんと、ついでにロバさんのカルテは、助手に書いてもらった。

そう。

なんと私には助手ができた。口数は少ないが同じ所領の人に顔が利くので重宝（ちょうほう）している。

時間を見つけて、旦那様と商品開発の打ち合わせ。

いま必要なのはマスクだ。謎の茎で作るトイレの紙は、顕微鏡で見てみると、不織布にはに劣るものの一般的な布より目が細かく、マスクには最適だと（私が勝手に）判断した。

だが、こっちの世界でマスクの製作販売が商売として成り立つとは思えない。

旦那様に説明しながら、マスク作りは自分でがんばろう、と決めたとき、がりがりさんがワインと水と蜂蜜と各種香辛料を持ってきてくれた。

こっちではワインは水で薄め、蜂蜜と香辛料を入れるが、どんなに薄めても渋くてむり。喉が渇いていたため、がりがりさんにレモンと塩とお湯を持ってきてもらい、その場で蜂蜜レモン水を作った。私がおいしそうに飲んでいると、旦那様が「ちょっと一口」と言い、私が差し出した蜂蜜レモン水を自分のゴブレットに移すことなく、全部飲んだ。

「これ、売り物になりませんか？　なるなら、収益でマスク作ってください」と適当に言うと、旦那様は真顔で「作る」と応えた。

この国では、水は働く場所も家もない流民の飲み物だ。

貧しい人はエールを飲み、お金持ちはワインを水で割って蜂蜜や香辛料を入れて飲む。

かくして貧しい人も富める人も蜂蜜レモン水を知らぬまま一生をおえる、……前に旦那様が商品化をめざし、私はマスクの調達ルートを確保した。

二ヶ月に一回の大市場では、助手の提案で鶏ガラスープを販売した。

この国では、鶏の骨はゴミだと思われているため誰も鶏ガラスープを知らず、大市場は飲食の店舗もあるため高値で売れるのでは？　ということだ。

スープにしたのは、オートミールが貧しい人の食べ物で、市場でお金を払う層はオートミールにすると買わないからだ。蜂蜜レモン水と同じ。社会の断絶きわまれり。

商品名は「東方のスパイス風スープ」助手が命名。

東方の民の顔をした私が売り子になるので、まず「東方」

スパイスが入っていそうだから「スパイス」でも入ってないから「風」

嘘はついていない。

問題はスープの運搬だ。大市場までは徒歩で約七時間。

牛さんに荷車を引いてもらっても大量のスープは運べず、樽が倒れる危険がある。

けど、心配はノンノン。鶏ガラスープは火にかけ続ければ濃縮されるのさ、そして、一晩冷やせば、ぷるぷるの煮こごりになっちゃうのさ！

こっちには「煮こごり」と呼ばれる料理はないので、「ゼリー」と言えば通じた。

鶏ガラスープを大量に作ってぐつぐつ煮込み、冷水で冷やすと固まるのを見て、村の人たちは感動し、お湯でとかすと驚嘆した。

煮こごり、またはゼリーは、「東方のスパイス風スープの素」として販売。命名、私。

当日は、大市場の井戸で水を汲み、備え付けのかまどで湯を沸かしてスープを用意。

鶏肉を部位ごとに並べ、どの肉がどの部位にあたるか矢印で示した絵を飾った。

部位別販売は他の所領でも噂になっていたようで、大市場の開門前から見知らぬ鶏肉屋さんがすべての部位を一つずつ買っていき、東方のスパイス風スープを勧めたら素直に一杯買って飲み、表情を変えた。スープの素をお勧めすると怪訝(けげん)そうな顔をしたので、お湯を投入。あっという間にとけたのを見て、周囲の人たちまでが感嘆の声をあげ、鶏肉も含め、昼前にはすべて売り切れた。

そして、一回の売り上げで、滞納した税金の利息の十分の一を返すことができた！

あと少し手際(てぎわ)が良くなり商品の量が増えれば、半年後には利息を完納し、一年後には滞納分を完納、二年後には馬さんが……、牛さんが買えるようになっている、だろう。

実は大市場に行った人のうち、一人が帰宅途中に鼻水をすすり、別の一人が翌朝、熱を出したのだが、二人ともすぐに隔離(かくり)し、大人しく寝ていると、七日前後で回復した。

インフルエンザであることを考慮し、症状が消えてからも二日は隔離したままにする。

その後、やっと行動制限を解除し、後遺症もなく、平癒(へいゆ)した。

流行病は、伝染性は強いものの致死性は高くなく、医療院で死者が相次ぐのは高齢者が多いからのようだ。しかし、同じように高齢者の多い修道院では、死者はもちろん、感染が広がっているという話は聞かない。巧妙に隠しているのかな。

私の村では、手洗い、うがいを欠かさず、こまめに換気して、人混みでは必ず旦那様が試作したマスクを着用し、少しでもおかしいと感じたら寝ているよう徹底した。

ふと、ここはもう「私の村」になったんだなあ、と実感する。大市場を経験したのが一回だから、まだ二ヶ月経っていない。勤務先の覇権争いはどうなったのか。

美月姫と譲君は聖女と騎士として王宮で仲良くこの国に平和をもたらしているだろう。英雄譚は聞こえてこないが、魔女討伐に来られては困るので聞こえてこない方がいい。感慨はさておく。

部位別販売が定着し、「メラの鶏肉屋」が「メラとマツキの鶏肉屋」になってから鶏肉屋はどんどん忙しくなっていった。メラさんも解体のわざを習得しつつあるが限界がある。同じ市場の鶏肉屋さんは、お客がこちらに流れた結果、値段を下げざるを得なくなった。

あっちの世界では切り分けてあるのが普通だから、こっちの人たちもすぐ切り分けて売るようになるだろう、と思っていたら、見たことがないものを独学で会得するのは相当難しいらしく、何度客のふりをして買いに来ても、店頭に並ぶのはぶつ切りばかり。

鶏肉の売り上げが落ちて税金が払えなくなり、小麦を製粉するための水車使用料を高くされても困る。だったら、解体の技術を学んでもらい、部位別に売ってもらった方がいい。

当初、高く売るのは気が引けたため、手間暇を考えると無謀なほど安くしてあり、うち以上に安く売ることはできないだろうし。

そうメラさんに切り出すと、メラさんは「あー、よかった」と安堵した。

本当はその方がいいと思っていたけど、考案したのが私だから言い出せずにいたという。

私は「気を遣わないでください」と伝え、鶏肉屋さんに鶏さんの解体方法を伝授した。

余った骨を煮たらおいしいスープになることも説明したが、ゴミがおいしいスープですか、ハハハー、と笑っていたから本気にしたかどうかは知らない。

部位別に買うお客さんは、まずうちの店に来るようになっていたので、行列ができているときは他の店を紹介した。逆に良心的な店として、お客さんはやっぱりうちの店に来た。

部位別に販売することで、鶏肉の消費量が増え、市場で鶏肉が余ることがなくなった。

それぞれの鶏肉屋さんからは治療に使う大小の器、ナイフと砥石のセット、塊のハムやチーズをもらった。

食べ物は一口、二口いただき、残りはみんなでどうぞ、とメラさんに渡す。

あともう一店あったけど、あそこはなんにもなしかー、とひっそり思いながら市場で開店準備をしていると、最後の一店が孵化してまもない鵞鳥の雛を三羽持ってきてくれた。

ふわふわの産毛が生えた雛が、割れた殻とともに木の箱に入っている。産毛は灰色と白のまだら模様で、卵はうっすら緑色。鶏より一回り大きく、毛色以外はあっちと一緒。

うちには鵞鳥がいないので、ありがたく手に取り、仰向けにする。

ぴーぴー、と鳴く雛のお尻を陽光の下に持って行き、一羽ずつ確認して「全部雌ですね」と言うと、雛を持ってきた二人が即座に私の手を引っ張り、自分の店に連れて行った。

集められた鵞鳥と、ついでに鶏の雛を三つの箱にわけていく。

本職の初生雛鑑別師（しょせいびなかんべつし）さんとは違い、雄、雌、わからない、の三種類だ。

雛の雌雄の判別は、孵化してから時間が経つと難しくなっていく。

見た目は同じでも、先に生まれた雛ほど「わからない」に入るため、お店の人たちは「わからない」に追加されるたび、おおー、と感嘆の声をあげた。

わからないから、すごくはないんだけどね。

すべてわけおわると、お礼に鵞鳥の雄の雛をくれた！　申し訳ないから雌を一羽返した。

雄の雛を箱に入れて店に戻ると、メラさんが「実はね」とまた遠慮がちな声を出した。

仔牛を取り出して以降、家畜の相談がちらほら舞い込んでいるという。

あんたに話していいかわかんなくてさ、とメラさんは困ったような顔をした。

メラさんよ、気遣いさんは無用ですぜ。

だが、鶏肉屋で働く時間が削られるなら、ただではできない。

ということで、最初はカルテ用の羊皮紙をどばっともらい、その後はなんでもいいので持ってきてもらって、「動物なんでも相談所」を開設することにした。

業務を行う場所は、私の居候先であるメラさんの家から徒歩数十秒の空き屋。

段ボール箱はそちらに移し、使っていないテーブルやいすを持ち込んで、いくつかのスペースを待合室、診察室、処置室、手術室、入院室、休憩室、作業室にわけ、入口に牛さん馬さんの絵を掲げた。

メラさんの解体技術がさらにあがって、私が昼前には鶏肉屋さんを切り上げることができるようになった頃、同じ市場の鶏肉屋さんたちからのお願いで、他の村の牛さん馬さんの健康診断をすることになった。羊さん山羊さん豚さんは、またあとで。

身体検査ののち、検体を採取して顕微鏡で観察し、カルテに所見を書き込み、いまにいたる——。

作業室には検体、つまりはうんちの入った器と所見を書いた羊皮紙が並んでいる。

うちの牛さんは、健康に害を及ぼす重篤な内部寄生虫の感染はなく、さすが放牧は違うと感心していたが、他の村の牛さん馬さんは、うちのロバさんが感染していたのと同じ線虫を始め、さまざまな内部寄生虫に感染していた。

他の村の牧草地の草を顕微鏡でのぞいてみると、牛さん馬さんのお腹にいるのと同じ寄生虫が見つかった。また、草木にカルシウム不足の徴候はなかった。

領地内に魔法の山があるのは、うちの村だけだ。

魔法の土のおかげで寄生虫が少なく、土壌にカルシウムが不足するということはあるだろうか。毎年の日照時間や降雨量などで魔法成分の流出量や影響度が変わったりとか。

メラさんに確認すると、去年は雨が少なく、今年ほど卵は割れやすくなかったという。

うちのロバさんは、市場にいる間は市場の飼い葉を与えている。感染はそのときだ。

魔法成分はいまだ謎。顕微鏡で見ても水と変わらず、持っている試薬をすべて試したが、どれにも反応しなかった。

私は牛さん馬さんのカルテを村ごとに並べていった。

牛さんのうち、裕福な村にはぱっと見てわかる寄生虫はいない。ぱっと見ただけではわからない寄生虫や、顕微鏡じゃないと見えない寄生虫は、裕福かどうかにかかわらず、すべての村の牛さんにいる。

馬さんは、すべての村で、ぱっと見てわかる寄生虫もわからない寄生虫も両方いた。

理由は簡単だ。

牛さんの場合、ぱっと見てわかる寄生虫がいれば、駆虫薬を処方してもらうが、駆虫薬はお金がかかるので、感染の度合いは村の裕福度に依存する。

ぱっと見だとわからない場合、駆虫薬は処方してもらわない。

馬さんは体高が高くて、駆虫薬が飲ませられず、お金があろうがなかろうが感染したままになる。

現在、牛さん馬さんに目に見えない重篤な感染が出ている村がある。

領地が一番広く、一番お金持ちで、牛さん馬さんの数が一番多い村だ。

この牛さん馬さんには早急に対処しなければならない。

外から二人分の足音が聞こえ、失礼します、という言葉とともに助手が入ってきた。

夜の寒さが室内に侵入する。

私は、顕微鏡を照らしていた手動充電式の懐中電灯をサイドテーブルに移動させた。

助手の後ろからイケイケイケジョがついてくる。牛さんの出産のとき女性でもズボンを穿いていいと気づいたらしく、あれ以来、仕事中はズボンだ。いまもズボン。

助手は小さな木の器を持っていた。お金持ち村の牛さん馬さんの検体だ。

体調不良の馬さんがまた出たというので下痢気味うんちを採取してもらった。

木の器を部屋の真ん中にあるテーブルに置いてもらい、いすに促すと、助手とともにイケジョも腰を下ろした。あなたは帰っていいよ。

器の蓋を開くと、フレッシュ検体が盛りだくさんだ。少ないよりいいと思うことにする。

「去年かおととし、うちの牛さんのうんちに虫がいることがありましたか。雨が特に少なかった年です」

「ど……、どうしてそれを！」

私の質問に、助手が壮絶に驚いた。イケジョが顕微鏡に目を向け、あれのおかげでしょ、と険のある声でつぶやいた。そうだよ、顕微鏡のおかげだよ。

「雨降らないと、虫、多い。駆虫薬代、最初の一回は、領主様が出してくれる。ぶじ虫、死んだ。雨が降って、虫、いなくなった」

やはり魔法成分が原因か。狭い森の中で草木の成育が悪いところほどトイレの茎が多かった。トイレの茎は魔法の土があるところに自生する。

にしても、良心的な領主だ。最初の一回というのは、一回投与して効かなければ、それ以上は意味がないという判断だろう。最低限の生活水準は保たれているし、税金が払えず村を抜けるという話も聞かないから、領主がうまく采配を振るっているということだ。

「うちの牛さんは大丈夫ですが、ロバさんには肉眼では見えない虫がたくさんいます。駆虫薬が必要ですが、うちはお金がないから駆虫薬はもらえないんですよね」

「いまだったら、少しは、もらえる。先生の卵で、くれる」

卵は鶏のでしょ、とイケジョがつぶやく。

そうだよ、卵は鶏さんのだよ。私は産んでないよ。

「けど、うちの担当、流行病で寝込んでる。いまの担当が元気になるか、死んで、新しい担当に交代しないと、薬、もらえない。死んでほしい」

なんと主治医制。相談業務をしていれば、いずれ手術もするだろう。抗菌薬はもちろん、鎮静薬、鎮痛薬、麻酔薬なしに治療は続けられない。

流行病が沈静化したら、見習いさんとお友達になるべく卵を持って突撃だ。

「ほかの村の牛、馬、病気。牛に薬、飲ませたけど、治らない。馬一頭死んだ。先生なんとかならないか」

私が答える前に、イケジョが、どうせ道具を使うんでしょ、とつぶやいた。

「タイグさんだ」

イケジョが即座に笑みを作り、背後を振り返った。ドアは閉ざされたままだ。

「間違えました。風で草が揺れただけです。すいません」

イケジョがキッと私を睨んだが、気にせず続けた。

「危険な虫を駆虫するためには、この村の協力が不可欠です。できますか」

助手が「村長に言う」と答え、イケジョが鼻先で、なんでうちの村が、とバカにした。

「タイグさんだ」

「もうそんな手には乗ら……」

イケジョがここに来て初めてちゃんとした声を出したが、最後まで言う前にドアが開き、タイグさんがトレイを持って現れた。

眠そうな助手が「お邪魔してます」とお行儀(ぎょうぎ)良く言い、助手の妹は胸の前に出した髪を指でさりげなく整え、「こんばんは」とあでやかに微笑んだ。

「先生、干しイチジクとアーモンドのビスケットを持ってきました。たくさん食べて精をつけてください」

タイグさんが丁寧な言葉とともにテーブルの上にトレイを置いた。

干しイチジク、アーモンド、小麦粉は鶏肉屋さんからの差し入れだ。芳ばしい香りがする、……気がするが、うんちに紛れてよくわからない。

タイグさんは、牛さんの分娩介助をした日から、私に敬語を使うようになった。ここ最近は畑仕事をおえるとがりがりさんの元に通って料理を学び、日々新たな自分を発見している。彼の中でどんな心境の変化があったのかは知らない。

トレイには、うさぎの絵が入ったゴブレットも載っていた。ローズヒップティーだ。

ゴブレットは、タイグさんが胡桃の木を利用して作った。器用なんだよね、この人。

「先生、あまり遅くまで仕事をしてたらだめですよ。いまは死体泥棒の件もあります。俺は離れにいるんで、何かあったら大声を出してください。すぐ駆けつけます」

離れというのは、メラさんの家の隣にある納屋だ。改造して、タイグさんの待機室になっている。大抵寝てるけど。

「今日はこのうんちを見たらおわります。死体泥棒って、また医療院ですか」

タイグさんが頷き、「先生みたいなへなちょこはすぐ盗まれますよ」と付け加えた。

このところ流行病で亡くなった医師の死体が盗まれる事件が頻発している。

盗まれるのは死体だけで、服や靴、装飾品は棺に残したままだという。

流行病の原因が致死ウイルスだったら死体を盗むのは危険な行為だが、死体泥棒が出続けているということは泥棒はぶじなのだろう。やはり伝染性の強い風邪、ということで。

私は、トイレの紙にまだ温かいビスケットを包んで、「どうぞ」と助手に差し出した。

イケイイケイイケジョが兄より先にビスケットに手を伸ばし、「おいしそう。いただくわ」

とタイグさんに笑いかけたが、タイグさんが気づいたかどうか定かではない。

*

三人が帰り、新たに追加された検体に予想どおり寄生虫を発見して羊皮紙に所見を書き込み、休憩室でビスケットを一つ食べ、ローズヒップティーをぐびっと飲んだ。

桶に入って、もう寝よう。桶というのは、あっちのお風呂のことで、桶に湯を張って入るから桶だ。お風呂より小さく浅いが、ずさんな私には問題ない。

作業室に戻って片付けをしていたとき、ぎ、という音がした。ドアノブがまわる音だ。

私は全身をこわばらせた。悲鳴をあげた方がいいだろうか……。

待て。相談所に灯りがついている間は動物相談に来ていいことになっている。いまのところ大した相談は入っていないが、まだ灯りはついている。

私は寄生虫がうようよいる下痢気味フレッシュうんちが入った器を手に取った。

殺されそうになったら、このうんちを死体泥棒の顔に投げてやる。部屋が寄生虫まみれになるが、服を残して盗まれるよりましだ。

私は片方の手で器を、もう片方の手で蓋を持ち、忍び足でドアに近づいた。

そっと開いて廊下を横切り、待合室のドアに耳を寄せる。そのとき。

「動物の先生、いますか？」

子どもの声が聞こえた。私は蜜蝋の揺らぐ待合室に入って、玄関ドアを開いた。

七歳か八歳ぐらいの少年が青い毛布を抱き、すぐそばに立っていた。

毛布に何かが入っている。パグぐらいの大きさだが、こっちにパグがいるだろうか。

「先生が、動物の先生？」

整った顔の上で蜜蝋の火が揺らぐ。はねかえった短い髪は炎を吸ったように赤く、灰色の目がまっすぐこちらを見つめていた。白いシャツも茶色いズボンも簡素だが、どこにも汚れはなく、髪の色からして、このあたりの少年ではない。

「そうだよ。一人で来たの？　大人のひとは？」

私はうんちの入った器をサイドテーブルに置いた。子どもに寄生虫はぶちまけられない。

「外で待ってる。ぼくの友達が病気みたいなんだ。治せる？」

少年の背後をのぞいたが、薄闇の中に大人は見当たらない。

「とりあえず診てみましょう。こっちに入って。私はマツキ。きみとお友達の名前は？」

私は少年を診察室に促した。

天井からつり下げた懐中電灯のスイッチを入れ、中央に置いた診察台に手を向ける。

少年は物珍しそうに懐中電灯を見てから、診察台に友達を置いた。

「ぼくはディアミド。友達はドラゴン」

「ディアミド君にドラゴンちゃんか。かっこいい名前だね。ごめんねー、毛布、開くねー」

私はそう言って、幾重にも重ねられた毛布を慎重に開いた。う…………………。

ドラゴンって、友達の名前ちゃうやん。種の名前やん……。

柔らかい毛布にくるまれていたのは、そのものズバリ、ドラゴンだ。ヘビみたいなやつじゃなくて、背中にコウモリの羽っぽいのがついたトカゲみたいなやつ。

ドラゴンちゃんは青い鱗（うろこ）を鈍く光らせ、毛布の中で大きな羽とまぶたを閉じていた。

「このドラゴンちゃんは何歳？　性別はわかる？」

「性別は知らない。年は野良（のら）だからはっきりとはわからないけど、多分十歳ぐらい。人間で言うと一歳」

人間で一歳ということは、ドラゴンの寿命は人間の十倍か？

推定十歳の野良ドラゴン……。

私は、ちょっといいかなー、と言いながら、ドラゴンちゃんを包む毛布を広げた。

背中の左後方から尻尾の付け根に黒ずんだ大きな腫瘤（しゅりゅう）ができている。

ディアミド君が、肩から腰に斜めがけにした小さなバッグから赤茶けた小石を出し、ドラゴンちゃんの口元に持っていった。さびた鉄塊（てっかい）だ。

ドラゴンちゃんは目をつぶったまま首をほんの少しだけ右に倒した。あ、動いた。

だが、すぐ動かなくなった。いかにも調子が悪そうだ。

「近所の鉄山に棲んでて、いつも遊びに行くんだけど、二ヶ月前ぐらいから鉄をあげてもあんまり食べなくなって、変だな、と思ってたら、尻尾のところにぽつっとできてた。医療院の先生に診てもらったら医療院ではどうしようもないって」

医療院の医師に友達の野良ドラゴンを診てもらうことができるということは、この少年は相当お金持ちの子どもなのにちがいない。野良ドラゴンのいる鉄山ってどこだろう。

「どんな病気か医療院の先生は言ってた？」

「それは知らない。けど、トカゲでも体がぼこっとなるのはよくあるって。ドラゴンとトカゲは似たようなもんだし。ドラゴンはトカゲより大きくて、羽があって、火を噴くだけ」

そうか。「だけ」か。火を噴くだけ……。

「触ってもいいかな。怒らない？」

「元気がないから平気」

元気があるとどうなるのか気になりつつ、私は優しい声を出した。

「じゃあ、触るね、ドラゴンちゃん」

逆鱗(げきりん)に触れないよう注意しながら周囲の毛布をさらにずらした。

顔を含む体の下半分は薄水色の皮で、額から尻尾の先にかけて小さな棘(とげ)が生えている。固い腫瘤とその周辺には鱗も棘もなく、鱗は魚と同じくはがれる仕組みだ。

「さっき大人のひとは外で待ってるって言ったよね。呼んでくることはできる？」

「どっかにいる。探すのはできるけど時間がかかる。あとドラゴン嫌いで、恐がってる」

探す気はないようだ。が、大人がいないからと断ることはできない。

ディアミド君の帰路を心配するのは、ドラゴンちゃんを診たあとだ。最悪、タイグさんにお願いする。

「ぼくと一緒に来た大人、お金がないの。ぼくも、お金ないの。これで診てもらえる?」

診察料の心配をしていると思ったらしく、首からネックレスを外し、私に向かって差し出した。銀色の鎖の先に銀盤がついていて、緑や赤い色をしたガラス玉がはまっている。

こっちの世界は、ガラス技術がまだ発達していない。ということは、これはガラス玉ではなく、えめらるどとか、るびーとか、……要するに本物だ。

「これは必要ないよ。大人になって、気が向いたら先生を助けてちょうだい。住むところがなくなったとき一晩泊まらせてくれるとか、借金取りに追いかけ回されたときかくまってくれるとか」

切実に聞こえませんようにと祈りながら「ドラゴンちゃんは血は出るかな」と質問した。

「トカゲと一緒。赤い血が出る。脱皮もする。でも尻尾は切れない」

一緒じゃないじゃん、とは言わない。トカゲにもいろいろいるし。

「じゃあ、まず血をとらせてもらうね。針を刺すけど大丈夫?」

ディアミド君がドラゴンちゃんの腫瘤に手をかざし、右から左にすーっと動かした。

「平気。大人しくしてる」

しばしディアミド君の瞳を見る。大人しくしてなかったら、そのときはそのときだ。

私は作業室に行き、顕微鏡のステージからうんちの乗ったプレパラートを外して考えた。

この国では、ドラゴンは討伐すべき危険なやから、という価値観のように思える。

さて問題です。

私は、ドラゴンの診療をしていいのでしょうか?

獣医師法第十九条第一項「診療を業務とする獣医師は、診療を求められたときは、正当な理由がなければ、これを拒んではならない」

いわゆる「応召義務」だ。

初めての診療において診療拒否が正当化できるのは、医師が不在だったり、診察能力や設備などの問題で事実上治療が不可能、または緊急対応が必要ではない場合のみになる。

容体を見るかぎり、緊急対応は必要だろう。いま拒否したら明日対応するだけだし。

事実上治療が不可能かというと、少なくともいまの私はそう思ってはいない。

私は獣医師だ。

それが答え。

私は自分の出した結論に満足し、顕微鏡を処置室に移して必要な器具を見繕った。

ディアミド君が診察室のドアの隙間から顔を出した。

「見ていい？　ドラゴンが暴れたら困るし。暴れないけどね！」

ドラゴンの生態を知らない以上、私一人で平気、とは言えない。

「先生、ドラゴンは初めてだからお願いする。気分が悪くなったら休憩室で休んでね」

処置室のドアのそばに置いた消毒水でディアミド君ともども手を洗い、診察室に戻って
ドラゴンちゃんを毛布ごと抱き上げ、処置室の作業台に下ろし、毛布を広げた。

「血をとる方法なんだけど、トカゲの場合、尻尾の裏に針を刺して、そこから――」

「このあたり？」

私の言葉がおわらないうちにディアミド君が、うずくまって羽を閉じたドラゴンちゃんの体を両手でつかみ、腫瘤とは反対側にごろんと倒した。

背中の棘があるため完全に裏返すことはできないが、採血には十分だ。

ドラゴンちゃんはぴくりともしない。いいということにしてしまおう。

お尻で雌雄の判別ができるかと思ったが、まだ子どもだからかよくわからない。

私は採血用の注射器を持って身をかがめ、尾椎（びつい）めがけて針を刺した。表皮の抵抗はなく、内部を探りながら内筒を引いていくと、ぶじ赤い血が吸引できた。

針を抜いて「もういいよ」とディアミド君に言い、ドラゴンちゃんの尻尾についた注射あとをトイレの紙で軽く押さえた。

爬虫類の体液の塩分濃度は、ヒトと同じ〇・九パーセント。体液より低い濃度の食塩水

に血液を浸すと、細胞内に食塩水が入って赤血球が破壊され、溶血する。

体液と同じ濃度の食塩水、――いわゆる生理食塩水は医療の現場に欠かせず、ドラゴンちゃんの体液の塩分濃度はあらかじめ調べておく必要がある。

私は濃度の違う食塩水を載せたスライドガラスに一滴ずつ血を落とした。

血液が溶血し始めたのは〇・五パーセント。完全に溶血したのは〇・三五パーセント。

人間とおんなじだ。トカゲとも同じ。

ドラゴン体液の塩分濃度は、ヒトと同じ〇・九パーセント、でいいでしょう！

今度は穿刺針を出し、ディアミド君に「これをここに刺して、この瘤がなんなのか調べるからね」と説明して腫瘤の中心に刺入した。ごめんねー、と言いながら吸引を繰り返し、吸い込んだものをスライドガラスに押し出すと、黒っぽいものがとれていた。

ドラゴンの腫瘤細胞だ。

三〇分ほど細胞の染色作業をする間、私はディアミド君にドラゴンのことを教わった。

ドラゴンちゃんは火を噴くドラゴンの親戚で、鉄山に棲み、活火山に棲んだりもする。

嫌いなものは、土とか樹木。大好物は鉄さび。

ふむふむ、と思っている間に細胞診標本がぶじ完成。

スライドガラスを顕微鏡に載せ、懐中電灯をつけてレンズをのぞき、ピントを調節した。

はっきり言おう。

わからんっ！

青く染まった長方形は細胞質、濃いピンクに染まった楕円形は赤血球、その中心にある赤紫色の丸は核でいいとして、薄い緑色や濃い黄色は、私の持っている染色液で出るはずのない色だ。一体何が染まっているのか。

ドラゴンを爬虫類だとみなせば、考えられるのは外部寄生虫、腫瘍、膿瘍、過形成……。

私は正直に告白した。

「ごめん、原因はわからない。けど、私の国では原因がわかってもわからなくても、することは一緒なの。手術っていう方法で瘤を取り除くんだよ。これだけ大きくなってたら取るしかないからね」

私が、しゅ、じゅ、つ、と言うと、ディアミド君が、しゅ、じゅ、つ、と繰り返した。

「ただ私はドラゴンの手術はしたことがないから、それで正解かわからないの。手術のときは麻酔をしないといけないし、手術がおわったら抗菌薬も必要だし……」

「シュジュツしたら元気になるかもしれないんでしょ？　だったら、した方がいい。抗菌薬は、シュジュツしたあとで医療院の先生のところに行って処方してもらうのじゃだめ？」

「それでもいいけど、麻酔が……」

「これ、使っていい？」

ディアミド君がテーブルに載ったハサミをつかみ、私の左の手の甲に突き刺した。

いでーっ！　という声を気合いで呑み込む。患畜（かんちく）の前で絶叫はできない。

すぐさまディアミド君が右手の平を私の左手の甲にかざし、右から左に動かした。

あれ？

私は左の手の甲を見返し、五本の指を開いては閉じた。痛くない。あれれ？

強烈な痛みが走ったのに。しかも、手は動く。そして、血は出る。だらだらと。

「麻酔はもっとちゃんと効く。医療院の薬と一緒。もしドラゴンが動いたら、またする」

魔法……、的なやつですかね。

「血が出てるんですけど。これ、止まるの？　鎮痛効果はいつまで？」

「血はそのうち止まる。痛み止めはそんなに長くは効かない。痛くなくなったら、どこが悪いのかわからなくなるから最小限。麻酔は一日ぐらいなら大丈夫」

疼痛（とうつう）治療の極み。魔法使いでも、ヒーラーではないんですね。

私は道具箱から絆創膏（ばんそうこう）を出し、ぺたりと貼った。

「麻酔は体の一部しかできないの？　全身麻酔だと呼吸が弱くなるよね」

「呼吸は弱くならない。体の全部もできる。どっちがいい？」

「……じゃあ、全部で」

ディアミド君はドラゴンちゃんの体に手の平をかざし、右から左にすーっと動かした。

さびた鉄を口元に近づけたあと、人差し指の先で腫瘤の近くをぎゅっぎゅっと押したが、ドラゴンちゃんはぴくりともしない。ディアミド君は、どう？　というように私を見た。

大丈夫、ということにする。

とっとと手術室に行き、外科手術に必要な器具一式をステンレスバットに並べ、手術用のスタンドに懐中電灯を取りつけ、光源の向きを調整した。

ドラゴンちゃんを手術室に抱いていき、滅菌(めっきん)ドレープがかかったテーブル兼手術台にそっと置く。ディアミド君とともにもう一度消毒水で手を洗い、術衣と滅菌手袋を装着した。

ディアミド君に壁際のいすに座っているよう言い、私は穴のあいたドレープをドラゴンちゃんにかけて穴の位置を腫瘤にあわせ、テープで固定した。

腫瘤を左手で軽く押し、中心にメスを入れていく。硬い、と思ったのは一瞬だ。

すぐピンセットに持ち替え、滅菌めん棒を使って慎重に皮膚を剥離(はくり)していくと、黄色いチーズ様の膿(うみ)が見えた。私は安堵の息を吐いた。

膿瘍だ。トカゲと同じ。悪化すると敗血症を引き起こし、死にいたることがある。

「それ、何？　死んじゃうの？　体中、黄色？」

ディアミド君が手術台の近くで目尻に涙を滲ませた。いすに座ってろと言ったのに。

少なくともサイコパスではなかったようだ。知らんけど。

「死なないから安心して。腫瘤の正体がわかったよ。これは膿瘍って言って、何かで怪我をして、傷口に細菌が入って膿が溜まっちゃったの。その膿が塊になって皮膚が破けたんだよ。この塊を取って膿を全部出したら手術はおしまい。そのあとで抗菌薬を……」

「医療院の先生にお願いする！」

抗菌薬は医療院の専門だ。私では判断できない。

医師に来てもらうのはむりとして、ドラゴンちゃんの次の通院時に持ってきてもらおう。

私はチーズ様の塊をすべて取り除き、生食(せいしょく)で洗浄して、縫合(ほうごう)はせず、そのままにした。

欠損部(けっそんぶ)がぺこりとへこんでいるが問題ない。

私は、ディアミド君に生食の作り方と手術創の洗浄方法を伝授してから言った。

「ドラゴンちゃんは今日はここに泊まって様子を見ましょう。なるべく早く抗菌薬を……」

汚れた滅菌ドレープを畳んで壁際のテーブルに移動させ、手術台に向き直ると、ディアミド君はいなかった。ドラゴンちゃんもいない。

切除部位を置いたトレイの横に術衣がたたんであり、手袋とマスクが揃えてあった。

外から馬のひづめと車輪の音が聞こえた。慌ててマスクを外し、待合室を通って外に出ると、大きな馬車が遠ざかる。窓からディアミド君が顔を出し、私に向かって手を振った。

私は冷たい薄闇に向かって大声で叫んだ。

「手術痕(あと)は触らないようにねー！　清潔なところに置いて朝晩一回ずつ生食で洗うようにー。痛そうだったら鎮痛魔法をしてあげてー！　次の通院は三日後だよー。何かあったらすぐおいでー！」

＊

いまさらだが、隣村や隣隣村の人たちの多くは私を快く思っていない。怪しいもんね。最初の健診は市場が休みの日で鶏肉屋さんがいたから特に問題なかったが、市場が開いている今日は、鶏肉屋さんはおらず、代わりに敵意のある相当数が私を待ち構えていた。いかにも意地悪そうな面々が「俺たちは忙しいんだっ」「お前の与太話に付き合ってる暇はない！」と怒鳴り、私の隣に立つ助手に、裏切り者！　というような目を向けた。

私はひっそりとあくびをした。昨日はドラゴンちゃんのカルテを作成し、手術室と作業室を片付け、桶にも入って、寝たのは明け方だったから眠くてたまらない。

目の前にいるのは意地悪が三分の一、興味なさげなのが三分の一、真剣な顔が三分の一。真剣な顔は鶏肉屋さんの仲良し勢で、旦那様から試供品として配られたトイレの紙製のマスクをつけている。屋外で、まわりの人と適度な距離を取っているからマスクは必要ないけど、するにこしたことはないよね。トイレの紙、サイコー。

そういえば、最近旦那様を見かけないな、と思いながら、私は声を張り上げた。

「二、三人だけ残って、他の方はご自分の仕事に戻ってください。みなさんお忙しいでしょうし、全員は必要ありません」

意地悪勢に手の平を向け、「どうぞお帰りください」と押し出す仕草をする。

意地悪勢は驚いた顔をし、なぜか帰ろうとしなかった。

私がさらに押し出そうとすると、柔和（にゅうわ）そうな高齢の女性が「話ぐらい聞きたいわ」と言い、意地悪勢の一人が目を輝かせ、「自分に都合の悪い奴を追い払いたいんだろうが、そうはいかねえぞ！」と叫んだ。私はため息とともに説明した。

「家畜が感染する寄生虫には、小さな卵や肉眼では見えないものも存在します。現在、こちらの牛さん馬さんのお腹には命に関わる寄生虫が……」

「下痢をした牛にはもう駆虫薬を飲ませたさ」

意地悪勢の一人が吐き捨てた。

「二、三日したら、またすぐ腹を壊して元に戻る。腹ん中の虫が原因だってんなら、とっくに治ってるはずだ。医療院にも治せない奇病さ。お前がどうにかできる問題じゃねえ」

「駆虫薬を飲ませたあと放牧地は替えましたか？」

意地悪勢が「なんだって？」と顔をしかめた。

「虫は牧草にいますから、薬を飲ませたあと同じ牧草地に放せば虫のついた牧草を食べ、また虫がお腹に入ります。ですので、命に関わる重篤な感染の場合、家畜を隔離してから駆虫薬を飲ませ、そこでしたうんちは分解して処分し、虫のいる牧草地の草はすべて刈り取り、虫を死滅させないといけません。家畜を牧草地に戻すのはそのあとです」

「牧草を全部刈り取ったら、牛も馬も飢えちまう」

「幸い、うちの村の牧草には深刻な感染は出ていません。新たな牧草を育てている間、こちらの牛さん馬さんはうちの牧草地ですごさせてください。村長の了解は得ています」

「なんかあったらうちの家畜を追い出す気だろう。大体ほんとに牧草が原因かわからないじゃないか」

「では、お腹を壊した牛さん馬さんすべてに薬を飲ませて、その中の半分をうちの牧草地で、残り半分をこの牧草地ですごさせましょう。それで結果は出るはずです」

意地悪勢とは別の一人が「草を全部刈るのはむりよ。他に仕事があるんだから」と不満げに言い、さらに別の一人が「結局、そっちの都合のいいように進むだけじゃないか。鶏肉屋が儲かったからって、いい気になるなよ」と吐き捨てた。

「行くぞ、みんな！ どうせ俺たちの仕事の邪魔をするのが目的だ。俺たちの収穫が少なかったら得をするのはこいつの村だからな」

意地悪勢のリーダー格が仲間を煽動し、半分近くが示し合わせたように続いた。

おろおろしながらみんなを引き止めようとした助手を尻目に、私はさくっと言った。

「じゃあ、やめましょう！ 納得できない方がいるときにすることではありません。私は次の村に行かないといけないので、これで失礼します。あ、ここの牛さん馬さんは他の村に連れて行かないように。寄生虫が広がると困ります。本日はありがとうございました！」

助手が、えー、という声を出したが、やるなと言うことをこの私がやるわけがない。

牛さん馬さんが寄生虫で死んだら、胸は痛むが、そこまでだ。さよーならー、と挨拶し、隣の隣村に行こうとすると、先ほどの老女が「うんちにぱっと見える虫のいる馬がいるんだけど、薬は飲ませられるの？」と訊き、私は足を止めた。

「できますよ。そちらで駆虫薬を用意していただければ、いまやります」

「わざと失敗して、薬をむだにする気だろう！」

この村には何人意地悪がいるんだか。普通、薬を全部むだにする前にやめるだろ。

じゃあ、やめましょう、と私が背中を向ける前に老女が「ここで試してくれる？」と言ったため、鶏肉屋さんの仲良し勢に馬さんを連れてきてもらった。

計六頭。村の馬さん全部だ。ぱっと見える寄生虫がいたのは二頭なんだけど。いいけど。

手近な馬小屋に行き、一頭ずつ馬房の枠に入れてもらった。

頭絡の左右にロープをつけ、枠に固定する。どうせ道具でしょ、というイケジョの幻聴を聞きながら、投薬用の細長いシリンジを出した。

液体駆虫薬を器に入れてもらい、シリンジの筒先をつけて押し子を引き、液体を吸入。

意地悪勢も含め、村の人全員がメモリのついたシリンジを興味津々に見返した。

私は、サラブレッドよりわずかに体高が低く、だが頑強な馬さんの顔の横に立ち、片手で頭絡をしっかり持って、口角の間に筒を差し込み、先端を舌の奥に載せて、プランジャーを勢いよく押した。

液体を注入した直後、気合いとともに頭絡を持つ腕を伸ばし、馬さんのあごを上げる。馬さんが歯茎をむき出しにして、ひーんひーんと抵抗したが、容赦せず腕を上げ続け、喉を叩いた。長い喉が上下にごくんと動いたのを確認してから手を放す。

仲間の恐怖の叫びを聞いた馬さんがざわついたが、私はシリンジを替えて駆虫薬を吸引し、次々薬を飲ませていった。ミッション・コンプリート。

私は、呆然とする老女にシリンジを渡した。

「せっかくですから、お一つどうぞ。使い回すときは、必ず消毒水で洗ってください」

では、失礼します、と言って立ち去ろうとしたとき、長い棒が目の前を横切った。

「きさまが邪悪な技を行う魔女か」

硬い圧力で前進が妨げられ、喉がつまって、うげっとなる。

棒にあわせて視線を動かすと、鉄のかぶとをかぶり、鉄の肩当てと胸当てをした兵士二人が、私の喉元で長槍を交差させていた。

周囲には、ざっと十人の兵士がいる。みな長槍を持ち、腰に剣を帯びていた。

親衛隊と比べ、簡素な鎧だが、かぶとの奥で光る双眸は容赦のない殺気がこもっている。

ドラゴンちゃんだ。手術をしたのがバレたのだ。

あんな大きな馬車で乗り付けたのだから、誰がどこでどう見ていても不思議はない。

助手が私をかばおうとしたが、私は「大丈夫」と言って助手を退け、布バッグを渡した。

むやみに抵抗すれば危険だ。

かくして、私は捕まり、車輪のついた格子牢に入れられ、馬に引かれて、どこかに連れて行かれ、緊張と不安と恐怖と眠気にたえきれず格子牢の中で横になり、すやすや寝た。

*

すっきりした気分で目を覚ました。

固い床で仰向けになったままぱちぱちとまばたきする。縦横に並んだ木の枠が見えた。

その向こうに曇り気味の空が広がり、不快な振動にあわせ、後方へと流れていく。

風のせいで指先が凍るように冷たい。車輪とひづめの音が鮮明になり、恐怖と緊張が蘇った。ここは移動式の牢屋で、私は罪人になったのだ。すっきりしている場合じゃない。

がたりと派手な震動を響かせ、馬車が止まった。

私はこわばった上体を起こし、牢馬車の周囲を見回した。

私を捕まえた兵士たちの背後に、切石を積み上げて作った高い壁がある。生い茂った低木が放射線上に伸び、石壁とは反対側に円筒形の建物がそびえていた。

領主城だ。大市場に行く途中、近くを通ったが、石造りの城より苔（こけ）むした一軒家の方が珍しい私としては、なんの感慨もわかなかった。それがいまや感慨まみれだ。

血管が膨張して頭は痛いわ、心拍数は全速力になるわ、息は苦しいわで、めまいがする。

兵士の一人が格子牢のドアを開き、恐い声で「出ろ」と命じた。前に進もうとしてスカートの裾を踏み、つんのめってドアから地面に転がり落ちた。

痛い……。

泣くゆとりもなく、立て！ と言われて立ち上がり、長槍の柄で背中をつかれながら円筒形の建物に向かうと、巨大なドアがあった。左右にかぶとをつけた警邏兵が並んでいる。

二人の警邏兵が両開きのドアを開いた。地獄の門が開いた気がした。

前後左右を兵士に囲まれ、しめった土や苔むした石壁や甘く爽やかな草花など、妙にいいにおいがする薄暗い廻廊を歩いていく。頭がずきずきして嘔吐感がこみ上げ、前方を遮る紺色の垂れ幕をくぐったときは、何がなんだかよくわからなくなっていた。

寒さの満ちただだっ広い空間が眼前に伸びていた。

右手に藍色の長衣を着た年配の男性が三人いる。

全員長い白髪を背中で三つ編みにしていたが、長衣はそれぞれ刺繍の位置が違う。

私からもっとも離れた中肉中背の男性は、襟、胸元、袖口、裾に、その手前の痩せた男性は襟と胸元と袖口に、間近にいる太った男性は袖口に金の刺繍が入っていた。

刺繍が一番多い中肉中背がリーダーだろう。

リーダーの斜め横、――私の正面にあたる位置に大きないすがあり、濃紺のチュニックに茶色いガウンを羽織った男性が座っていた。どっからどう見ても領主だ。

年齢は五〇歳前後。きらきら光るストロベリーブロンドの長い髪は、裾が丸く跳ね返り、鳶色の大きな目が射るように私をとらえている。

尋問されたらなんと答えよう。脅迫されたと言おうか。

絆創膏を貼った左手の傷は、もう痛くないけど、痛い思いはしたことだし。

そうしよう。

応召義務が理解されるとは思えないし、ディアミド君はここにはいない。

少年の名誉は傷つけられるが、私の命の方が大切だ。

領主氏があごを上げると、また背中をつっつかれた。私は転びそうになりながら広間の中央に来て鼻水をすすった。誠心誠意泣きじゃくり、脅されて仕方なく手術したと言おう。

固く決意し、がんばって泣こうとしたとき、領主氏が言った。

「きさまが、わが所領に流行病を蔓延（まんえん）させた悪しき魔女か」

ん？

私は涙の乗ったまつげをしばたたかせ、ゆっくりと顔を上げた。領主氏と目があう。

どう答えるべきか迷っていると、長衣を着たリーダーが口を開いた。

「その通りです。こやつは足の立たぬ牛に針を刺して生き返らせ、鶏の骨を煮込んだスープを供して村人の歓心を得ております。こやつが来てから流行病は増える一方。この所領のわざわいは、すべて、……こ、こやつの、悪しき……、力のせ、いです……」

男性がげほごほと咳き込み、大きく鼻をすすった。おおむね間違ってはいない。

って、あんた、流行病とちゃうんか。家で寝てろよ。社畜か。

「し、……しかも、こやつは、あろうことか、卑しき獣に医術と称する技を行っているのです。わが国の医術はアートゥ・シュリアヴ王陛下より、医療院のみが行うことを許された崇高な技。こ、こやつの……、お、行いを許すわけには……、まいりません！」

私は眉をひそめた。医療院？　いま医療院って言ったよね？

私は涙の影で目を細めた。居丈高な表情と胸を張った立ち姿は、全身から自分たちは選び抜かれた人間だという自負心を醸し出している。

こいつらが、早急にお友達にならねばと思っていた医療院の人たちか。

しかも見習いさんじゃなくて、正規の医師。

状況からしてごほごほしてるのが院長、二番目が副院長、三番目が何かの役職者だろう。

こいつらが……。

私は社畜を上目遣いにうかがい、遠慮がちな声をかけた。

「体調がお悪いようですし、寝てた方がいいんじゃないでしょうか。あったかくして、水分を取って消化にいいものを食べて、ゆっくりしていれば治ると思いますが」

「治らなかったらどうするっ！」

社畜が咳とともに怒鳴りつけた。どうすると言われても……。

ネットで検索して自分で病名を判断し、治療法を押しつけてくる飼い主さんはたまにいるが、だからって「治らなかったらどうするっ！」とは言わないよ。

「いまのは……、専門的な知識のない素人が勝手に口にしたことです。素人判断をするなと怒られるならまだしも、どうすると訊かれましても……。人間のことは医療院の先生方のご専門ですし、どうするかは医療院の先生がお決めになることではないでしょうか」

社畜が怒りのこもった目で私を睨んだ。睨まれても……。

「賢しらなことをぬかしおって。わが同朋を邪悪の園に導いたのはきさまであろう！」

話が見えなくなってきた。同朋ってなんだ。魔法少年は関係ないのか。

思い当たる節を探すも、節がありすぎてわからない。いくつもの節からわが同朋とやらを探していると、社畜が「あやつをここへ」と垂れ幕の近くに立つ兵士に顎をしゃくった。

二人が垂れ幕の奥に引っ込み、左右から刺繍のない藍色の長衣を着た男性の腕をつかんでずるずると引きずってきた。男性は足に力が入れられず、膝立ちの状態だ。

兵士たちは男性の体を乱暴に投げつけ、男性が床に倒れ込んだ。

端整な左の眼窩が黒く腫れ、右の口角からは赤い血が垂れている。

顔は大きく歪んでいたが、涙の滲んだ瞳はきれいだった。

不審君だ。

全身の血が引き、目がくらんだ。

不審君は浅い呼吸を繰り返しながら、鼻水と涙のまじった声を絞り出した。

「この人は関係ありません。すべて私が一人でしたことです。罰するなら私一人を罰してください」

私は床についた手の甲をのぞき込んだ。ちゃんと爪はついている。

顔のあざは拷問ではなく、腹を立てた社畜に殴られでもしたのだろう。

それだって痛いし、私だったらたえられない。

「あなたを巻き込んで……、申し訳ない……」

不審君が涙でかすむ目を向けた。違う。巻き込んだのは、私だ。

医術を行う医療院で流行病が蔓延したとなれば、医療院の沽券に関わる。目に見える誰かのせいにしたいと思ったとき、都合良く私がいた。私を陥れるために不審君を利用した。

けど、どうして……。

社畜リーダーが憎悪のこもった声を出した。

「その女は市場で鶏を切り刻み、悪しきやからへの捧げものとしておりました。こやつはその鶏を買って、女が鶏にしたのと同じことを医療院の先達にしたのです。流行病で死した先達の墓を掘り起こし、遺体を盗んだのはこやつの仕業。神聖な体に刃を入れて悪しき力を増幅させ、医療院に流行病を広めたのです。どうぞこれを。こやつが机に隠していました。悪しき技の証拠です」

社畜が促すと、兵士の一人が幾枚もの羊皮紙の束を領主氏に差し出した。

領主氏は束を受け取り、一枚一枚確認して、膝立ちになった不審君の前に投げていった。

老いた男性が裸体で仰向けになっていた。つぶった目と浮き出た肋骨がはっきりわかる。

次の一枚は、同じ男性の肋骨をハサミか何かで切断し、ぱかりと開いたものだ。死後硬直がとけた臓器が肋骨のへりから飛び出している。

その次は、心臓、肝臓、膵臓、消化器……、それぞれが丁寧にスケッチされていた。

頭が痛くてたまらない。緊張と後悔と申し訳なさで、どうにかなりそうだ。

領主氏が私に視線を移しかえた。

「院長が口にしたことはまことか」

やはりこいつが医療院長か、という感慨はさておく。

私は背筋を伸ばし、深呼吸を繰り返した。暴れていた鼓動が一瞬で静まり、仕事モードに切りかわった。

「私が鶏を解体して売っていたのは事実です。その男性が私の店に通っていたのも事実です。また私が動物に医療を施していたのも事実です。ですが、そこまでです。流行病とは関係ありません」

「魔女の口から医療などと汚らわしい！　獣に医療など必要ないっ」

領主氏が軽く手を上げ、社畜がこうべを垂れた。

「先ほど院長に寝ていれば治ると言ったな。わが妻は院長と同じ病にかかっておる。妻も寝ていれば治るのか」

「だと思いますけど……」

「素人が勝手に判断、……するな！　きさまに、人間の……、何がわかるっ」

社畜が咳をしながら怒鳴った。ごもっとも。

「人間のことはわかりませんが、答えられることは答えます。それをどう判断するかは医療院の先生方次第です」

「獣のことならわかるのか」

領主氏がまた訊いた。

「どのようなことでしょう」

ドラゴンがいる世界だ。ドラゴンが獣かどうかはさておき、スライムとか、フェアリーが出てきたら、さすがにわからない。フェアリーは人間か。違うか。どっちだ。

「わが馬のことだ。先のドラゴン討伐のとき、陛下から下賜された馬の様子がおかしいのだ。怪我もしておらぬし、原因がわからぬ。お前なら治せるのか」

「馬を診せていただかないことにはどうにも……」

社畜が叫んだ。

「獣の医師と名乗るからには獣の治療ができるはず。それができなければ、魔女だ！」

黙れ、社畜。自分の風邪も治せないくせにっ。

医療院の人と友達になりたいと思った私がバカだった。抗菌薬と鎮痛薬は旦那様に取り寄せてもらおう。

だが、まずはこの場を切り抜けねば。

「私が獣医師として得た知見は何かを証明するために使うものではありません。ですので挑戦は受けません。それとは別に、獣医師は診療を求められれば拒むことはできません。まずは領主様の馬を診せていただき、治療が可能かどうか判断します。これでよろしいでしょうか」

社畜が何か言おうとしたが、領主氏が再び手を上げ、社畜は口を閉ざした。

領主氏はしばし私を見ていたが、やがて大きく首を下ろした。

「わが馬を診るがいい。お前の判断で、私もお前を判断しよう」

＊

馬さんは診るとして、問題はその後だ。

「悪しき力を使った」と言われればおわりだし。治せなくてもおわりだし。

逃げる方法と診察方法を同時に考えながら、ふと気づく。そうだよ、道具だよ。

手ぶらでは診察できないと言って農地に行き、タイグさんに事情を説明して対策を練ってもらい、それから家に診療道具を取りに行く。診察したあとは症状にあわせた治療道具が必要だと言って、また農地に行き、タイグさんが考案した対策を聞く。

これで完璧、……かどうかはわかんないけど、人生に希望は必要だ。

最後の最後は馬さんのお尻に注射針を刺して暴れてもらい、そのすきに逃げる！

獣医師倫理？　お尻に注射針を刺したぐらいじゃ死なないよ！

ごめんよ、馬さん。そんなことしないからね。

私は、邪悪な魔女堕ちしかけた自分を倫理の園に引き戻し、首に長槍を突きつけられながら、領主氏を先頭に薄暗い廻廊(かいろう)を渡り、石造りの城を出た。

いつのまにか空は晴れ、雲一つない世界がどこまでも続いている。

使用人さんたちは領主氏に気づくと、道をあけてこうべを垂れたが、地方のゆるい領地らしく、私が通りすぎたとたん、あの人、だれだれー？　と気さくな言葉を交わした。

どこからか、馬のいななきが聞こえた。風向きが変わり、慣れたにおいが押し寄せる。

木の柵が小さめの馬場を取り囲み、馬房(ばぼう)が横並びになっていた。

馬房と馬場、あわせて十頭ほどの馬がいる。真ん中の馬房がずいぶん広く、他の馬房の二倍はあり、横木から灰色の長い首が伸びていた。

あれが下賜された馬さんだろう。他の馬より体高が高く、親衛隊の軍馬と同じ種だ。

私の周囲にいるのは領主氏、兵士たち、医療院の二名。涙で顔を歪めた不審君だ。

社畜院長は城を出る途中、どこかに消えた。

これで死んだら、また私のせいにされるだろうから、元気になってもらうしかない。

立ち去る間際、次席に「あとは頼むぞ、副院長」と言っていたから、二番目に刺繍が多い社畜は副院長だ。太った三席には言葉をかけなかったから三席はただの鞄持ちか。

兵士を挟んで私の隣にいる領主氏が広い馬房を指さした。

「あれがわが馬だ。四歳の牡馬で、ここ最近、私が乗るのを嫌がるようになった。どこもおかしいところはないし、なぜこうなったのかわからん」

領主氏が、馬場の入口に立つ若者に顎をあげた。厩番（うまやばん）だろう。

厩番の若者は馬房に行って馬さんに頭絡をつけ、曳き綱を引いて馬房から出し、いったんこちらにお尻を向け、馬場の柵にそって──。

「左の後肢が跛行（はこう）してます。何か問題があるんでしょう。左後肢を診てみます」

私が言うと、領主氏が怪訝そうな顔をした。

「いまので……わかったのか？」

私は「はい」と答えた。

「嘘をつくな！　どこにもおかしいところなどなかろうっ」

副院長が院長のあとを引き継いで怒声を発し、馬場にいた何頭かが耳を左右に動かした。

私は副院長に言った。

「すいませんが、声を落としていただけますか。大声を出すと馬さんが怯えます」

副院長が歯ぎしりをしたが、悔しがっても仕方ない。私は領主氏に顔を戻した。

「後肢のどちらかが痛い場合、痛い方の足をつく時間が短くなり、痛くない方の足をつく時間が長くなります。ですので、痛い方の腰の上下動が大きくなり、痛くない方の球節が深く沈みます。あの馬さんは左の腰が上下に動いているので、左後肢に痛みがあるんだと思います」

領主氏がわからなさそうに「ふむ……」と言った。

「前肢の場合、痛い方に体重がかかると痛みが増すため、痛みのある足をついたとき頭を上げて重心をずらします。――前肢のどちらをついても頭が上がらないので、前肢は大丈夫です」

領主氏は、「ふ、ふむ……」とさらによくわからなそうな声を出したが、前肢は問題がないからわからなくて当然だ。

厩番の若者が馬さんの曳き綱を引いて私たちの元にやってきた。年齢は十代後半。茶色い髪と灰色の目をし、顔中のそばかすにあどけなさが残っている。児童労働のかほり。

「わが馬の様子はどうだ？」

「食欲がなく、自分からは馬場に出ようとしません」

若者が気後れしたような声を出した。私は馬さんの正面からずれて長い首の横に立ち、兵士たちが私にあわせて移動した。灰色の地に墨色のまだら模様がある馬さんだ。

若者の緊張が伝わったのか、耳を後ろに絞っている。

「馬さんの調子が悪く、領主様を乗せることができなくなったと聞きました。いつ頃からそうなったかわかりますか」

私が訊くと、若者が領主氏をうかがい、領主氏が頷いた。

「ひと月ほど前、領主様が乗ったとき、いつもみたいに軽快に走ることができなかったので医療院の先生に診てもらいました。特に問題はなく、機嫌が悪いってことでおわったんですが、その十日後ぐらいに領主様が乗ると、走るどころか歩こうとしなくて……」

若者が、副院長と鞄持ちを気にして小声になる。

「鎮痛薬を処方してもらったら、一日は走ることができましたが、翌日また走れなくなったので、今度は鎮痛薬と抗菌薬をもらいました。鎮痛薬が切れると走らなくなるので抗菌薬は効いてないってことでやめて……。それから鎮痛薬を与えても走らなくなったため、鎮痛薬もやめました。ここ数日は食欲も落ちてます」

鎮痛薬と抗菌薬、どちらも飲ませて効かなければやめる手法。なるほど。けっ。

「鎮痛薬と抗菌薬の剤形はなんですか。錠剤とか液体とか……」

「散剤だ。それがどうした。われらの処方に問題があるとでも？」

無言だった鞄持ちが鋭く言った。鋭すぎてびっくりし、すぐさま答えた。

「違います。どの村も馬さんに薬を飲ませるのは苦労しているので、気になって」

「砂糖と一緒に与えてます」

鞄持ちではなく、若者が返した。駆虫薬とは違う薬なのかな。気になるが、あとあと。

「最後に装蹄（そうてい）をしたのは、いつですか」

「御馬（おんうま）の調子が悪くなる少し前だから、ひと月とちょっと前だったと思います」

「そのときに変わった様子は？」

「特にありません」

おん馬という呼び方に感心しつつ、馬さんから距離を取って左側の後方に行き、スカートの裾を持って地面に顔がつくほど上体を伏せた。蹄底がほんの少しだけ上がっている。

わずかなので、これを痛みだと判別するのは難しいだろう。

私は起き上がり、スカートを軽く払った。まずは自分救出作戦第一弾。

「診療には道具が必要です。取りに行ってよろしいでしょうか。兵士の方と一緒に……」

「だめだ」

副院長が即答した。

「魔女の使う忌(い)まわしき道具だろう。本当に獣の医師というなら道具を使わず治してみよ」

イケジョと似て非なることを言う。

お前らだって、薬を作るのにすりこぎだの、鍋だの、火だのを使ってるだろう。

薬自体、道具じゃないか。どこまでご無体(むたい)なんだ。

「私は挑戦は受けません。また、挑発には乗りません。私にとって大事なのは動物の命とみなさんの安全です。適切適正な獣医療活動のために道具は必須です。領主様の馬さんの命とみなさんの安全か、私への怒りか、どちらか大事な方をお選びください。怒りを取るのであれば、私はもう何もしません。動物も人間も危険にさらすことはできませんので」

きっぱり言いつつ、瞳だけで逃げる場所を確認する。

奇声を発しながら木の柵に飛び込めば、繊細な馬さんが暴れ回ってくれるだろう。

その間に逃げる！　ことができるかどうかはわからないが、希望は大切だ。

決意とともに、左右に瞳を動かしていると、領主氏が口を開いた。

「必要な道具があれば言うがいい。すべてこちらで用意する。それでもむりなら、お前の持っている道具のうち必要なものを言え。兵士に取りに行かせる。お前はここに残れ」

私のことを疑いつつ、大事なのは馬さんの命という姿勢がありありとわかる。

税金の滞納も許してくれるわけだし、田舎には惜しい名君(めいくん)かも。むー。

タイグさんに助けてもらおう大作戦はわきに置こう。

治療には道具が必要だ。が、兵士たちが私の段ボール箱を開ければ、魔女認定は必須。

馬さんは、耳を絞ってぶうぶう鼻息を吹き始めた。蹴られる予感しかない。

「医療院の先生方にお願いしたいのですが、馬さんに鎮静薬を投与していただけますか。これでは安全に診察することができません」

「できるわけがない。御馬が平癒すれば自分の手柄にし、治療とやらが失敗すれば、われわれのせいにする気だろう」

副院長が憎々(にくにく)しげに言い、鞄持ちが疑問とも侮蔑(ぶべつ)ともつかない声を出した。

「医師なら鎮静薬を持っているのではないのか。少なくとも人間には鎮静薬を使う。獣は違うのか」

違わない。鎮静薬は段ボール箱に入っている。

だが、あっちの薬剤は使用できない。カルシウムやサプリは鶏さんで試す以前に、私がこっちの食べ物を口にしても問題が起こらなかったから使えたものだ。どうする？

「はなから治療などできぬのだ。適当に理屈をつけて助かろうという魂胆(こんたん)。医師の名をかたれば学のない者はだませるだろうが、われら医療院を欺(あざむ)くことは……」

「できないとは言ってません。ただし、診療には道具が必要です」

頭の中で必要なものをピックアップしていた私は副院長の言葉を遮った。

「いまから私が言うものをすべて用意してください。作っていただくものもあると思いますが大した手間はかからないはずです。まずはズボンと動きやすいシャツを。私が着ます」

怪訝そうな顔をした領主氏に、私はジェスチャーをまじえて説明した。

「太めのロープを輪にして長い棒の先端につけたもの。細長い筒のこっちに小さな穴をあけて、反対の端から棒でぎゅーっと押したら、水がぴゅーって出るようなの。こんな感じでぴゅーって、ぴゅーって。なかったら、じょうろでいいです。あと鉄を叩いて刃物を作るとき刃物を持って支えるやつ。ペンチみたいな。こんな感じで挟めるやつ。あ、ヤットコだ」

要望を次々出していく。領主氏はもちろん、副院長も鞄持ちも、涙を残した不審君も、馬さんの首をかく若者も、ぽかーんとした顔をした。


厩舎の隣に併設された納屋に入ると、若者が「これ、俺の服です。洗ってありますが、古くてよれよれで……」と言い、ズボンとシャツを差し出した。

私は「清潔であれば問題ありません」と言い、受け取った。

若者はドアを閉める間際、不安そうに訊いた。

「御馬はほんとに治りますか？　陛下から下賜された馬を、他の馬と同じに扱ったのが悪かったのかもって……」

「陛下は関係ありません。自分で転ぼうが人に殴られようが、怪我をすれば医者を呼びます。それと同じです。ただし、馬さんに怪我をさせた記憶があるならおっしゃって……」

「それはないです……！」

慌てて否定した若者に、私は拳を作った。

「見ていてください。馬さんを見事治療し、医療院の者どもをぎゃふんと言わせてやります！」

「なんかさっき言ってたことと違わなくないですか……。挑発には乗らないって」

「聞こえなきゃいいんです」

若者は「で、では」とぎこちなく礼をし、ドアを閉めた。

私は、ぐうの音も出ないようにしてやる！　とつぶやきながら手早く着替え、手首につけたヘアゴムで髪をまとめて、脱いだ服を適当に畳んで適当に置き、外に出た。

馬さんは場所を替え、馬場から少し離れた洗い場の枠の中にいた。

私は洗い場の近くにテーブルを用意してもらい、トイレの紙を敷いて、煮沸消毒した道具を並べてもらった。なぜトイレの紙かというと、一番清潔だからだ。

遠くにいた使用人さんたちが微妙に近づき、こちらの様子をうかがっている。

兵士たちは私の動きに気をつけてはいるものの、みな瞳に好奇の色を浮かべていた。

若者は馬さんの気を静めようとしたが、馬さんは耳を絞ったままでいる。

私は先端に輪っかのついた長い棒を持ち、馬さんの上唇の先端に輪の部分をくぐらせ、強くねじった。馬さんの上唇がロープに締められ、歪んだ団子のようになる。

領主氏が抑えた声で「わが馬が嫌がっているだろう。放さんか！」と怒鳴った。

私はロープから抜け出そうとする馬さんを逃がさず、さらに強く上唇をひねった。

「馬は、ここをねじられると気持ちよくなって鎮静鎮痛効果が生じるんです。痛ければ、暴れまわります」

いわゆる、鼻ネジ、だ。馬の上唇を刺激すると脳内麻薬の一緒であるエンドルフィンが分泌される。鼻ネジを使うのは高校のときぶりで、自作は初めてだが、ぶじ馬さんは大人しくなり、伏せていた耳を戻した。ひっそり安堵……。

鼻ネジを領主氏に持ってもらおうとすると、若者が慌てて受け取った。

馬さんの蹴りに注意しながら左後肢の横合いで身をかがめ、手の平で飛節の周囲を確認し、管骨を包み込み、下に向かって触っていく。

ひづめまで到達し、蹄壁に手をあててから、その上方にある指動脈で脈拍を数えた。

馬さんの右側に行き、右後肢も同じように触診して、左後肢と比較する。

私は用意してもらった太めのロープを上方の枠に引っかけ、長い尻尾を片方の端でくるくるまとめて、枠からさげた反対の端を引っ張った。

長い尻尾がするすると上がっていく。治療の邪魔にならない位置に行ったところで、持っていたロープを左側の枠にくくりつけた。若者が感心したような息を吐いた。

「左後肢の蹄底を診たいんですが、手伝っていただけますか」

若者が鼻ネジを手近な兵士に渡し、左後肢の球節に太いロープをかけて力任せに引き上げ、蹄底を上に向けた状態で飛節の下方を太い枠に固定した。

がんばってくれ、馬さんよ。ついでに、若者も。

「まず蹄底の汚れを落とします」

蹄鉄はあっちのものに比べ不格好で、ずいぶん大きく、そして、分厚い。

裏掘りの習慣はないようで、土とおがくずがついているが、汚物まみれということはなく、少なくとも蹄叉腐爛(ていさふらん)ではない。裏掘りは要指導。

私にテーブルからナイフを取って蹄底に近づき、ゆっくり汚れをかきだした。蹄底にもはっきりとわかる傷はない。

「どこも悪いところはないではないか。御馬を放せ。このままでは本当に怪我をする」

「診察はこれからです」

私はテーブルに並んだ大小のヤットコから蹄鉗子(ていかんし)に一番近いものを選び、両手で持った。

ヤットコの先端で大きな蹄底を端から順に挟んでいく。蹄球、蹄叉、白線……。

ぴくりと、馬さんが足を引き、若者が眉をひそめた。私は周囲を見回した。

「蹄鉄を外せる方はいますか」

若者が「俺ができます」と言ってから、すぐ不安そうな顔をした。

「けど俺がやってるのは御馬以外で、御馬は州都の鉄屋がしてます。俺でよければ……」

「きさまに御馬の蹄鉄など――」

「おん馬さんと他の馬さんとでは、装蹄の方法が違うんでしょうか」

副院長の言葉を遮りつつ、同調圧力に弱い私は「馬さん」に「おん」をつけてみる。

しかし、なぜ鉄屋さんが装蹄を外すのか。

装蹄師という職業はまだないにしろ、鉄屋さんが扱うのは蹄鉄作りだけじゃないのか。

「方法は一緒です」

「じゃあ、お願いします。いいですか、領主様」

ここまで飼い主さんに気ィ使うの初めてだぞ、と思いながら、領主氏を見る。

領主氏は渋々といった様子で首を下ろした。

若者が洗い場に置いてあるバケツから、装蹄鎚らしき金槌（かなづち）と釘節刀（ちょうせつとう）らしきものを取った。

ひづめに打ち付けた釘に釘節刀をあて、金槌で叩いて釘を起こす。

金槌と釘節刀をバケツに戻し、剪鉗（せんかん）を手に取って、太い蹄鉄を挟んで力をこめた。

蹄鉄が浮いた、と思った瞬間、どろりと黒い膿（うみ）が流れ出た。悪臭が一面に広がった。

領主氏が「なんだ、これはっ」と顔をしかめ、副院長が「悪しき技を使いおって！」と叫んだ。なんでだよ。

「ゆっくり外してください」

思わず手を止めた若者に言う。若者は慎重に蹄鉄を外し、地面に置いた。

膿瘍だ。ドラゴンちゃんと違い、チーズ様ではなく、悪臭がひどい。

「膿瘍です。痛みの原因はこれでしょう。膿を出せば、痛みはなくなります」

昨日はドラゴン、今日は馬。膿瘍はポピュラーな疾患だから立て続けは珍しくない。

ロープを緩めて馬さんのひづめを下方に向けてもらい、用意してもらった生食をじょうろに入れて蹄底についた膿を流した。

親指で蹄底を押していくと、馬さんが大きく足をすくめ、どろろっと膿がこぼれ落ちた。

よく見ると、蹄鉄をはめる白線と呼ばれる部位のすぐそばに小さな穴が開いている。

「ひと月ほど前に装蹄したということですが、蹄鉄を履かせるとき釘を打ち間違えたということはありますか」

若者が領主氏を見て、気まずそうに逡巡した。私はかばうような声を出した。

「装蹄は難しい作業です。釘を打つときひづめを傷つけるのは珍しいことでは……」

言いおわる前に、領主氏が苦々しい顔をした。

「その馬の装蹄は州都の鉄屋がしている。陛下から下賜された大切な馬となれば、厩舎で働く使用人より鉄屋の方がいいだろうと思って、私が命じたのだ」

領主氏が若者に促すような目を向け、若者が申し訳なさそうに口を開いた。

「いつも俺が州都に御馬を連れて行って鉄屋に預けて、三日後に迎えに行きます。前回もそうでした。俺が御馬を迎えに行ったときは、特に痛がるそぶりはなかったんですが……」

そりゃまあ、手にハサミを突き刺されても、少しすれば痛みはなくなる。

感染症を発症したら、そのときにまた痛むだけで。

絆創膏をした手が痛み始めたように感じたが気のせいか。

「釘を間違えて打ったんでしょう。そこから細菌が入って傷口が膿んだんです。この病気は膿を出さないと治りません。抗菌薬の投与はそのあとです。いまから排膿（はいのう）します」

私はノミを使って注意深く蹄底を削っていった。じょうろで生食をかけると丸い穴がはっきりわかる。

蹄鉄が大きかったため傷口が塞がれ、どんどん悪化したのだろう。痛かったろうに……。

私はトイレの紙に生食をたっぷり浸して穴に入れた。馬さんが痛みで足を引っ込めた。

鼻ネジの鎮静効果には限界がある。ここにエックス線装置はなく、奥の方は洗浄用のシリンジがないと難しい。でも、がんばる。

トイレの紙に黒い膿がつかなくなるまで丁寧に洗い、さらに流して、きれいに拭き、殺菌用の蜂蜜をたっぷりぬった。若者にお願いしてロープを外し、馬さんのひづめを地面に広げたトイレの紙に下ろしてもらう。トイレの紙でひづめを包み、周囲を包帯で巻いて固定した。私は、ふう、と一息つき、兵士に鼻ネジを外してもらった。

馬さんはやっと解放されたというようにふぅーと鼻を鳴らした。

私はロープをほどいて尻尾を戻し、若者に蜂蜜の入った壺を渡した。若者は指に蜂蜜をつけ、馬さんの口に近づけた。馬さんは長い舌を出し、大好物の蜂蜜をべろりとなめた。

「今日はこれでおわりです。しばらくは一日に二回洗浄し、様子を見ます。改善しなければ、そのときにまた考えます」

私はじょうろを地面に置き、トイレの紙で手を拭いた。領主氏が瞳に疑念を滲ませた。

「いつ治る？　治らないこともあるのか？」

「いつ治るかは個体差があるのでなんとも。通常は膿を出してから抗菌薬を投与し、一日に一回、ひづめを殺菌消毒薬に浸します。これで基本的には治りますが、重症の場合はひづめに向かう血管に針で抗菌薬を投与し……」

「血管に針など刺せるか！　馬が痛がるっ」

鞄持ちが大仰に顔をしかめた。

「針は、刺せます。その際、馬さんが痛くないよう局所麻酔薬を使って……」

「何麻酔だと？」

私は、局所、麻酔、と言葉を句切った。「局所」と「麻酔」は通じるはずだ。

「局所麻酔は針で麻酔薬を注入し、体の一部分にだけ麻酔をかける方法です。私の国では患者を眠らせる全身麻酔は危険が大きいので、比較的小さな手術では局所麻酔を行います」

「どこに針を刺すのだ。心臓か？　それとも、頭か。人間が相手でもできるのか」

「針は麻酔をかけたい場所に刺し、そこから薬剤を注入します。人間にもできますよ」

鞄持ちの好奇心とは裏腹に、副院長が憎々しげな声を出した。

「偽(いつわ)りを申すな！　針で麻酔などできるわけがない。あの黒い膿は邪悪な力によって流れたもの。医療院に病を流行らせたのと同じ力を、いまここで使ったのだ」

「病を流行らせているのはあなた方でしょう」

聞き覚えのある声とともに、緋色のガウンを着たじいさまが兵士の案内で歩いてきた。

じいさまの後ろに旦那様がいる。二人とも、トイレの紙製マスクをつけていた。

旦那様は心配そうに私をうかがい、じいさまは険しい視線をある一点にすえている。

「伯父上……。申し訳ございません」

視線の先にいるのは再び涙を流し始めた不審君だ。私は不審君を見て、じいさまを見た。

どちらも瞳が同じ青。じいさまの眼窩(がんか)が細すぎて、中身がわかりづらいけど。

じいさまが不審君の伯父上……、ということは、じいさまは医療院の院長？

なわけないよな。院長はいたもん。前院長とかかな。理事長とか。ＣＥＯとか。

「修道院長殿、どうしてここに」

領主氏が改まった口調になった。修道院長？　修道院長っ⁉

「いま州都から戻り、次第を報告にまいりました。流行病を広げた魔女とその下僕(げぼく)をとらえたと聞きましたが、まさかわが甥が魔女の下僕とは。私がいないすきを狙って甥を医療院から追放しようという算段ですかな」

医療院の副院長が怒りで表情を変えた。

「言いがかりはおよしください。この者は魔女の働く店に出入りし、流行病で倒れた先達の遺体を盗んで切り刻んだのです。あなたの甥御だからと目こぼしすることはできません」

正直、「魔女」をのぞけば全部事実だ。しかし、修道院長⁉⁉⁉ 三回目。

「その娘が魔女で間違いないですかな」

「その娘の住む村だけ流行病が起こっておりません。これぞ魔女のあかし」

「わが修道院でも流行病は起こっておりません。例年と異なり、今回われらは混み合う場所では口布をつけて換気を良くし、外から帰ってきたら手を洗ってぶくぶくをし、流行病とおぼしき症状が出た者は隔離して休ませています。私はこの方法を甥に伝え、医療院の先生方に知らせるよう言いましたが、お聞き及びではないですかな」

「くちぬの」はマスク、「ぶくぶく」はぶくぶくうがいのことだろう。

「ま、す、く」って言ったのに。ちゃんと鼻も隠さないとだぞ！

「実はこの方法はその娘から聞きました。甥が、切り分けられた鶏肉を私の元に持ってくるようになったものの、もう必要がなくなったと言ったため、私みずからその娘の鶏肉屋に通うようになったのです。わが院でも鶏は飼っていますが、鶏肉を切り分けるのに苦労しておりましてな。趣味で料理をする私が、料理係に市場で鶏肉を買えとは言えません」

不審君が来なくなってから、じいさまが通いつめるようになったのは、そういうことか。

じいさまの来店を皮切りに、鶏肉屋は繁盛し始めた。修道院長御用達ということで、お客さんが集まったんだろう。ありがとう不審君、ありがとうじいさま。そして、鶏さん。

「その娘が魔女で、その娘の村に流行病が蔓延しないのは悪しき力のせいだと仰るなら、わが修道院こそ悪しき力の根源ではありませんかな」

畳みかけるようなじいさまに副院長が言葉をつまらせる。医療院と修道院は仲が悪いんだっけか。医療院は国に仕えるけど、修道院は神に仕えるから、修道院は別格だって。

「ところで、医療院長はいかがなさいました？　数日前お会いしたとき咳をなさっていたので、ゆっくり休むよう申し上げたのですが。流行病で死した者は、持病のある者か高齢の者がほとんど。私も医療院長も気をつけねばならぬ年ですから」

じいさまが副院長に老獪な笑みを向ける。じいさまの後ろから旦那様が顔を出した。

「領主殿、私からもよろしいですかな」

全員の目がマスクをした旦那様に移った。

「先ほど修道院長殿がおっしゃった州都の件ですが、州知事殿に蜂蜜果実を飲んでいただいたところ大層気に入られて、州都全体で販売したいとのことでした」

蜂蜜果実とは蜂蜜レモン水の商品名だ。蜂蜜レモン、または蜂蜜レモン水として売れば、材料がわかって誰も高値で買わない、という旦那様の判断による。

姿を見かけないと思ったら、修道院長と州都まで出張か。蜂蜜は修道院の専売だから許可は必要ないはずだが、大々的に売るなら州知事に意見を聞いた方がいいのだろう。

旦那様の馬車でじいさまと乗り合わせたときは、まだ蜂蜜果実の話は出ていなかったから、「商売の話」とは旦那様からの修道院への寄進のことにちがいない。

「実は蜂蜜果実はその娘が考案したことです。私の犬を助けたのも、その娘。流行病はその娘が姿を現す前から起こっておりますので、その娘は関係ないかと……」

ありがとう旦那様。最初は嫌なやつだと思ったが、こんなにいいやつだったとは。

そうだよ、流行病は私がここに来たときにはもう流行ってたんだよ。気づけ、領主。

私が来たせいで変異はしたかもしれないが、ウイルスは変異するものだ。

領主氏は険しい顔をしていたが、やがてあきらめたような息を吐いた。

「いいでしょう。この娘の罪は晴れました。お前は自由だ。速やかに去るがよい」

顎を上げると、兵士たちが私のまわりからしりぞいた。領主氏は不審君に視線を移した。

「医療院のできごとは医療院に帰するもの。その者の処遇は医療院にお任せします」

不審君はすべてを受け入れたように頷いた。じいさまがうなだれた不審君をとらえたが無言だった。修道院長と言えど、医療院の自治には口出しできないということだ。

「その者を医療院に連れて行け！」

副院長が兵士たちに命令し、私は「ちょっといいですか」と手をあげた。

私を囲んでいた兵士たちが動きを止め、副院長が憎悪の残る目を向けた。

「私が行う流行病の対処法は、私の国の人間の医師が病気の原因や治療法を探求して得た知見を予防医学という形で広めたものです。この探求の中には人体の解剖も含んでいます。その男性は、私の国の医師と同じように人体の構造を学んでいたのではないですか」

「どういうことだ！」

叫んだのは鞄持ちだ。この人はさっきから医学の技術的なことだと口を開く。

不審君が涙の混じった声を出した。

「お亡くなりになった先生方は常日頃、医学の進歩のためには人体を知ることが欠かせないとおっしゃっていました。ですが、わが国では人の体は神のものゆえ、刃物を入れて内部を知ることは許されていません。あるとき市場で鶏が切り分けられているのを見て買って帰ったところ、先生方が興味をお持ちになり、有志(ゆうし)で鶏の構造を学ぶようになったのです。先生方に、自分たちが死んだら鶏と同じように解体し、医学の進歩に役立てよと言われ、そのようにしました。浅はかでした……」

「いまの話を証明するものはあるのか？」

副院長ではなく、鞄持ちが訊いた。表情が変わり、上体が前のめりになっている。

「絵を描いた羊皮紙の裏に先生方が署名し、医学への述懐(じゅっかい)をお残しになりました」

鞄持ちが兵士に目を向け、兵士が即座に走って行く。さっきの羊皮紙、裏に何かあっただろうかと思うものの、表がショッキングだったため裏など見ていない。

領主氏も裏は見なかった。副院長と鞄持ちの反応を見ると、彼らもだろう。

兵士が走って戻ってきて、脳みそだの眼球だのが描かれた大量の羊皮紙を領主氏、副院長、鞄持ち、じいさまと旦那様に渡し、私は旦那様に近寄って羊皮紙の裏をのぞき込んだ。

右端に小さな字が書いてある。読めないでいると、旦那様が字に人差し指を這わせ、声を出した。わが体を医術の神に捧げる。医学の教本に載りますように。医療院の明日はきみたちが作る、がんばれ。等々……。医学への述懐にしては俗っぽい。

「どうして私を呼ばなかった！」

怒鳴りつけたのは鞄持ちだ。羊皮紙を持つ手を震わせ、瞳に怒りを燃やしている。

「私に話していれば、医療長会議で議題にしたものを！　遺体はさておき、せめて鶏の解体のときは私を呼ぶべきであったろうっ」

不審君が、まつげから涙を落とすようにまばたきした。どういうことや。

「医療長様は、死者の体を切るのは医療者のすることではないと仰っていたかと……」

「そんなのは建前だっ！」

医療長とやらが大声で叫び、副院長がぎょっとした顔をした。領主氏もぎょっとした。

職名からして技術的なことは、この人が担っているのだろう。

医療長は、歯がみをしながら荒々しい息を吐いた。

「人の体を切ることについてはずっと前からわが国の神を冒瀆する行為だという意見と医術の神に奉仕する行為だという意見にわかれていた。いまの院長は反対なさっているが、前院長は医学の進歩のため人の体に刃物を入れることは必須だというお考えの持ち主だった。私は前院長の推薦でいまの地位についたのだ。なのに……」

医療長はじいさまや旦那様から羊皮紙を集め、次々裏を見ていった。鋭い双眸に興奮をみなぎらせ、私はもちろん、領主氏も無視して、副院長に言い放った。

「副院長、明日、緊急で医療長会議を招集します。こやつの処遇はそのあとで」

みんなが副院長に注目した。

不審君が鼻水をぐすんとすすり、医療長を見て、副院長に目を向けた。

ずいぶん経ってから、副院長が口を開いた。

が、その口からは何も出てこなかった。

*** 聖女の護衛騎士団長代理の失望 ***

～最強勇者が辺境の地でモブキャラとしてスローライフを満喫していた件～

「きさま、誰に向かってそんな口を利いている！　無礼者がっ」

斜め後方から年若い声が響き、弓弦を引き絞るキエランの人差し指がわずかに滑った。的に刺さった矢尻が中心を逃し、キエランは秀麗な眉をひそめた。

王宮の訓練場で、親衛隊と護衛騎士団の合同演習の真っ最中だ。太陽は薄曇りの中で鈍く光り、冷たい風に春の訪れは感じない。揉めるなら、私の手本を見てからにしろ。

「無礼はきさまだっ。その剣を下ろすがいい！」

背後を見ると黒いサーコートを着た中堅(ちゅうけん)の親衛隊員が、派手な服装をした護衛騎士団員に手の平をかざしていた。経験豊かな親衛隊員が若輩の護衛騎士を相手にしてどうする。

キエランが口を開こうとしたとき、反対から別の声がした。

「きさまもだ。ここは争いの場ではない！」

ん？　と思い、声の方向に顔を動かすと、中堅の親衛隊員と背中をあわせるようにしてファーガルが立っていた。ファーガルの前では別の護衛騎士が長剣を構えている。

どうやら護衛騎士同士がもめ事を起こし、親衛隊が仲裁(ちゅうさい)しているようだ。

「先に無礼を働いたのは、こやつです。ミツキ様は私にエスコートしてほしいとおっしゃったのにこやつが嘘をつき、私に時間が変更になったと伝えたのです」

「ただの思い違いだと言ったろう。大体ミツキがきさまなど相手にするものか。準男爵の分際(ぶんざい)で」

「きさま、ミツキ様のことをいまなんと呼んだっ」

後方から別の護衛騎士の声が飛び、キエランは背後を振り返った。

「二人で薔薇園を歩いていたとき、『様はいらぬ』と本人が言った」

「社交辞令を本気にするとは。そのようなことだから、子爵令嬢が団長殿に心変わりするのだ！」

「彼女は……私が振ったのだっ。ミツキの方がわが家門にふさわしいからな」

「伯爵とは名ばかりの田舎領主の息子が家門などとよく言う！」

剣を振るおうとした伯爵家の子弟の足下にキエランが矢を放ち、田舎領主の息子と揶揄された護衛騎士が後方にしりぞいた。おお、という声をあげたのは、若い護衛騎士たちだ。

親衛隊員はいつものことだと言うように表情を変えず、護衛騎士を注視している。

本当は親指と人差し指の間を狙いたかったが、ブーツを履いているから難しい。

キエランはもっと射たい気持ちをぐっとこらえ、よく通る声を出した。

「きさまらの職務は互いに協力し、全員で聖女殿をお守りすることだ。聖女殿の歓心を買うため諍いを起こすことではない！」

田舎領主の息子と呼ばれた男が、なけなしの勇気を振り絞り、一歩前に進み出た。

「僭越ながら、団長代理殿こそ職権濫用ではございませんか」

は？

「団長代理殿は先日の遠乗りの際、ミツキを……、ミツキ様をみずからの馬の前に乗せ、必要以上にぴったりと体をつけて走っていました。あのような恰好では、ミツキ様を守ることはできません。あのような……、破廉恥(はれんち)な……」

「……私の馬に乗りたいとおっしゃったのは聖女殿だ。殿下に、団長代理なら団長と同じことをしろと命じられ、ああなったのだ。好きでしたわけではない……！」

　衝撃的な告発に言い訳めいた反論をする。別の誰かが責めるような声を出した。

「団長殿は馬に乗れません！　殿下が団長と同じことをしろと命じられたのであれば落馬すべきではないですかっ。団長ができないことをするなど職権濫用です！」

　そうだ、そうだ、職権濫用だ、と護衛騎士が口々に言った。

　キエランが呆然としていると、ファーガルが、普段の温厚さからは想像もつかない怒気を放った。

「そんなに代理がいいなら、いますぐ護衛騎士のあかしを捨て、騎士の身分を返上しろっ。そうすれば騎士代理に叙任していただけるよう国王陛下代理に進言してやる！」

　しかも、内容が意味不明だ。誰だ、国王陛下代理って。

　護衛騎士たちが一様に口ごもる。キエランが何か言おうとしたとき、軽やかな馬蹄の音が近づき、銀色のかぶとをつけた近衛騎兵が馬上から声をかけた。

「キエラン・ティアニー殿、ファーガル・クロス殿、新知事が就任の挨拶に来ております。至急、執務室までおこしください」

近衛兵が守るドアを通ると、広々としたテーブルのまわりに王の側近と重臣が座り、その背後に枢密会議に出ることを許された廷臣たちが立っていた。

一番奥に設けられた高座のいすに王が腰を下ろしている。

かつては豊かな輝きを見せていた髪と濃いひげは白く変化し、老いの予感を滲ませているが、鋭い双眸は左手の中指にはめたパープルダイヤモンドと同じ力強さを放ち、筋肉と脂肪の両方で裏打ちされた肉体はみずからが唯一の王であるという自負心に満ちていた。

小粒のダイヤをあしらった茶色いサーコートは窓のガラスから入り込む太陽を反射し、右手にはアメジストとトルマリンをはめ、ベルトには金の装飾をたっぷりとつけている。

王は、ドラゴン討伐で多大な出費をしたあと、財政が傾いていることを知られまいとするようにいっそう派手な生活を送った。

質素倹約を好む王妃に似て贅沢に興味を示さないシェイマスは、贅沢をするのが良い為政者(いせいしゃ)だと考える王の目には弱い王子に映った。正統な跡継ぎはシェイマスしかいないのに、いまだ太子に立てていないのが、そのあかしだ。

贅沢に興味がなかったのは、第一王子も同じなのに。

王は、キエランが入口に姿を現すと、鋭利な瞳を壁際に動かした。キエランはファーガルとともに王の視線の先に行き、壁に沿って立つ廷臣たちの隣に並んだ。

玉座とテーブルの間に、王よりいくばくか若い新州知事が控えている。

五年前のドラゴン討伐のとき負傷した兵の看護にあたり、陛下から馬を下賜された男だが、辺境の地の領主など王は忘れているだろう。

新州知事の所領にはアートゥ・シュリアヴで唯一「王立」の名を冠する医療院があり、王の興味はあくまで王立医療院とその方針転換だ。

新州知事の所領で原因不明の流行病が猛威を振るったのはひと月前。

王宮貴族が怯え始めた頃、王立医療院の使者が「流行病は王立医療院長の手腕で収束しつつある」と報告し、同時にこれまで禁忌とされてきた遺体の解剖を故人の生前の意思が確認できる場合のみ許可したいと上奏(じょうそう)した。

流行病の原因を探るため王立医療院が解剖を行ったのは想像に難くない。

結果、王都に忍び込む前に流行病を食い止めることができたのだから王立医療院長の英断と言うべきだろう。

医療の恩恵を受ける王や貴族はみな健康で長生きしたいと考えていたから、重臣会議で「医療のことに口出しはできない」という体裁を取り、内心では方針転換を歓迎した。

確か所領民の流行病とは別に農耕用の牛馬に奇病が発生したのだっけか、とキエランは思い出した。王立医療院の薬を牛に与えても、すぐ同じ症状が出るという。

所領が畑の収穫物によって支えられている以上、人間の病が治っても牛馬に病気が広がれば意味はない。つくづく不運な男だ。

従者たちがゴブレットの載ったトレイを持って現れ、王の前にひざまずいた。キエランたちのそばにもトレイが運ばれる。ファーガルは手にしたゴブレットを面白そうにのぞき込み、キエランは杯の外に彫られたうさぎに注意を奪われた。

すぐさま王に目を移すと、王もシェイマスもうさぎの彫り絵を眺めている。ほどなく王は視線の先をジュースにかえて杯を呷り、シェイマスは慌ててゴブレットに口をつけた。財務長官、内務長官、大法官、軍事長官、それぞれの補佐官、副官が続き、残る臣下が色を確認し、においをかぎ、胡散臭そうにジュースを飲んだ。

ファーガルが早々に飲み干し、キエランもジュースを口にした。濃い甘みと爽やかな酸味、わずかな塩味が広がった。飲んだことのない味だ。

臣下たちが汚物を飲んだように顔を歪めたが、数人だ。甘いものが苦手なのだろう。残るほとんどは感嘆したような息を吐いた。

王はゴブレットを従者の持つトレイに置き、新州知事に顎をあげた。

新州知事が口を開いた。

「こちらは蜂蜜を使って育てた柑橘(かんきつ)の絞り汁でございます。気候の関係上、アートゥ・シユリアヴでは育ちにくいとか。現在、わが所領の修道院と商人が販売を始めたところです」

財務長官が眉をひそめた。僻地の州知事が商売に手を染めたと非難しようとしたのだろうが、修道院が販売するとなれば文句は言えない。

修道士は神に仕え、神の声を聞く。王都から離れた地ほど神の声を聞くのが難しいとされるため、辺境の地にある修道院はアートゥ・シュリアヴの中でも名門とされる。

「貴殿の所領では農耕用の牛馬に奇病が発生したそうな。たかがジュースごときで税の猶予（ゆうよ）が受けられると思ったら大間違いだぞ」

内務長官の言葉に、州知事は頭を下げたまま答えた。

「ご心配いただきありがとうございます。奇病についてはすでに解決いたしました。実はわが所領に獣の医師がおりまして、その者に従ったところ牛馬は健康を取り戻しました」

臣下の誰かが「獣の医師？」と口にした。「獣の医師」など聞いたことがない。

「一体どうやったのだ？」

大法官が瞳に疑念の色を滲ませ、州知事が少しばかり言い淀（よど）んだ。

「医療院の薬をむりやり飲ませて……」

「それは獣の医師とやらではなく、医療院がすごいのだろう」

財務長官が不快そうに顔をしかめた。軍事長官が大きく身を乗り出した。

「医師なら、陛下のおみ足を治すことができるのか？」

「獣の医師ですので人間を診ることはできません。わかるのは獣だけです」

人間を診ることができなければ役に立たん、と誰かが吐き捨て、ファーガルが、あ、ユズル殿だ、とつぶやいた。州知事が焦ったような表情になった。

「ですが、その医師は家畜の出産にも詳しく、先日は難産の仔牛をぶじ取り上げました」

「どうやって？」

「仔牛の足首を引っ張って……」

執務室に失笑が巻き起こった。ずいぶんな大男のようですなと誰かが嫌味っぽく言った。

「ただのペテンだ。おのが所領で言いふらすならともかく、卑しい技を医療だと信じ、陛下の御前で持ち出すなど言語道断」

大法官が叱責し、州知事が言葉をつまらせた。

王がすっと右手をあげ、執務室が沈黙に包まれた。

「獣の医師とやらは、馬は治せるのか」

州知事がほっとしたような笑みを浮かべた。

「馬はその者の得意分野でございます」

「では、来る遠征に備え、王宮の軍馬が怪我や病気を患っていないか診させよう。医療院の本分はあくまで人間。獣の医師がいるというなら診せるにこしたことはない」

シェイマスがゴブレットを持ったままうわずった声を出した。

「陛下、獣の医師は私が連れてまいります。ぜひ私を……」

「おぬしには王子の務めがある。王都に残り、政務に励むがよい」

シェイマスの申し出を即座に退け、王はキエランに目を向けた。

「キエラン・ティアニー、ファーガル・クロスよ、おぬしら二人でわが兵とともに獣の医師を迎えに行き、王宮に連れ帰るがよい」

＊

「このあたりは殿下とともに聖女探しをなさった地の近くですよね。見覚えありますか」

ファーガルが馬の足をゆるめ、キエランは馬上から周囲を見回した。

田舎の景色はどこも同じだ。野原と茨、深い木々。草地には白や紫のクロッカスが春の訪れを告げている。

キエランの背後では、十二人の近衛騎兵が短い休息を取っていた。さきほど一頭の馬が疝痛を起こし、前肢で地面を掻いて寝たり立ったりを繰り返したため、馬の世話役を担う老練の近衛騎兵が手綱を持って歩かせ、やっと回復したところだ。

昨夜、宿代わりに利用した新州知事の領主城を出たのは、太陽が昇りきってから。州知事は州都にいるため会うことはなかったが、キエランたちは王の来訪と変わらない歓待を受け、目が覚めたときには案内役の厩番は獣の医師の元に出かけていた。

もう戻るのでお待ちくださいという使用人に「動物なんでも相談所」の場所を教わって

領主城をあとにし、いまにいたる。

しかし、「動物なんでも相談所」とは。ユズルの命名に近いものを感じる。

そんなユズルは王宮で部下を鍛え直している最中だ。「あの者たちは私の言うことは聞きません。やはり正統な護衛騎士でなければ」と告げ、あとを託した。

いまごろどうなっているやら。

キエランはぶっきらぼうに「わからん」と答え、ちらりとファーガルに目を向けた。

外国の逗留経験が長く、世知に長けていることから王に雑用を言い渡されることが多いが、キエランが王都を離れるのなら、ファーガルは残った方がいいだろうに。

時々ふと思う。親衛隊副隊長のファーガルが守っているのは、シェイマスではなく、別の誰かなのではないかと――。

キエランは近衛騎兵に声をかけ、目的地へと向かった。

青く茂る秋まきの小麦やライ麦、春まきの作付け前の耕作地、牧草地、休閑地(きゅうかんち)、放牧地が広がり、農民が牛を使って畑を耕している。

ゴブレットに刻まれたうさぎが脳裏をよぎった。州知事に確認すると、うさぎの彫り絵がついたゴブレットは同じ領地の市場で売っていて、誰が作ったかは知らないという。

ファーガルが「あそこですかね」と指をさした。ゆるく蛇行する野原の奥に、いくつかの家が点在している。そのうちの一つに木でできた柵があり、中に男が二人立っていた。

一人は昨日キエランたちを出迎えた領主城の若い厩番、もう一人は藍色の長衣を着た医療院の見習い医師だ。厩番がこちらに気づき、走ってきた。

「そろそろ戻るところだったんですが……。先生はあちらです」

息を切らしながら申し訳なさそうに口にした。キエランとファーガルが馬をおりると、若者は手綱を受け取り、見習いの奥に建つ古い家に視線を移した。

キエランは自分よりずいぶん年上の近衛騎兵に「あなた方はこの者についていき、休憩を取ってください」と丁寧に言い、木の柵に近づいた。

見習い医師がキエランとファーガルを見て黙礼した。なるほど、と納得する。

薬を処方しているのが見習い医師、薬を飲ませているのが獣の医師ということだ。家畜は医師の言うことはきかないから、医師とは別に力仕事をする者が必要なのだろう。「獣」という語がつくとはいえ、医師と呼ぶにはあまりにお粗末だが、辺境の所領となれば仕方がない。

「王都からの長旅、さぞお疲れでしょう。どうぞお入りください」

見習いは貴族の出だということがはっきりわかる高貴な抑揚を響かせ、キエランたちを古い家に促した。言葉が通じない熊男が出てきたらどうしようと内心不安だったが、この若者がいれば問題ない。

見習い医師は「失礼します」という言葉とともにドアを開いた。

同時に「ぴーぴー」という甲高い鳴き声が響き、見習いが「ふが」と言った。

キエランはぎょっとして見習いを見たあと、背後から室内をのぞきこんだ。

広い部屋にテーブルといす、ベッドらしき台が備えられ、太陽の差し込む窓辺に小柄な少年が箱を並べて座っていた。箱は四つ。それぞれにヒヨコが入っている。

少年は「ちょっと待ってください」と言い、箱に入ったヒヨコを鷲掴みにして小さな体を容赦なくねじり、どこかを見てから右の箱と左の箱にぽいぽいと放り投げた。

ヒヨコが舞い、箱の中に着地してぴーぴーと跳びはねる。ぶじだ。

少年は時折眉間(みけん)にしわを寄せ、柔らかな腹を指でぐいぐい押して太陽光に向け、真ん中の箱に投げ入れた。最後の一羽を投げると、ふうと深い息を吐き、見習いに顔を向けた。

整った淡泊な目鼻立ちは東方の民だ。長い黒髪を首の後ろでくくり、茶色いチュニックの下に見たことのない素材の青いズボンを穿いている。少年がこちらを見た。

キエランは少年に目を細めた。見覚えがあるような、ないような。

東方の民はみんな同じ顔に見えるから、よくわからない。

見習い医師が「ふが、ふがががが。ふが？」と（多分）問いかけ、少年ははっとしたように見習いに視線を戻し、「わかりました」と答えた。

アートゥ・シュリアヴの公用語にほっとする。高い声は少年ではなく少女だったようだ。

言葉尻が落ち着いているから、キエランと同い年か、少し年上かもしれない。

二人は（多分）会話を続けた。「ふがが？」「一番近くの村です」「ふがふが」「せっかくだからお願いします。こっちが雌、こっちが雄。こっちがわからない、です」「ふがー」少女、――女がそれぞれの箱に蓋をしてさらに大きな箱に入れ、見習いに手渡した。見習いは「ふが」と言って外に消え、女がキエランたちに視線を移した。

「動物の先生に会いに来られた方ですね。先生は離れにいます。ご案内しますのでどうぞ」

女に従い、柵を出て後方に歩くと、小さな納屋があった。

女が「失礼します」と声をかけてドアを開き、一人で入ってドアを閉じた。ほどなくドアが開き、女は「先生がお会いになるそうです」と言ってキエランたちを招き入れた。

男がいた。熊ほどではないが立派な体躯をしている。

薄茶色のシャツと黒いズボンは農夫のいでたちだ。こちらを見るほほえみは――。

反射的に床に両膝と手をついた。後方にいたファーガルも即座に平伏した。

「クルファー殿下、お久しぶりです……」

うつむきながら深呼吸をし、荒い鼓動を抑えていると、背後で女が、殿下っ⁉ と叫んだ。殿下ってあの殿下っすよね‼ マジーッ⁉ ヤバッ‼

キエランはひざまずいたまま、ひっそり女を睨んだ。女はキエランの視線に気づき、「私、あっちにいます。殿下さんごゆっくり」と言って納屋を出ていき、ドアを閉めた。

「いつまでそんな恰好をしている。早く座れ」

クルファーが厳しさの中にいたわりのこもった声を出した。王宮にいたときと同じ声だ。

キエランはファーガルとともに立ち上がり、テーブルを囲むいすに座った。相談所よりずいぶん狭く、仮眠用とおぼしきベッドが置いてあり、その横に装飾のない剣が立てかけてある。

クルファーが剣の隣にある棚からゴブレットと革袋を出してキエランの前に置いた。ゴブレットには躍動的に踊るうさぎと蛙(かえる)が彫られていた。変わった意匠(いしょう)だが味がある。やはりあの彫り絵はクルファーが刻んだものだった。クルファーは剣の稽古(けいこ)の合間を見つけては動物を彫り出していた。

クルファーはテーブルを挟んでキエランたちの正面に座り、「エールだけどいいか」と訊いた。キエランは「もちろんです」と答えたが、エールを飲んだのは数えるほどだ。

革袋の蓋を外し、琥珀(こはく)より濃い液体がゴブレットに注がれる。クルファーが顎を引くと、キエランは香草の入ったエールを呷り、きつい香りが鼻から喉に抜けていった。

「その髪はどうなさいました」

ファーガルがクルファーの短い髪に目を向けた。クルファーは「ちょっとした気分転換さ」と明るく答えた。キエランは社交辞令もそこそこに焦れたような声を出した。

「お体は大丈夫なのですか。あなたはドラゴンの爪にかかってお亡くなりになったとばかり――」

「爪の先で飛ばされただけさ。川に落ちて、気づいたときは川下にいた。討伐軍はドラゴンの攻撃を受け勇退したと聞いたが、お前はぶじだったんだな」

キエランは「殿下が身を挺してくださったおかげです」と心の底から謝意を込めた。

狭い部屋に沈黙が降りる。

キエランが待っていると、クルファーはずいぶん経ってから口を開いた。

「父上は、カルディア王国がドラゴンを率いてわが国を攻めに来ると言い、ドラゴン討伐を決行した。ドラゴンを倒したあかつきには、カルディア王国が攻めてきたことにして、カルディアに侵攻するつもりだったんだ。お前はそのことに気づいていたろう」

クルファーがキエランにもの悲しげな表情を向けた。

「シェイマスも気づいていた。だが俺は気づかないふりをした。ドラゴン討伐を望んだのはわが民だったからだ。俺はドラゴンを倒したあと、カルディア王国を討つことには反対するつもりだった。戦に関しては、俺が嫌だと言えば誰も逆らえなかったからな」

キエランの見たところ、剣の腕、知略(ちりゃく)とも、王の若かりし日よりクルファーの方が上だ。それゆえ過去を美化した王の目には、第一王子はかつての自分そのものに映った。

クルファーがこれ以上の戦いは無意味だと言えば、かつての自分もそう判断したと考え、納得して兵を引いただろう。

だからこそ、クルファーがドラゴン討伐に賛同したとき、キエランは落胆した。

クルファーであれば、王を止められたのに、と。

「鉄山にいたのが母ドラゴンだったのは致命的な誤算だよ。武人として愚かとしか言いようがない」

母ドラゴンは子どもを守るため兵士を威嚇しただけだ。初めてドラゴンを間近で見た兵士はパニックに陥り、混乱した味方の兵や馬に押し潰され、圧死した。

その後、貿易港で違法に売り買いされる弱った小さなドラゴンを、王の命令でひそかに手に入れ、木の鎖をつけて鉄山の近くに連れて行った。

ドラゴンの鳴き声を聞いて、母ドラゴンは姿を現し、小さなドラゴンに近づいた。

あとは簡単だ。

王宮にあるすべての投石機を使ってドラゴンに土嚢を投げつけ、木で作った大量の矢を放ち、母ドラゴンを捕まえた。すべてがおわったときには小さなドラゴンは死んでいた。

鉄山に残った子ドラゴンがどうなったかは誰も知らない――。

「どうしてこんな辺境にいらっしゃるのですか」

「王都に帰る途中で寄った村はみんな悲嘆にくれててな、とてもじゃないが王宮で褒められる気にはなれなかった。せっかくだから民の声を直接聞こうと思ったのさ。王宮にいる間は、視察って言ったって話を聞く相手は決められてる。あっちこっち回って、たどりついたのがここだ」

「州知事殿は、あなたのご身分をご存じなのですか」

ファーガルが訊き、クルファーが目を細めた。

「ここの領主殿か？　会ったこともないよ。話をする機会があっても村の人間としか思わないさ。王宮の使いが獣の医師を迎えに来ると聞いたとき、俺の知ってる連中かもしれないと思って待ってはいたが、領主殿とは関係ない」

クルファーは、まさかお前らが来るとは思わなかったよ、と笑った。

「最近になってつくづく気づいたんだ。俺に王は務まらんってな。俺を育ててくれた乳母みたいに誰かの面倒を見るのが性（しょう）にあってる。この国の王にふさわしい者は他にいるさ」

「あなた以上に王にふさわしい方はいらっしゃいません」

キエランは、乳母という言葉に内心で首を傾げながら言ったが、クルファーは答えることなく話題を変えた。

「俺の話はここまでだ。お前ら、獣の医師を迎えに来たんだろう。父上は獣の医師に何をさせる気だ」

危うく忘れるところだった。キエランはすぐさま表情を引き締めた。

「陛下は次のドラゴン討伐を計画しておいでです。どうか王宮にお戻りください。あなたが獣の医師だとわかれば、お考えも変わりましょう」

「何言ってんだ？　獣の医師はさっき会ったろう。あの人だ」

キエランは少し考え、クルファーに目を戻した。

「医療院の見習いのことですよね。治療はあの者がしているのはわかっています」

「見習いは勉強に来てるだけだ。相談所に東方の民がいたろうが。獣の医師はあの女性だ」

キエランは大きく首をひねり、ファーガルが質問した。

「ヒヨコをぽいぽい放り投げてた人ですか？　あれってなんなんです？」

「雄と雌にわけてたんだ。お前らみたいな貴族連中が雄か雌かわからん雛を高値で買って、うまくもないのに食べて喜ぶだろう。雄だけを売って雌を残せば、損はしないって算段だ」

キエランは眉間を曇らせた。生まれたばかりの雛が雄か雌かなどわかるはずがない。

魔法でもあるなら別だが……。

キエランは、あっ！　と叫んだ。

「あのときの、ストレスが溜まった魔女！」

思い出した。死んだシェイマスの馬に助走をつけて膝打ちしたあの女だ。多分……。

「あの女は聖女殿と一緒にいた魔女です。どうしてここに」

クルファーが気まずそうに天井を仰いだ。キエランは驚きと怒りの声を放った。

「もしかしてあの場におられたのですか？　だったら、なぜお声をかけてくださらなかったのです！」

「まあ、いたのはいたが……。草むらにいて、お前らがはっきり見えたわけじゃないからな。若い娘が男たちに追いかけられて、崖から落ちたから連れて帰って介抱したただけだ」

「あなたも夢をご覧になったんですね」

ファーガルが冷静に訊くと、クルファーが無言で頷いた。

キエランは恨みがましい顔をした。

「あの女は魔女と呼ばれ、逃げていたはずです。その声も聞かなかったということですか」

「王宮の騎士は、気に入らない女がいたら、すぐ魔女扱いするだろう。俺が夢に見たのは聖女と騎士だけだし、騎士はぼやけてて何人いたかもわからんしなあ。それに東方の民はみんなおんなじ顔に見えるから、魔女がいたとしても聖女と区別はつかんよ」

正直に言ってから、キエランとファーガルを交互に見た。

「そういや、王宮の聖女殿はどうなってる？　父上とはうまくやってるのか」

「うまくどころか、思想も何もかも陛下と同じですよ。王宮の誰もが聖女を愛し、喝采を送っています」

ファーガルの言葉に、クルファーは、そうか、とうなずいた。だったら、いい。

「先生を呼んでくるよ。俺は畑に行かなきゃならん。お前らは、とっとと用をすませて王宮に帰れ」

クルファーがキエランたちの脇を通って外に出た。

苛々しながら待っていると草地を踏む音がし、先生が殺されたら、俺が復讐してやりますよ、という声とともにドアが開き、クルファーがさっきの女を連れてきた。

女は頭を隠す白いベールに赤い袖なしチュニックと灰色のワンピースを身につけていた。逃げようとしたのだろう。女がズボンでは目立つため、村娘の恰好に変装したのだ。

キエランに気づいて逃げる時点で魔女確定ではないか。

「初めまして。マツキと言います。船に乗って自分探しの旅をしていたところ、ここにたどり着きました。先ほどはすいません。まだ言葉がうまくなくて……」

マツキが丁寧に挨拶する。キエランは、嘘をつけ、と言いたい気持ちをぐっとこらえた。

「国王陛下があなたに王宮の軍馬を診るようお命じだ。いまから王宮に来るように」

「私、道具を使ってむりやり薬を飲ませることぐらいしかできません。王宮の軍馬さんは私の手に余ります。医療院の先生に診てもらってください」

「了解した。あなたはもういい。殿下、私は――」

適当に話を切り上げ、クルファーに向き直ると、ファーガルが「ちょっと待ってください！　団長代理殿、こちらに」と言ってキエランを強引に外に連れ出し、ドアを閉めた。

「ぼく、ものすごく気になることがあるんですが、あなた、あの女性とミツキ殿の顔の区別がついてますか？」

突然の質問に、キエランは口ごもったあと低い声で答えた。

「……双子。名前も似てるし。間違いなく血のつながりがある」

「東方の使節団が来たときいつも通訳してくれる女性はどうです？　見分けはつきますか」

「三つ子」

「限界まで挑戦したいですか」

キエランは、ファーガルの言わんとすることにやっと気づき、不審そうに訊き返した。

「きさまは……、まさかあの女が聖女だと言うのか？　陛下はミツキ殿を見て、髪の一本まで夢の聖女と同じだとおっしゃったろう。ミツキ殿以外に聖女はいない」

「陛下は舞踏会の席で、最近の若い貴婦人はみんな同じ顔をしている、とおっしゃるような方ですよ。東方の民の顔の区別がつくわけないじゃないですか」

「だからなんだ！　あの女はクルファー殿下を堕落させたのだぞ。殿下はあんな女のどこがいいんだ！　ああ見えて閨の技がすごいのか？　東方の房中術か⁉　大体なんだ、あの踊るうさぎと蛙は。殿下はドラゴンの爪にかかって頭がおかしくなったんじゃないのか‼」

「はいはい、落ち着いて。そういう下世話なことを口にするから破廉恥呼ばわりされるんです。昔の文献で、聖女の力に引っ張られて市井の民がくっついてきた、という例を読んだことがあるから、それですかね」

キエランは何度か息を吸って吐き、かろうじて冷静さを取り戻した。

「王宮に戻るぞ。ここには近衛騎兵を置いて殿下の警護と身の回りの世話をさせ、陛下には獣の医師はペテンだったと伝える。ものを知らぬ田舎領主が勘違いしたとな」

ファーガルに「いいな」と念押しすると、ファーガルは仕方ないという表情になった。

キエランはドアノブに手をかけ、室内に戻った。

クルファーはテーブルに羊皮紙を広げ、羽根ペンを動かしていた。マッキがクルファーの隣に腰を下ろし、手元をのぞき込んでいる。ファーガルとの会話が聞こえたろうか。

この先関わることのない相手だ。どう思われようとかまうまい。

クルファーが「できた」と言い、声を出して手紙を読んだ。

「わが弟よ、生きていることを伝えなくて悪かった。私はあと少しここにいる。キエランをいじめるな。そなたが以前ここに来たとき、王子として立派に命令している姿を見て感動した。思いやりと慈悲の心を大事にしろ。キエランと仲良くしろ。私はいつもそなたとともにいる。どうですか、これで」

クルファーがマッキに訊き、マッキはキエランを見てからクルファーに目を戻した。

「いいと思います。そなたってところが、特に」

クルファーは羊皮紙を折り、蜜蝋を垂らして封をした。結局自分たちを見ていたのではないかと思いながら手紙を受け取ると、クルファーは申し訳なさそうに微笑んだ。

「父上には内緒にしといてくれ。しかるべきときに王宮に出向くよ」

キエランは不機嫌さを隠さず、「御意」と言った。

「われらはいったん領主城に戻り、こちらに残る人員を見繕った上、夜、もう一度まいります。何かあれば、彼らを使者として王都にお送りください」

壁から上着を取ったクルファーが問うように眉を寄せた。

「近衛騎兵を連れてきたのか？」

クルファーの言葉にキエランは神妙に頷いた。次の王を迎えに行け、そういう意味だ。王は、はなから獣の医師になど興味はない。

キエランは、では、失礼します、と丁寧に礼をし、外に出た。

クルファーは開いたドアのそばでキエランたちを見送ったが、すぐ畑の方向に消えた。


キエランは乾いた草地を踏みしめ、太陽の照る憂鬱な空に目を向けた。

クルファーに会えた以上、無駄足ではないはずだが、徒労感はぬぐえない。

木陰では馬の世話役を中心とした年配の近衛騎兵がゴブレットを呷っている。小さな彫り絵はキエランの位置からでは見えないが、横柄な様子からしてその意味に気づいた者はいなさそうだ。十二人いる近衛騎兵のうち誰を残すかは、馬の世話役が決めるだろう。

木々の奥から「ティアニー殿！」と叫びながら、一番若い近衛騎兵が走って来た。若いと言っても、親衛隊と異なり三〇歳は越えている。

「話はおわりました。獣の医師は王宮には来ませんが、二人ほど残って……」

「貴殿の馬が飼い葉を喉につまらせたようです！　早くこちらにっ」

近衛騎兵がキエランの言葉を遮った。キエランはすぐさま駆け出し、笑いをあげる近衛騎兵の脇を通って濃い葉陰に踏み込んだ。

二番目に若い近衛騎兵が、キエランの愛馬の首を小刻みに叩いていた。

礼を言ってから手綱を受け取り、黒々とした毛並みの愛馬を見た。噛み砕いてどろどろになった緑色の飼い葉が大量のよだれとともに鼻からも口からも流れ落ちている。

愛馬はキエランが来ても気づかない様子で口を動かし、喉の奥からごきゅごきゅという奇妙な音を発していた。苦しそうに右の前肢で地面をしきりと掻いている。

キエランは愛馬の首筋を手の平で入念に探った。わずかに膨らんだ部分がある。

背後から笑い声が聞こえてきた。馬の世話役とその取り巻きが昨日の領主城のもてなしの講評をしている。三番目に若い近衛騎兵が小さな声で耳打ちした。

「先ほど診ていただくようお願いしたんですが、近衛騎兵の馬ではないからとおっしゃって……」

キエランは迷うことなく世話役の前に行き、王に接するのと同じ恭しい声を出した。

「お話し中、失礼します。私の馬が飼い葉を喉につまらせたようです。私ではどうにもなりません。あなたに診ていただきたく願い申し上げます」

年配の近衛騎兵たちがやっと気づいたというように顔を向け、中心にいた世話役が、ふんっと鼻を鳴らした。

「私は陛下の馬の世話役だ。貴殿は王子殿下の騎士であろう。馬を診てほしいなら親衛隊の誰かに頼むがいい」

王を守る近衛騎兵は、王子を守る親衛隊より格上だと自負している。そんな彼らが、自分たちよりはるかに若い親衛隊長に率いられるのだから気分を害して当然だ。

王には近衛騎兵の誰かを任にあてるよう進言したが聞き入れてもらえなかった。いつもながら面倒なことをしてくれる。

「馬の命がかかっています。親衛隊を助けるのではなく、馬を助けるとお思いください」

ファーガルが切実な声を出すと、馬の世話役が眉間に小さな影を浮かべた。

クロス侯爵家に頼まれれば断れない。世話役は自信に満ちた声を出した。

「馬の頭を上に向け、つまった部分を叩きなさい。うまくすれば唾液で飼い葉が喉を通るだろう。絶対助かるとは言えんが、他に方法はない」

キエランは「ありがとうございます」と礼を言い、頭絡をつかんで愛馬の頭を上げ、固い部分を手で叩いた。

ワインを取りに行っていた厩番の若者が異常に気づいて走って来た。キエランの馬を見て、持っていた革袋を地面に置き、「先生を呼んできます!」と叫んで相談所に消えた。

年配の近衛騎兵が「われらのワインを地面に置くとは何事か!」と怒鳴りつけたが、若者は振り向かなかった。愛馬がさらに大きく前掻きしたとき、背後から誰かが駆けつけた。

「何がありましたっ？」

クルファーを堕落させた悪しき魔女マツキだ。いつのまに着替えたのか、最初に会ったときと同じ茶色いチュニックに青いズボンを穿いている。

マツキを女だと気づいた年配の近衛騎兵が顔をしかめ、キエランを呼びに来た若手が気圧されたように口を開いた。

「喉に飼い葉をつまらせたんだ」

マツキは馬の横合いに来ると即座に言った。

「頭を下げてよだれが外に流れ出るようにしてください。上に向けると、よだれで溺れてしまいます」

馬の世話役が「溺れるだとっ？」と大仰に訊き返し、マツキは頭絡の鼻革をつかんで馬の頭を強引に下げ、首にかけた細い鉄の棒を自分の両耳に差し入れた。二つの棒が下方で一つになり、黒い管が伸びている。

マツキは管の先端についた硬貨のようなものを馬の腹にあてたあと耳から棒を外した。

「若者君、バケツに水をお願いします。あなたは頭を下げた状態で、飼い葉がつまってる部分を揉んでほぐしてください。どなたか一人、ついてきて！」

マツキはキエランの返事を待たずに相談所に駆け出した。

ファーガルがマツキを追いかけ、若者はマツキとは別の方向に走っていく。

キエランは考えるゆとりもなく愛馬の頭を下げ、首筋を揉みほぐした。

「それではよだれが止まらんではないか!!」

キエランが内心思っていることを馬の世話役が口にする。どうするか迷ったとき、バケツを持ったマツキとファーガルが戻ってきた。

マツキがキエランの前に割り込み、飼い葉のつまった部分に手をあてた。

「馬さんが暴れないよう抑えててください」

キエランに命じ、地面に置いたバケツから半透明の長い管を取りだした。見たことがない材質で、管の両端に黄色い覆いがついている。

マツキは若者が汲んできた水に管をつけて軽く洗い、馬の斜め前に立った。

「この管を馬さんの鼻の穴に入れ、つまった飼い葉を取り除きます」

「はあ⁉」

マツキの言葉を聞いた全員が派手な声をあげた。「ふざけるな!!」と世話役が怒鳴り、マツキがキエランをうかがった。

キエランが信じたのは、クルファーだ。このままでは愛馬は死ぬ。

キエランは「やってくれ」とうめくように言い、マツキは管の端を口にくわえ、反対の端を右手に持って、馬の鼻孔にあてがった。馬が嫌がって首を振った。

キエランは覚悟を決めて肩を愛馬のあごの下に置き、頭絡をつかむマツキに協力した。

マツキが下を向いた馬の鼻に管をさし、反対側をくわえたまま奥へ奥へと進めていった。管がするすると入っていく。馬は抵抗したが、マツキの慣れた力に逆らえない。

マツキが管の端を口から出して上にあげ、ファーガルに「漏斗を取ってください」と言い、ファーガルがバケツから木製の漏斗を持ってマツキに渡した。マツキは漏斗の尻の部分を管の端にさし込み、今度は若者に「ここに水を入れてください」と命令した。

「水だと⁉」

自分が思っていることを馬の世話役が叫んでくれてありがたい。

「ティアニー殿、やめさせろっ。本当に馬が死ぬ‼」

キエランが答えられずにいると、若者がひしゃくを使って水をすくい、漏斗にゆっくり流し入れた。マツキが「もういいです」と声をかけ、再び管の端をくわえて息を吸う。

極限まで吸って管を口から出したのと同時に入れた水が逆流し、マツキは即座に管の先端を地面に向けた。

半透明の管の中を緑色の飼い葉が通っていき、水とともに流れ出た。

近衛騎兵たちが、おおお、と感嘆の声をあげた。

若者がマツキの言葉で再び漏斗を管にさし、ひしゃくで水を汲み入れた。マツキが管をくわえて息を吸い、すぐ口から出して下方に向けた。また飼い葉が水の力で押し流された。

同じ動作を繰り返したあと、管をくわえたまま息を吸って吐き、何かを確認してから管を取り、「もう大丈夫です」と言った。

若者が馬の口と鼻に水をかけ、汚れをきれいに洗い流す。キエランが愛馬の首筋に手をあてると飼い葉のつまりが消えていた。よだれは止まり、瞳は穏やかを取り戻している。

呆然として口を閉じる者、口を開いたままの者、息を呑む者までさまざまだ。

マツキは管を洗いながら丁寧に説明した。

「喉に傷がついていると思うので丸一日は絶食させて、水だけにしてください。その後十日間は水に浸してどろどろにした飼い葉を与えるように。それから徐々に飼い葉の水分を少なくしていき、時間をかけて通常の食事に戻してください」

マツキは「私は相談所にいますので、何かあったら呼んでください」と言い、バケツに治療道具を入れ、厩番の若者とともに動物なんでも相談所に戻っていった。

ファーガルがマツキの背中を見ながら、キエランに「どうします？」と小声で訊いた。

キエランは言った。

「獣の医師を何がなんでも王宮に連れて行く」

◆4章　市井の民A（エー）と研究官殿

領主氏の馬さまは膿を出したとたん飼い葉をもりもり食べ始めた。

私はぶじ村に帰してもらうことができ、お金持ち村の仲良し勢から事態を聞いたメラさんが真っ青な顔で私を出迎えた。タイグさんが復讐のため医療院に斬り込もうとしたため、私は慌ててタイグさんを引き止めた。

翌日から、厩番の若者君に馬車で送り迎えしてもらって領主城に通いつめ、生食で馬さまの傷口を洗浄。レントゲンを撮ることができないため、歩様検査と触診で治療の進み具合を確認し、やっぱり抗菌薬がないとむりかしらー、と思っていたとき、医療長が液体抗菌薬を持ってきて針で投与しろと迫った。

治験（ちけん）を一切行わず、いきなりはヤバいだろ、ということを行儀良く言って納得してもらい、代わりに激マズ抗菌薬をシリンジで経口投与。医療長は、おお、と感動の声をあげた。

抗菌薬は見事効力を発揮し、馬さまの歩様は改善。領主氏は滞納していた税金の利息の四分の一を免除してくれた！

私が領主氏の馬さまを治療したと聞いて、お金持ち村は汚染された牧草を刈り取り、牛さん馬さんは新たな牧草が生えるまでうちの村の牧草地で生活することになった。

お金持ち村は、牛さん馬さんの処置料及び土地使用料として水車使用料を一年ただにしてくれた！

医療院長はぶじ平癒。その後、マスク、手洗い、うがいを実行し、流行病と思わしき症状の者が出たらすぐ隔離するよう全医療院に通達を出し、ほどなく流行病は収束した。

罹患ののち奇跡の復活を果たした医療院長がみずから治療法を編み出したそうで、医療院の評判は滝の鯉か鰻のようにのぼりにのぼり、州都だけではなく、王都からも大勢の患者が押し寄せた。

この借り、ずっと覚えていますよ。これからも薬の無料処方、よろしくね。

時を同じくして、全国医療院会議てきな集まりで、故人の生前の意思が確認できた場合にのみ遺体の解剖を許可することとし、王宮でも承認された。

大活躍だと思っていた医療長は私のところに入り浸っていたため左遷され、新たな医療長が着任した。相談所の患畜には無料で薬を処方するよう前医療長に言いつかっているものの、なぜそんなことをしないといけないのか理解できないようで、いつも渋る。

労役を科せられた不審君、改め医師見習い君は動物なんでも相談所の雑用係として私のもとに配属された。興奮すると、ふがー、という話し方になり、私と一緒にいるときはいつも、ふがー、だが、意味はわかるので大丈夫だ。

領主城で働く厩番の若者君も、相談所で馬の飼養管理を学ぶようになった。

見習い君は私の予想より若い十七歳。若者君は予想を外した二五歳。身分も育ちも異なる二人だが、仕事だと割り切っているようで、なんとか折り合いをつけている。

イケジョによると、相談所からの帰りに手をつないで歩いていたらしい。

折り合いがついて何より。

旦那様と修道院のコラボ商品である蜂蜜果実は貴族や大商人が高値で買い占め、数ヶ月先まで予約待ち。原材料がバレる前に売れるだけ売る。

ディアミド君は、結局一度もドラゴンちゃんを連れて相談所には来ていない。

予後（よご）は不明だが、大丈夫だと思うほかない。

そんな中、高齢の州知事が領主氏を後継者に指名し、領主氏は州知事になった。

血縁でも貴族でもない領主が州知事になるのは異例だという。

州内の自治は各所領に任されているため権威はないが、王に自由に謁見（えっけん）できるのがいいそうだ。覚えがめでたくなれば税金やなんかを優遇してもらえる、かもしれない。

領主氏、改め州知事氏は早速王宮に挨拶に行き、所領に戻ってくると、私を呼び出し、王が王宮の軍馬を診てほしいと言ってると告げた。

王都までは、馬車で片道十五日から二〇日。頑強（がんきょう）な馬車馬さんが一日五〇キロ走るとして、東京からせいぜい山口（やまぐち）だ。新幹線で日帰り可能。

けど、こっちに新幹線はないし、往復ひと月かけて、軍馬の往診はな～。往診も応召義務の範囲に入るけど健康診断だしな～。緊急じゃないしな～。美月姫いるし、譲君もいるしな～。私、いまもまだ魔女だろうしな～。でも、州知事氏や村の人に迷惑がかかったら嫌だし……、と思いながら、タイグさんに相談すると、王宮の使者が来たときに備えて待機室で控えている、とのこと。

控えて何するんだろうと思いながら、相談所に出勤した若者君から、領主城に近衛兵が来て飲み散らかしたと聞き、うんざりしつつ、本来なら市場で働いている時間に準お金持ち村のヒヨコさんを鑑別していると、見覚えのある人物が現れた。

私を魔女扱いしたオリーブシルバーの髪の人だ。

思いっきり目があったが、オリーブシルバー氏は気づかなかった……。見習い君に「先生に会いに来られた使者殿です。休憩室で応対されますか」とふがふが訊かれたため、私ではないふりをして待機室に行くと、長剣を研いでいたタイグさんが、俺に任せてください、と言った。いきなり斬りつけるのでは？　と不安になったが、タイグさんを見るなり、男性二人はばたっと地面に両手をついたよっ。

なんと殿下だってさ!!　マジ殿下、超ヤバいっ!!

オリーブシルバー氏に睨まれたので相談所に行き、いつでも逃げられるように服を着替えて、診療道具と携帯食を見繕っていると、殿下に「お嬢様～、じゃなくて、先生～」と呼ばれ、パニックに陥ったオリーブシルバー氏の閨がどうとかいう聞くにたえないセクハラ発言を聞き、喉詰まりの馬さんの治療。

その後、渋ちん医療長に同席してもらって、すべての馬さんの健診を実施した。

道中、疝痛を起こしたという一頭は腹部聴診により便秘の所見。お尻にカテーテルを入れ、手動ポンプで適温の水を注入です。馬の世話役だというオジサンが、馬の腹が破裂するぞっ、と怒鳴り、お静かに願います、と注意するまもなく、お尻から、どばばばばー。いわゆる浣腸ですね。オジサン含め、全員絶句。便秘以外の何物でもない量でした。

鞍と腹帯による馬具創が二頭。オジサン、視診するとき馬具をつけたままだったようだ。若者君に患部のまわりの毛をナイフで剃ってもらい、生食で傷口を丁寧に洗って、新医療長が処方した消炎用軟膏を塗抹し、完治するまで馬具の装着は禁止。

また、触診で一頭の右前肢に管骨骨膜炎を発見した。熱感と膨張、わずかな圧痛があり、軽度の跛行。人間の子ども用に甘く味付けされた鎮痛薬の散剤を手に出したら、馬さんぺろぺろ舐めた。

オジサンが、どこにも問題などない！　と叫んだので、左前管骨と右前管骨を手で包むようにして触り比べてもらった。不機嫌に黙り込むオジサン。

馬さんが喋ってくれればわかりやすいんですけどね。動物は喋らないから見逃しはありますよ。

若者君にすべての馬さんの蹄底の裏掘りをしてもらい、全頭もれなく要駆虫。

液体駆虫薬をシリンジで次々経口投与し、ミッション・コンプリート。ふう……。

そういや医療院で作る薬だが、主に微生物に作用するものを開発しているという。

ウイルス、細菌、真菌、寄生虫の四つのうち、現在はウイルス以外のものがある。

動物実験によって効果を確認するのは、あっちと一緒。薬剤耐性がつくのもあっちと一緒で、新薬の開発が欠かせない。新薬は暴利を極め、後発薬は多少お安くなる。

医師見習いが村の人に処方してくれるのは、技術を磨くために作る後発薬だ。

お金の代わりに受け取る卵は薬を作るのに利用するそうな。あっちでも鶏やだちょうの卵の黄身から抗体を取り出して医薬品を開発してるから、それと似たようなものだろう。

実験に使う動物は、齧歯類、鳥類、猫、犬、村で飼っている牛、馬等、家畜全般。

正規の医師が村の家畜に薬を処方するときは、もれなく人間用の非臨床試験ということだ。動物で安全性を確保したものを人間に使用するため、医療院の薬はすべて動物に応用できる。

駆虫薬に関しては、人間は動物ほど寄生虫がいないため新薬を開発する必要はなく、目に見える寄生虫がいるときだけまずいのを我慢して飲むから、動物用もまずいまま。

私がこっちの世界に来た日のことを改めてタイグ殿下に聞くと、殿下は聖女の夢を見て、私と美月姫たちがいた小屋のあたりをうろうろしてたそうな。

王宮の騎士に気づき、慌てて隠れたところ、私が魔女呼ばわりされて追っかけられて崖から落ちたので仕方なく助けた。騎士道ってやつだ。

魔女は夢に出てないし、市井の民が来た話は聞いたことがあるから、それかな、と。

市井の民A、万歳。

さて。王都の話。

タイグさんによれば、私の使う治療道具は王都の方が手に入りやすいという。

現在、注射針は消毒水につけ置きしたあと煮沸消毒をして使い回している。針が折れるなんて珍しくないし、消耗品はいずれ尽きる。

改変すれば治療に使えそう、というたぐいのものは旦那様ではわからない。

バケツを運んでくれたファーガルさんによると、王宮では相応の給料が出るそうだ。

借金完済大事。

セクハラ発言がエグいオリーブシルバー氏、略してセクハラさんは、私が王宮に行くのであれば、五人の近衛兵を労働力として置いていってくれると言ってくれた。ひゃっほー。

外傷や病気などで入院している患畜はいないし、美月姫と譲君には挨拶だけして、軍馬の健診をとっとと終え、王都の道具屋さんを見て回ろう。

馬具創二頭と管骨骨膜炎の主は、ここに残る五人の中に選ばれた。近衛兵さん、畑仕事に邁進(まいしん)してください。健康な馬さん二頭はわが村の牛さんと仲良く畑を耕してください。

タイグ殿下のことは、村に残る五人にだけ知らされた。

五人とも殿下を見て、ばたっと地面にひざまずいた。

殿下の正体は、村の人はもちろん、メラさんにも内緒だ。

いつかはバレるんだろうが、そのときはそのとき。

暖かい初春の朝、私は診察道具とともに領主城から借りた馬車に乗り込んだ。

＊　＊　＊

夜は宿屋に泊まり、街道の途中で休憩も取って、馬車で揺られること二〇日。

王都に続く街道に入ると、糸杉（いとすぎ）とあざみが大きな宿屋や屋台となり、全身を黒い布で覆った巡礼者やできあいの武具をまとった傭兵（ようへい）っぽい人、東方の民がちらほらと現れた。

途中で、街道は馬車専用とそれ以外にわかれ、馬車専用は貴族以上とそれ以外にわかれ、貴族以上のレーンに行くと、混みに混んだそれ以外用を尻目に待ち時間なく王都に入ることができた。

壁門をくぐりぬけたとたん、喧噪（けんそう）とスパイスの香りが押し寄せた。

地面は石畳で舗装され、広い道路の左右には排水溝が備わっていて、石造りの建物は二階建てか三階建てがほとんどだ。

通りの角には羊肉の串焼きや揚げパン、くず肉のパイ、温かいスープを出す屋台があり、行商人がワインやエールを売り歩き、飲み水の出るポンプが設置されている。

街を歩く人々は華やかに装い、女性の着るチュニックやスカートにはもれなく精緻(せいち)なレースがあしらわれ、男性も大抵は刺繍の入ったフェルト帽をかぶっていた。光沢のあるピンクやきらめく水色など、村では見ることのない彩りに満ちていた。

メラさんのお下がりである白いベールと赤い袖なしチュニック、灰色のワンピースはいかにも地味だが、素朴でかわいいからいいのさ。活気のある街並みを抜け、商人や貴族の住宅街に入り、ゆるい傾斜をのぼっていくと、壮麗な建築物が迫ってきた。

王宮だ。

高さの違う建物がいくつも重なり、玉ねぎ形やとんがり帽子が紺碧(こんぺき)の空に突き刺さっている。複雑な装飾の施された外壁は太陽を浴びて輝き、山の浅瀬(アートウ・シュリアヴ)の中心にふさわしい威容(いよう)を誇っていた。王宮の騎士が守る馬車は足止めを食うこともなく、大勢の衛兵が立つ堅固な城門をくぐり抜けた。

王宮内は使用人の通る区画と貴族の通る区画にわかれ、レースのついたエプロンをつけた女性や、革製の袖なしチュニックを着た男性のゾーンを抜けると、春の花が咲き誇る庭が広がり、サテン地のドレスに身を包んだ女性がさざめきながら散策していた。ブラム君とこの奥様もこぎれいにしているが、王宮貴族の派手さとは比ぶべくもない。

馬車が上下し、建物を大きく迂回すると、若い男性の一団がうさぎ跳びをしていた。

こっちでもうさぎ跳びってあるんだね。みんな色とりどりのサーコートに宝石をじゃらじゃらつけ、セクハラさん、ファーガルさんと同じイヤリングをさげている。

ちなみにセクハラさんの役職は聖女の護衛騎士団長代理兼副団長兼シェイマス王子の親衛隊長、ファーガルさんは聖女の護衛騎士団副団長代理兼親衛隊副隊長だ。

副団長と副団長代理がどうして一緒にいるんだろう、代理ってその役職の人がなんらかの理由でいないときに使う呼称じゃなかったっけ、と疑問がわくも、世界が違えば役職の扱いも違うだろう。

私を追っかけて魔女扱いしたのはシェイマス王子の親衛隊で、あのときセクハラさんはイヤリングをつけていなかった。つまり、ダイヤのついたイヤリングは聖女の護衛騎士団のしるしで、うさぎ跳びをしているのは護衛騎士団員ということになる。

着替えればいいのに、と思うも、体操着なんか持ってないよね、貴族の男性。

うさぎ跳びする護衛騎士の脇をすぎ、いくつもある宮殿のうちもっとも高く壮麗な建物の前にやってきた。王の居所である主宮だ。

馬車が止まり、御者氏がドアを開いて、昇降段を出す。私はふらふらしながら地面に足をついた。疲労困憊だが、これから陛下に謁見だ。倒れるわけにはいかない。

荷物は私が守ります、と便秘の馬さんの飼い主さんに誓約され、私は朦朧としたままお礼を言い、真っ白な階段をのぼって半円形の巨大な入口をくぐった。

宮殿内は甘い香りが満ちていて、広い廻廊の左右には列柱が並び、側廊が設けられていた。つきあたりのドアの前に衛兵が六人立ち、先頭のセクハラさんを見て黙礼する。

二人がドアノブに手をかけ、分厚い木の扉を左右に開いた。ぬるい空気がぶわっと吹きつけ、顔をしかめて目を凝らすと、薫香のもやの中に豪華な部屋が伸びていた。

壁の上方には肖像画が並び、下方には金箔の施された食器棚や脚の曲がったサイドテーブルが備えられ、窓には陽光を透過するガラスがはまっている。

セクハラさんが一歩入って、すっと脇にしりぞいた。正面に玉座があり、緋色のガウンの肩を金とダイヤのブローチでとめた壮年男性が座っている。陛下だ。

その隣にオレンジ色の華やかなドレスを着た美月姫が行儀良く腰を下ろしていた。

うげっ。

という顔をしたのは、私ではなく、美月姫の方だ。だよね。うげっ、だよね。

玉座の左斜め背後にシルバーグレーの男性が立っている。見覚えのある顔は、シェイマス殿下だ。髪も目の色も違うが、タイグさんの弟だと思うと、似ている気がしなくもない。

さらに壁沿いにいすが並び、いろんな色のガウンを着た偉いさんが席を占めていた。

一番端に藍色の長衣を着て、長い髪を背中で三つ編みにした五〇歳前後の男性が控えている。医療院の医師だ。長衣の右の肩から胸元、左の腰元にかけて金の刺繍が光っていた。

私はタイグ乳母に教わったとおり、絨毯（じゅうたん）に手をついて頭を下げた。

「女か？」

陛下が私の性別に気づき、侮蔑と不快さのこもった声を出した。黙っていた偉いさんが示しあわせたように非難の言葉を発した。女が医師を名乗るなど無礼な、しょせん獣の医師ですぞ、卑しい獣の技に医師を標榜（ひょうぼう）することがまずもって問題です……。

さあ、どうする？　と思っていると、陛下が「まあ、よかろう」と一言。

とたんに全員が口を閉じた。

陛下がなんの興味もなさそうに言った。

「そなたのことは州知事から聞いている。こたびは来る遠征に備え、わが馬を診てもらう」

やっぱり戦争でしょうか……。私の国の獣医学も陸軍の軍馬の維持、確保から始まったもんね。

嫌だなあ、と思っていると右手のドアが開き、黒いチュニックを着た年配の男性が部屋の手前でひざまずいた。

「厩舎にはここにいる厩舎長が案内する。その後は医療室の医官長に従うがよい」

黒いチュニックの男性が頭を下げ、藍色の長衣がつんと鼻先をつき上げた。

なんか変だぞ、と思い、私は手をついた状態で顔を上げた。

「御馬の体調管理は医療室の先生がなさっているのでしょうか。日常の管理は厩舎長がされているなら、診療には厩舎長に立ちあっていただく必要が……」

「無礼者！　陛下の御前でみだりに口を開くとは何事かっ」

怒鳴ったのは壁沿いに座る太ったジイサンだ。すいません、と謝罪していいのかどうか。

「陛下がきさまを呼んだのは王宮でのやり方を勉強させてやるためだ。御馬をきさまに任せると思ったら大間違い。医官長から馬の扱いを学び、おのが所領でいかすがよい」

……。……。……。……なるほど。

了解しました。

頭を下げると、斜め前にいたセクハラさんが一歩前に進み出た。

「恐れながら、この者の腕は確かです。厩舎長の立ち合いのもと診療に関してはすべてこの者に任せた方がよいと存じます」

つい顔をセクハラさんに動かし、慌てて下を向いた。馬糞臭い虫けらめ的な空気なのに。

医療室の医官長とやらが、鼻先を上げたまま言葉使いだけは丁寧に言った。

「キエラン・ティアニー様、あなたは医術についてどの程度の知識がおありかな。素人を騙すのは雑作（ぞうさ）もないこと。本物の騎士かどうかは騎士のみがわかることでは。医術も同じです」

セクハラさんが腹立ちを気合いで呑み込み、元いた場所にしりぞいた。

陛下は、何も起こらなかったというように無表情で口を開いた。

「今日はゆっくり休み、明日から医官長に医療の教えを請うがよい。人を救うことができてこその医師。獣を診るだけでは、わが国の役には立てん」

ということで、私の王宮での仕事が決まった。

*

宮殿を出ると、すでに太陽は沈み、西の空が燃えるようなオレンジ色に染まっていた。

昼間の暖かさは冬の名残に取って代わり、大気は村より乾燥している。

見知らぬ御者が操る小さな馬車に乗り込み、いくつもの庭を横切って白亜（はくあ）の宮殿と呼ぶにふさわしい円形の建物、……を通りすぎ、手入れのされていない庭園に囲まれた一階建ての建物の前にたどりついた。王宮にいる間の私の宿だ。

石造りではあるが宮殿という言葉は似合わず、古い壁は苔（こけ）むし、列柱は黒ずんでいる。周囲には枯れかけの水盤や蔦（つた）の絡まるアーチ門、藻（も）が浮かんだ池があり、なかなか趣深（おもむきぶか）い。

御者さんの案内で庭に面した端っこの部屋に行き、どうぞ、という言葉とともにドアが開かれた。

二間続きの広い部屋だ。一部屋が寝室。もう一部屋に診療道具を含めた荷物が運び込まれている。喉詰まりチャンに乗ってついてきたセクハラさんが、御者さんに「もう少しい部屋はないのか」と苛立ちをぶつけたが、いやいや、これで十分です。

セクハラさんは人生に絶望したような声で「軍馬の治療に携わることができなくて、さぞ無念だろう。申し訳ない」と謝罪した。ついていくだけで給料もらえるんだ、ラッキー、ぐらいに思っていたので、私の方が申し訳ない。

セクハラさんは、開門の鐘が鳴ったら迎えに来る、と言い、喉詰まりチャンに乗って馬車とともに消えた。私は部屋に入ってドアを閉め、疲労のこもったため息をついた。

広い寝室は、大きなベッドに白い絹の羽毛布団、タオルの載った丸テーブルにいすが二つ。暖炉はあるが、火は入っておらず、床には赤茶色の絨毯が敷かれている。

窓は木の板と濃紺のカーテンだけだが、室内はススの出ない蝋燭が灯され、暖かい。トイレは部屋に備え付け。紙は村のものより拭き心地がいい。ひっそり持って帰ろうか。

荷物から着替えを出し、ベッド脇の衣装ダンスにしまっていると、三人の侍女氏が食事と桶に入ったお湯、タオル、シャンプー代わりの消毒粉を持ってきてくれた。

お礼を言い、丸テーブルに並んだ料理を見る。

楕円形の小麦パン、ローストしたアヒルか鵞鳥の身をナイフでそいだもの、湯気の漂う魚介のシチュー、渋くて濃いワイン、ワインを薄める水、バター、塩、ナイフ。贅沢だ。

スプーンはないので木の器を両手で持ち、少し飲む。甘みが強く、香辛料がこれでもかと入っているが、そこそこおいしい。アヒルだか鵞鳥だかの肉に皮はなく、シチューも具がないところを見ると、使用人の食事なのだろう。主人が脂ぎった皮と具を食べ、使用人はぱさぱさの身を食べる。脂っこいのは嫌いだから、これで十分だ。

パンをちぎって高級蜜蝋であぶり、バターをぬる。うめえ。

シチューは全部食べると成人病間違いなしだから、ワインとともに残す。

それ以外は大量のパンも含めて全部食べた。ぷはー。

食後は靴を脱ぎ、ほどよくぬるいお湯に足をつけた。

心地よさにうっとりしていると、いくつもの靴音が聞こえ、ドアの前で止まった。

「聖女の護衛騎士団である。獣の医師真月よ、美月姫様がお呼びだ。月離宮に来るがよい」

罪人に対するような厳しい声。挨拶に行くべきか悩んでいたからちょうどいい。

足を拭いて靴下とスニーカーを履き、布バッグを持って外に出ると、アクセサリーまみれの派手なサーコートを着た男性が四人いた。みんな美形で、若い。二〇歳前後か。

四人はすぐさま背中を向けて歩き出し、私は慌ててついていった。

王宮はどこにも松明が灯され、暗闇になることはない。外気は鋭く、欠けた月は分厚い雲に隠れていた。

前を歩く騎士四人は太腿を微妙に引きずっている。うさぎ跳びが効いてるようだ。

不寝番の立つ庭園を横切り、ずいぶん進んだとき、馬車で通りすぎた白亜の宮殿が現れた。入口の前には鎧に身を包み、長槍を立てた一般兵が並んでいる。さすが厳重。

兵士たちの間を通り、玄関広間に入ると、濃い静寂に満たされた。

廻廊には等間隔で燭台が備えられ、窓にはガラスがはまっていて、角に当たる部分には必ず紫色のヒヤシンスや黄色いミモザがいけられている。

二階に上がって廻廊(かいろう)を曲がると、派手派手しいサーコートを着た聖女の護衛騎士が八人立っていた。それとは別に長槍を携えた中堅の兵士が四人いる。隙間がなさすぎるぞ。

真っ白なサーコートを着た護衛騎士がドアの前で直立し、「美月姫様、獣の医師を連れてまいりました」と選手宣誓かと思う大声を出し、柔らかな返事が響いた。

「入れてさしあげて」

……ん？

二人の護衛騎士が大きなドアを左右に開くと、暖かい空気と白檀(びゃくだん)の香りが鼻をついた。

護衛騎士が顎をしゃくって、入れ、と示す。

私は、失礼しまーす、と小声で言い、室内に足を踏み入れた。

ざっと三〇畳はあるだろう。高い天井は三階分はありそうだ。右手にはガラスを自慢するためか、カーテンを開け放した窓があり、夜の寂しさと早春の寒さを滲ませている。

金の燭台が室内を神秘的に灯し、部屋の中央にあるテーブルには赤やピンクの薔薇が飾られ、左手の壁に真綿(まわた)を使ったソファがあり、いくつものクッションの上に美月姫が横たわっていた。オレンジ色のドレスはくすんだ萌葱色に変わっている。寝間着ではない。

　私はがんばって口を開いた。

「久しぶり、元気だった？　美月姫、この国を救う聖女だったんだって？　すごいね。私は聖女の力に引っ張られた市井の民なんだって。あのあと親切な人に助けられて……」

「すごくはありませんわ。それがわたくしですもの。貧しい民の心を癒やし、勇気と希望を与えるのがわたくしの使命。魔女扱いされたあなたを傷つけないようシェイマス殿下にお願いしたのもわたくしです。王宮に呼んでも肩身の狭い思いをするだけでしょうから、あえて探しませんでした」

　……。

「あなたは獣の医師としてずいぶん活躍していると聞きましたわ。王宮でも陛下とアートゥ・シュリアヴのために尽くしてください。ただし、みずからの分はわきまえるように。ここは、あちらとは違います」

　美月姫は思った以上にこっちの世界になじんでいるようだ。むしろ安心したよ。

　譲君の話をして終了しよう。

「うん、そうする。譲君もここにいるんだよね。私が来たって伝えといて。じゃあ――」

「譲様はわたくしの護衛騎士団長として訓練場で団員を鍛えていますわ。ぜひご挨拶していって」

　あのむだなうさぎ跳び、譲君だったのか。まあ、いかにも。

「あなたのところにはキエラン様が迎えに行ったのでしょう。あの方もわたくしの護衛騎士です。命を賭(と)してわたくしを守ってくださいますの。身の丈に合わない邪念(じゃねん)はいだかぬように」

「キエラン様って、あのセクハラ発言がエグい人？」

　かつ、シェイマス殿下にいじめられてる人、だ。

　美月姫が横たわったまま前のめりになった。

「それ、誰のこと？　キエラン様はセクハラ発言なんかしないよ」

「深緑と銀色がグラデーションになったゆるふわロングヘアの、目がキラッキラした人」

「それだよ、キエラン様。あの人、ほんとキッラキラだよね。ヤバいよ、あれ」

　にわかに過去を取り戻したあと、美月姫はミミズを見るような目を向けた。

「あのさ真月、そういう嘘はやめなよ。キエラン様が私の護衛騎士なのが気にくわないんだろうけど、私が決めたんじゃないから。真月、昔っから私のものをほしがったよね。真月の着てた服も、使ってた消しゴムも、全部私のものだよ？　大体何、その恰好。ダッサ。私のこと、友達だって絶対言わないでよ。そんな服着てる人と知り合いだって思われたくないから」

　ええっと。服と消しゴムって、小学生のときですよね。

それ、あなたのお母さんが私にくれたものですから。消しゴムは化学香料の臭いで頭が痛くなったし、服は似合わなかったので着たくありませんでした。

あのときの私は、母があなたのお母さんにお金を払ってることを知らなかったんです。

大学に行きたいけどお金が……と思っていた高校二年の三学期、母が私のところに来て、大学に行くんだったら受験料と入学金は払うからあとは自力でがんばりなさいと言ったため聞いてみると、教育費は実費、生活費は私が就職して得た初任給の手取りとさして変わらない額を、毎月あなたのお母さんの口座に振り込んでいましたよ。

貯金通帳を見せてもらったから間違いありません。

動物病院の治療道具はいただきましたが、財産目録の作り方と一緒に手紙が入っていました。「消耗品や古い備品はすべて真月ちゃんに差し上げます。これまでのお給料だと思って遠慮せずもらってね。美月姫の母より」って。

手紙は段ボール箱に放り込んだので探せば出てきます。

あなたのお母さんは廃棄代のかかる消耗品や古い備品をもらって、どうして私が喜ぶと思ったのでしょう。まあ、ありがたく使わせていただいておりますが。

って。

美月姫はこんな嫌な奴じゃなかったよ!! どういうこと!?

王宮で、聖女、聖女ってもてはやされて、自分はすごいと勘違いしちゃったんだろう。

いままでひっそり思っていたからこうなったんだろうが、心の中で思うことと声に出すことは全然違うよ。

異世界め、お前はなんということをしてくれた。

美月姫がこれなら、譲君はどうなっているんだろう。「無礼者っ。余の顔を見忘れたか‼」とか言うのかな。訓練場とやらには近づかないようにしないと。

私は「わかった、そうする。元気そうで安心したよ。じゃあ」と強引に話を切り上げた。

美月姫は聖女の自分を取り戻し、再びクッションに収まると「ご機嫌よう」と微笑んだ。

はい、ご機嫌よう。

永遠にさようなら。

＊

「開門の鐘」というのは、王宮の開門にあわせて鳴る鐘だ。朝ご飯はその前。

侍女氏が運んできた円形の小麦パンと豆のスープを食べてから、昨日の桶の残り湯で顔を洗い、ダッサかわいいワンピースと赤い袖なしチュニックを着て、壁に備わった小さな鏡を見ながら髪の毛をとかし、準備完了。

日焼け止め用に白いベールをかぶり、田舎娘みたいな恰好に満足する。かわいいじゃん。

厳しい靴音がドアの前で止まり、迎えに来た、という不機嫌そうな声がかかる。

ドアを開くと、キ……、ラ……、さんが立っていた。セクハラさんって言ってたらまた美月姫に怒られそうなので、名前を、と思うも、なんだったか。

「キ」と「ラ」がついてたのは間違いないから、キラキラさんで。

二頭立ての小さな馬車に乗り込み、宮殿の裏手に回る形で建物と建物を横切り、菜園や香草園を抜けると、馬さんたちのいななきが大きくなった。思ったより近い。

馬車がとまると、自分でドアを開け、御者さんが昇降段を用意するより早く外に出た。初春の爽やかな風とともに粘度の高い厩舎のにおいが押し寄せた。

広い馬場はいくつかの区画にわかれ、それぞれに横長の厩舎が建てられている。厩舎の外に洗い場が設けられ、地面には牧草が茂り、常緑の木々がところどころに生えていた。

キラキラさんに従い、厩舎の出入り口まで行くと、厩舎長と二人の青年が出迎えた。

後方から足音が聞こえ、厩舎長が私の背後に目を移す。昨日の医官長と藍色の長衣を着た比較的若い男性四人がこちらに向かって歩いてきた。四人の袖口には銀の刺繍が入っている。

若手四人は「長」のつかない医官だろう。医官長よりは初々しいが、見習い君よりは年上で、全員エリート教育を受けてきた貴族の子弟、といった雰囲気が滲み出ている。

厩舎長と厩番の青年二人が恭しく頭を下げ、医官軍団の歩みを妨げないよう横合いにずれた。医官長と医官四人はキラキラさんにだけ挨拶をし、私には目もくれず、広い通路を挟んで左右にもうけられた馬房をゆっくりと見ていった。

木の枠から馬さんが顔を伸ばしている。色とりどりの艶やかな毛並みに立派な筋肉をつけた馬さんの中に一頭だけ骨の突き出た馬さんがいた。

「この馬はずいぶん痩せているな。手入れを怠っているのではないか」

医官軍団が足を止め、医官長が目を細める。青年の一人が答えた。

「最近、飼い葉を食べないんです。食欲はあるようなのですが、口からぼろぼろこぼしてしまって」

医官長は「お前の育て方が悪い」と渋い声を出し、隣の馬に視線を移して「この馬は問題なさそうだな」とにこやかに言った。間近で神経質そうな圧迫感がもわっと広がり、キラキラさんが「お待ちください」と鋭い言葉を響かせた。

「食べたくても食べられないのではないですか。獣の医師殿、あなたならわかるはずです。どうぞ」

おいおい、と思いつつ、無礼にならないよう気をつけながら口を開いた。

「その馬さんの主治医は私ではなく、医官長様です。オーナーさんである陛下が医官長様を主治医に選んだ以上、私が口出しすることはできません」

キラキラさんが、しばし沈黙。意味がわからない、というように眉をひそめた。

「苦しんでいる獣がいれば治療するのが、あなたの使命ではないのか」

「オーナーさんには主治医を選択する自由があり、その自由を尊重することは大事な獣医師倫理の一つです。獣医師は、動物の治療ができればそれでいい、というわけではありません」

もっと意味がわからないという表情。こっちの医師とは倫理観が違うから仕方ないよね。

医官長が鼻先で笑った。

「ティアニー殿、いい加減この女の肩を持つのはおやめなさい。あなたの見識が疑われますぞ。州知事とて医療院で処方した薬を飲ませただけと言っていたではないですか」

ティアニー殿が私に向かって「獣の医師殿！」とせっつき、医官長の背後にいる四人の医官が顔全体に冷笑を滲ませた。ティアニー殿は医官長ではなく、私を睨んだ。

「どうだ、診療は進んでおるか」

背後から居丈高な靴音が響いた。お腹が痛くなってきた……。今度は誰だ。

「これは研究官殿。どうしてこのようなところに」

医官軍団が私の背後に向かって神妙に頭を下げた。厩舎長氏と二人の青年厩番ズも恭しい礼をする。キラキラさんは軽い黙礼。研究官殿、ってことは医療室の人だな。

医官軍団の平伏度からして相当偉い立場のようだ。うう、吐きそう……。

「獣の医師が来ていると聞いて、診療の様子を見に来たのだ。獣の医師よ、こちらを向け」

研究官が苛々と叫んだ。この声、なんか聞き覚えがある。

私はそろそろと振り返った。

おや？

「医療長じゃん。こんなとこで何してるんすか」

言葉使いが一瞬で変わる。腹痛が消え、全身で安堵した。左遷された元医療長が不機嫌そうに立っていた。以前は袖口だけだった長衣の刺繍が胸元から腰にまで広がっている。

なんか偉そうだ。というか普通に偉い？

「きさま、研究官様になんと無礼な……！」

若手医官の一人が叱咤した。私は金の刺繍まみれの長衣をじろじろ見た。

「研究官ってなんすか。医療長、うちに入り浸ってたから左遷されたんすよね」

「無礼者！　研究官様は針で薬剤を注入する画期的な医療技術を発明された方だぞ。その技術を高め、新たな道具を開発するため王宮にいらっしゃったのだ。きさまごときが気軽に言葉を交わせる相手ではない！」

そう、なんと元医療長は「チューシャ」を発明した医療界の革命児として脚光を浴び、自分の職務を放り出してうちに入り浸り、どこか遠いところに左遷された。

と思っていたが、違うのか。

現研究官は「ただの異動だ」と小さな声で訂正した。

注射を発明したのが自分だと思われているのが心苦しいようだが、そうしてくれと言ったのは私だ。いろいろ訊かれるのは面倒臭い。私が発明したわけでもないし。

「ご存じなのですか」

キラキラさんが不審そうな顔をし、研究官殿は「一応」と言って広い厩舎を見回した。

「ビキョウは持ってきたか。糞便検査ぐらい手伝ってもいいぞ。その代わり、ビキョウを貸せ」

「ビキョウ」というのは顕微鏡のことだ。「ケンビキョウ」が言いづらいので「ビキョウ」

医官長が、研究官に向かって告発するような声を出した。

「この女は私の診療に異を唱えたにも関わらず、自分は陛下が決めた主治医ではないから診療できないと申すのです。医療室の威信にかけてこやつの言動を許すわけにはまいりません。陛下に上奏し、相応の裁(さば)きを下していただきましょう」

待て待て。異を唱えたの、キラキラさんだから。医療院はこんなやつばっかりか。

「異を唱えたのは私です。獣の医師殿に治療するよう言ったところ断られました」

キラキラさんが割って入って私をかばう。

天城の院長先生だったら無視してたろうな……。

「陛下がお前に治療しろとおっしゃったら、ちゃんと治療するのだな」

研究官が不快そうに目を細めた。でも大丈夫。研究官は恐くない。

「まず診察をして、私の能力不足や設備等の問題で治療できないと判断すれば、そのように申します」

「よかろう」

＊＊＊　聖女の護衛騎士団長代理はあきらめたい　＊＊＊

頭上で大気の波動を感じ、キエランは青く光る空に目を向けた。

巨大なドラゴンの羽ばたきが舞い降りた気がしたが、紺碧の空では二羽の鳶が優雅に旋回するだけだ。獣の医師はあの鳶も診ることができるのだろうか……。

マツキが聖女探しの際に魔女扱いされた異世界の民であることは、最初の謁見ののち、すぐ王とシェイマスに話したが、二人とも興味を示さなかった。

ミツキが王宮貴族や王都の民を魅了しているいま、二人にとってマツキの存在は異世界の人口が増えたといった程度の意味しか持たないのだろう。

キエランは、マツキが、飼い葉が食べられず痩せていくという馬の治療をしたときのことを思い出した。研究室に属する研究官は医療室の医官長と異なり、王に直接謁見することが許されている。その研究官が王の元に行ったときには本当に治療できるのかと危ぶんだが、マツキは王が自分に診療するよう命じたのを知ると、村から持ってきた道具箱から半分に曲がった鉄の棒を出してきて馬の口の片側に入れ、口を開いた状態にした。

口内をのぞき込み、曲がった棒を外して今度は反対側に入れ、また口内をのぞき、細長いやすりで馬の歯を削り始めた。医療長はもちろん厩舎長までがぎょっとしたが、馬の歯は人間の爪と同じで削っても痛みはないという。

マツキがやすりを口から出すと、先端に白い粉がついていた。削った歯だ。

厩舎長が飼い葉を馬の口元に持っていくと、馬はすぐさま飼い葉を食べ始め、厩舎長だけでなく、四人の若い医官までが驚きの声をあげた。

馬は一生歯が伸び続け、長時間、草を咀嚼することで摩滅(まめつ)するが、人間に飼養されている場合さほど長くは咀嚼できず、歯が尖って口内を傷つけ、さまざまな問題を引き起こす、とマツキは説明した。

あとは私が引き受ける、という研究官の言葉で、医官長は医官を連れて、不機嫌にその場を去り、キエランも礼をして厩舎をあとにした。

名残惜しい、というのが正直な感想だ。おかげで職務に戻らなければならなくなった。

昨日の朝、キエランがマツキを迎えに行ったのは、シェイマスに命じられたためだ。陛下のご命令を受けたのだから王宮でも同じようにしろ、というのがシェイマスの言になる。

意味は「ミツキから離れていろ」だ。キエランとしては、ミツキと関わりを持たないようにすることに異存はなく、マッキが軍馬に何をするのか見たかったから反発を覚えることはなかった。さらに言えば、ほっとした。

が、それも束の間だったようだ。

シェイマスの居所である第二宮殿の入口から靴音が響き、キエランはファーガルとともに黙礼した。シェイマスがキエランたちの前を通りすぎ、従者の連れてきた白馬に乗り上がる。マッキの助けた馬だが、馬もシェイマスも助けられたとは思っていまい。

クルファーのことは、本人の希望通り王には話さず、シェイマスにだけ明らかにした。

シェイマスはクルファーの手紙を貪るように読み、ファーガルが「殿下は王宮にいたときと変わらずお元気でした」と報告すると複雑な表情を浮かべた。

元気なら、どうして元気だと伝えてくれなかったのか。

せめて聖女を迎えに行ったとき、姿を現してくれてもよかったろうに。

クルファーへの不満がキエランへの怒りにすり替わったのは想像に難くなく、マッキを連れて王宮に戻ってきて以後、シェイマスのキエランに対する苛立ちは増す一方だ。

隣に立つファーガルが頭を上げ、シェイマスの馬が消えたのを確認した。

キエランは平和そうなファーガルに目を細めた。

「きさまは、まだマッキ殿が聖女かもしれないと考えているのか」

東方の民の顔の区別がつかないからと言って、王が国を救う聖女と市井の民の違いがわからないわけがない。ミツキもユズルもマツキのことを「ただの知り合い」と評していたから、たまたまその場にいた市井の民という説に議論の余地はない、はずだ。

「アートゥ・シュリアヴ王陛下がミツキ殿を見て夢に出てきた聖女に間違いないと言ったのですから、ミツキ殿は聖女ですよ。陛下もシェイマス殿下もミツキ殿を気に入っておいでだし。ミツキ殿が実は聖女じゃないなんてことになったら、問題なのは王の判断力であってミツキ殿ではありません」

「陛下が気に入りさえすれば、誰でもよかったということか」

ファーガルが、まあねえ、と空を仰いで考えるような顔をした。

「文献には聖女が何をしたかは書いてないんですよね。国を救ったってだけ。ミツキ殿が何か言って陛下が従えば、決定したのは陛下になりますから、ミツキ殿が国を救ったことにはならないんですよね」

キエランは眉間に小さな影を浮かべた。

「どうすれば聖女が国を救うことになるんだ」

「国を作るのは民人ですから、民人が安心を感じられれば、国を救ったことになるんじゃないですか。ミツキ殿は民人に勇気と希望を与えてるっぽいので聖女ってことで」

「ぽい」という言い方が気にかかるが、ミツキが聖女かどうかを決めるのはキエランたちではなく、後世の誰かだ。

の場を去った。ファーガルが愛馬の鞍にまたがり、「では、陛下のところに行ってきます」と言い、そ
ファーガルは数日前から近衛騎兵を兼任している。マツキを迎えに行った近衛騎兵のうち五人が村に残ることになり、近衛騎兵が不足したためだ。これでファーガルは、護衛騎士団副団長代理兼親衛隊副隊長兼近衛騎兵になったことになる。

私だったら恥ずかしくて死ぬな、と思いながら馬に乗り、速歩で月離宮へと向かった。

月離宮の前には、八頭立ての立派な馬車がとまっていた。ミツキが水色のドレスの裾を閃かせ、優雅に階段を降りてくる。

キエランはシェイマスの後方を守るという言い訳のもと、なるべくシェイマスから離れて馬をとめ、ミツキが馬車に乗るのを待った。

鳶がすいっと空を横切り、視線を動かした瞬間、馬車に入ろうとするミツキと目があい、まずい！　と思って馬首を巡らそうとしたときには甲高い靴音が間近に聞こえた。

ミツキは足が速い。

「キエラン様、いまよろしいかしら」

よくない、とは言えず、仕方なく馬をおりた。

ミツキが貴婦人にあるまじき距離で「マツキのことですわ」と深刻そうな声を出し、キエランはシェイマスの視線を気にしながら一歩下がって「マツキ殿が何か」と訊いた。

「おとといの夜、あなたに口にするのも汚らわしい卑わいなことを言われたとわたくしに言ってきましたの」

「は？」

「お怒りになるのはもっともです。マツキの言葉を信じたりはしませんからご安心を」

キエランが反応できずにいると、ミツキは言葉を続けた。

「マツキは、とある事情でわたくしの両親に育てられましたの。両親はわたくしより常にあの子を優先しましたが、あの子の目にはそうは映らなかったようで、わがままを言ってはわたくしの両親を困らせ、思い通りにならないと、わたくしが自分の邪魔をしているとと嘘をつきましたわ。誰もあの子の言うことは信じませんでしたが、あの子は嘘をやめようとしませんでした」

ミツキが一歩足を踏み出し、キエランとの距離を縮めた。衝撃のあまり後退を忘れる。

「キエラン様にはこんな話を聞かされるだけでもご不快でしょうから、このことはわたくしとキエラン様の間にだけとどめておきます。どうかあの子を許してあげてください。血のつながらない親に育てられれば、ひねくれてしまって当然なのです」

「マツキ殿の言葉は……、事実、です。私は……、マツキ殿に失礼なことを言いました」

「あの子をかばうなんて、キエラン様はなんてお優しいの。では、あなたが口にするのも汚らわしい卑わいなことを言ったのは事実だということにいたしましょう。ですが今回かぎりです。今後もしあの子がおかしなことを口走ったら、わたくしにお知らせください。自分のことをなんと言われようと平気ですが、あなたのことを悪く言うのは許せません。あ、わたくし、陛下に朝のご挨拶に行かないと。これも聖女の務めですわ」

「ミ、ミッキ殿、待ってください……！」

ミツキを追いかけようと身を乗り出すと、不快そうなシェイマスと目があい、足を止めた。馬車のドアが閉まり、ミツキはシェイマスの一団に守られ、その場を離れた。

しばし呆然とし、立ちすくむ。ど……。

どうしよう…………。

「口にするのも汚らわしい卑わいなこと」とはつまり「閨のナントカ」と「ナントカのナントカ」だ。妙齢の女人にしてみれば、汚らわしい以外の何物でもないだろう。

王の謁見がおわったら、ミツキに何を言ったか正確に話そうか。それか、いまの会話はなかったことにするか。このことは二人の間にとどめると言ったし、不用意にミツキの元に行き、シェイマスに誤解されては困る。行くか？　やめるか？　どうする？

ミツキが王に朝の挨拶をしたあと庭園で貴族と茶会を楽しみ、月離宮に戻って午睡を取り、シェイマスもみずからの宮殿に引き上げ、キエランがもうこのままでいいかな、と思いつつ、愛馬を厩舎に連れて行こうとしたとき、ファーガルが馬でやってきてキエランのそばで鞍をおり、明るく言った。

「あなたに口にするのも汚らわしい卑わいなことを言われたってマツキ殿が言いふらしてるって、ミツキ殿が言いふらしてました～～～」

ふらあっとめまいがし、手綱を持ったまま地面に倒れそうになる。

「ミツキ殿によると、マツキ殿はあなたに振り向いてもらえない腹いせに嘘をついたそうですよ。あ、もう聞きましたか。騎士にあるまじき卑わいな発言をしたのは事実ですって言いました？　言ってませんか。ふ～～～～～～ん」

キエランの返事を待たず次々と言葉を繰り出し、最後は軽蔑を含んだような響きになる。

「マツキ殿はミツキ殿のご両親に育てられ、性格がひねくれたそうです。最初の説明ではただの知り合いだったはずなんですが、それって義理の姉妹って言ってもいいレベルですよね。マツキ殿、聖女びいきの侍女にいじめられなきゃいいですね。じゃあ、ぼくは陛下の元に戻りま……」

「待て！」

キエランは鐙に片足をかけたファーガルを引き止めた。ファーガルが地面に足を戻した。

「ミツキ殿が何を言ったか知らんが、……貴族たるもの、一方の話だけを聞いて信じることはあるまい」

「だといいですね。じゃあ、ぼくはこれで」

ファーガルは淡白に返し、再び鐙に片足をかけようとしたが、上司兼幼なじみが蒼白になっているのを見て、「仕方ないですねえ。ぼくが対策を考えましょう」と言った。

「大事なのはマッツキ殿の名誉です。要はマッツキ殿が嘘つき扱いされなきゃいいんです」

うむ、と頷く。だが、キエランが何を言ったかは知られたくない。

自分勝手なのはわかっている。

「こういうことでいかがでしょう」

ファーガルがすでに考えていたように提案した。

「ミッツキ殿は、まだうまく言葉が話せないから間違って伝えたんです。どうですか？」

キエランはずいぶん経ってから、「いい、……と思う」と首を下ろした。これならマッツキの名誉も、申し訳ないことに自分の名誉もそこそこ守られる。

「では、マッツキ殿に馬を助けられた近衛騎兵に話してきます。愛馬の恩人のため血眼になって言いふらしてくれるでしょう。彼らの所作を見れば貴族たちも信じるはず」

ファーガルの言葉の一つ一つに、キエランは強く頷いた。

「あなたはマッツキ殿にちゃんと謝ってください。まだ正式に謝罪してないですよね。そういうことだから、さして仲が良くなさそうなミッツキ殿に愚痴られてしまうんです。ごめんなさいって言えますか？」

言える、とキエランはまた頷き、ひらりと鞍にまたがるファーガルに感謝の目を向けたあと、脳内で謝罪のシミュレーションをし始めた。

◆5章　王宮のいびりと腐ったスープ、厩番ズと侍女チーム

怠惰(たいだ)な喜びも束の間、当初の予定通り、私は馬さんの健診をすることになった。

厩舎の人たちがお世話をしている軍馬は、約一五〇頭。馬が故障すれば、王領にいる新しい馬にかえるため、王宮にいるのは比較的健康な馬になる。とはいえ、一五〇頭は多い。ありがたくも研究官の下で働く研究官補が協力してくれることになった。

なるべく効率よく健診をして、王都の道具屋さんをまわり、診療道具になりそうなものを物色(ぶっしょく)して、観光も少しして、村に帰る。目標は一ヶ月。

計画表を見て今日の予定を確認していると、ドアの外から靴音が聞こえ、私は急いで立ち上がり、ドアを開いた。昨日と同じ侍女氏三人が離れた場所でトレイを持っていた。

「ありがとうございます」と手を出し、トレイを受け取ろうとすると、先頭の侍女氏が「獣臭い」と顔をしかめた。

「あ、すいません」

私はすぐさま室内に引っ込んだ。昨日はついていくだけだと思っていたからワンピースで厩舎に行った。夜寝る前、服に汚れがついていないか入念にチェックしたが、汚れては

いなくても臭いはついたかもしれない。

三人の侍女氏は、不機嫌な表情のままトレイと木編みのバスケットを足元に置いた。

「これからはここに食事を置いておきます。食べたら食器はドアの外に出してください」

置き配方式ですね。了解です。部屋に入って来られるより、その方がありがたい。

「また、あなたの部屋には大事なお仕事道具があるでしょうから、わたくしたちは入らないようにします。よって、お掃除やお洗濯はご自身でなさってください」

「了解です」

基本的に洗濯するのは下着だけだし、いつも桶に入るとき自分でしてるから問題ない。

三人の侍女氏は「では」と言い、鼻先を上げてその場を去った。

私はドアの横に置かれたトレイとバスケットを部屋に持って入ってテーブルに並べた。

バスケットに楕円形の小麦パンが山盛り。トレイには水の入った革袋とスープと巣のついた蜂蜜が載っている。

朝から蜂蜜なんて贅沢だ。しかも、大きな蜂が三匹も入っている。あたりだな、これは。

ワインがないのは、いつも私が残すからだろう。

小麦パンには青カビがいっぱい生えているが、防腐剤(ぼうふざい)が入っていない証拠だ。

私は青カビ部分を取りのぞいてから、蜂蜜をつけ、口に運んだ。

ぱさついてはいるが、ライ麦一〇〇パーセントとは比べるべくもない。蜂蜜はすっきりした甘さで、ぱさぱさのパンにぴったりだ。

さすがに蜂はよける。ありがとうミツバチさん。あなたの収穫物はおいしくいただくよ。

冷えたスープをずるっとすする。うん、酸っぱい。そして、まずい。

メラさんの作ったぶっ込みオートミールを彷彿（ほうふつ）とさせるエグさだ。水分はほとんどなく、具は豆、ベーコンの切れ端、玉ねぎ、ニンニク、キャベツ……。

ぶっ込みオートミールのような謎食材は確認できないから、どうして酸っぱいのか不明。

野菜の甘みが一切なく、野菜そのものが酸っぱい。ピクルスみたいに野菜をビネガーに漬けたのかな。なんせ王宮だし、高級調味料も使うだろう。

酸っぱまずいスープは途中で断念し、パンと蜂蜜で空腹を満たして手早く朝の準備をし、歩いて厩舎に向かうと二人の厩番ズが私を出迎えた。

すでに研究官補がちらほらと集まっている。みんなズボンを穿いているのは、私が「服の裾が長いとうんちで汚れますよ」と言ったからだ。

研究官に命じられたのだろう、四人の医官ボーイズもいた。

まずは馬さんの絵と体格測定。

カルテに大きさや模様、毛色を描いてもらいつつ、昨日のうちに納屋に運んだ道具から、牛用の体格測定器とメジャーを取ってきて、四歳から下の馬さんは、尻高、尻幅、腰幅、尻長、胸深、胸幅その他もろもろすべて測定。五歳以上は体高、胸囲、管囲のみ。

その後、胸囲と体長から体重を推定する。

体格を測るのは厩番の面々。絵を描くのは、それ以外だ。

研究官補も医官ボーイズも真剣にペンを動かしているのは、研究官がいるからだ。

そんな研究官は、誰よりも熱心に写実的な絵を描いていた。

体格測定班とカルテ班が慣れたのを見計らい、厩舎長の案内で一番端っこの馬場に行ったとき、ごつい体と恐い顔をした近衛兵が私に向かって歩いてきた。

便秘(べんぴ)だった馬さんの飼い主さんだ。名付けて、便秘さん。

便秘さんが私の前で足を止め、隣にいた厩舎長を一瞥した。厩舎長は緊張した面持ちで、私は厩舎を見てきます、と言い、小走りで去った。私は便秘さんに向き直った。

「こんにちは。馬さんの様子は……」

「先ほど、とある方からキエラン・ティアニーとあなたのことを聞いた。片方の話だけを聞いて判断してはならんゆえ、あなたの元に来た」

「とある方っていうと、美月姫ですか？」

キエなんとかってキラキラさんだよね、と思いながら質問した。

「誰に聞いたかは関係ない」

あ、はい、と縮こまる。まあ、美月姫だろう。キラキラさんのことをセクハラ発言がエグい人と言って嘘つき呼ばわりされたのだ。便秘さんの様子からして逃げた方がいいかも……。

「ティアニーはあなたの村に行ったとき、私たちが知らぬ間に村人からワインを受け取り、したたか酔っ払って夜中にあなたをみずからの部屋に呼びつけ、女のくせに言葉使いが乱暴だの、服装がなっていないだのと延々説教をしたというではないか。事実か？」

「へ……？」

私は大きく訊き返した。説教ってなんだ。

美月姫に嘘つき呼ばわりされた話だよね。貴族が尾ひれをつけるとこうなるのか。

セクハラ発言もアレだけど、酔って部屋に呼びつけ延々説教なんてさすがに論外だ。

騎士の名誉に関わるだろう。ちゃんと訂正しておかねばだ。

「まさか。ちょっとしたセクハラを口にしただけです。エグめの発言ではありましたが、ああいうことを言う人、珍しくないですし。説教とかじゃないんで平気です」

あっちの世界にいたときの勤務先の副院長を念頭に置いてみる。あの人に比べたら、セクハラさんの方がはるかにましだ。ちゃんとかばってくれるしね。

「卑わい？　口にするのも汚らわしい卑わいなこととは一体なんだ？」

ん？　と首をひねる。いま私、エグめのセクハラ発言って言ったよね。

なぜ口にするのも汚らわしくなって返ってくる？

「卑わいというか、エグめのセクハラ発言、です」

「わかっておる。口にするのも汚らわしい卑わいなことだな。二回言わずともいい」

よく考えれば、こっちにはまだ「セクシュアル・ハラスメント」という概念がないんだね。私が「エグめのセクハラ発言」と言うと便秘さんには「口にするのも汚らわしい卑わいなこと」と意訳されて伝わり、便秘さんが「口にするのも汚らわしい卑わいなこと」と言うと、私にはそのまま届く。まったく違うとは言いきれない。

が、さすがに口にはできるので誤解のないようきっちり説明しておこう。

「あの方、獣医師と聞いて男性だと思ったらしく、先生って呼ばれて出てきたのが私だったんで、閨の技がすごいから先生扱いされてるのかとか、東方の房中術を使ったのかとか口走っちゃったんです」

よくあることです、と苦笑いすると、便秘さんがぽかーんとした顔をした。

あいつがそんなことを言うわけがない、という表情。

私はこの仕事がおわったら村に帰って王宮とは無縁の生活を送る。酔って説教したなんていう不名誉な噂が流れるくらいだったら、私が嘘をついたと思われる方がいい。

ふと、大勢の靴音が地面を震わせた。ランニングのような震動。

車輪の音がし、声が聞こえた。ファイッオー、ファイッオー、ファイッオー……。

運動部の人たちがよくするかけ声。嫌な予感……。

「王宮で困りごとはないか？　部屋がずいぶん狭いようだが。食事はどうだ」

かけ声に注意を奪われた私に、便秘さんが気遣うような言葉をかけた。

「部屋は十分広いです。食事は、今朝はパンにカビが生えていましたが全部取ったので大丈夫です。スープは酸っぱかったので半分残してしまいました。そういや蜂蜜に蜂が入ってました！　三匹もっ」

便秘さんは腹の底から深々とした息を吐き、「わかった」と言い、去って行った。

怒られるかと思ったがぶじだった。なんだったんだろう……。

背後を無視して厩舎に戻ろうとしたとき、車輪がとまり、チャラっとした声がかかった。

「真月じゃん。獣の医師が来るって聞いたけど、やっぱお前だったんだな」

お前、という呼び方に目を細め、振り向きざま「は？　お前？」と顔をしかめた。

「ごめん、間違えた。お前じゃなくて、おぬしだ。おぬしだったのだな、真月殿よ」

譲君は、燃えるように赤いサーコートの上に金色の肩当て、胸当て、肘当て、腰当てをつけ、細身の長剣を帯び、くるぶしまでの真っ赤なマントを翻し、荷車に乗っていた。

ローマ時代の戦車に似ている。しかし、引いているのは馬ではなく、護衛騎士、二人だ。

二人とも仕立てのよさがわかる青と白のサーコートを着ている。その背後で、二〇人近い男性が手足を広げて仰向けに転がり、荒い息を吐いていた。

車夫ならぬ車護衛騎士たちも汗だくになりながら、支木にしがみついている。

騎士がランニングでふらふらになって倒れ込む絵面って、趣深いんですが。

譲君は荷台からおり、胸を張って歩いてくると私の前で腰に手をあて、ポーズを作った。

「譲君、聖女の護衛騎士団長なんだよね。私、ここに来るとき護衛騎士団長代理に連れてこられたんだけど、譲君、パワハラ受けて休職したか、セクハラして更迭されたの？」

「ハハハ、愉快だな、おぬしは。あやつは私でなくてもできる些末なことをするためにいるのさ」

軽躁状態の譲君の左手を見ると、あちこちにルビーだのサファイアだのをつけているが、薬指には何もない。どうでもいいから追求はしない。

「おぬし、今日何時に仕事おわる？　王宮におぬしが好きそうなものがあるから見に行かぬか」

「閉門のあとの鐘ぐらいには帰れると思う。私の好きそうなものって何？」

王宮の開門の鐘と閉門の鐘は、あっちの世界だと、午前九時と午後四時ぐらいだ。

譲君はにこにこしながら口を開いた。

「それは内緒。おぬし、いまどこに泊まっておる？　私が迎えに……」

「自分で行く。場所は？」

私の好きそうなものを譲君が知っているとは思えないが、王宮を見て回りたい気持ちはある。暇なときに突撃されては困るので泊まっている場所は教えない。

「じゃあ、閉門の鐘のあと、厩舎の前で。動画がとれたらいいんだけど、さすがに諦めるぞよ」

譲君は右手の人差し指と中指を伸ばしてこめかみにあて、「では、さらばだ」と言って、指をぴゅっと前に動かした。

地面に倒れ込む護衛騎士に「きさまら、たるんでおるぞ。腕立てひゃっかーい」と叫ぶと、護衛騎士がふらふらと起き上がり、等間隔に並んで腕立て伏せを始めた。

とにかく仕事だ。譲君との散策は疲れそうだし、段取りよく進めねば。

＊＊＊　聖女の護衛騎士団長代理はあきらめた　＊＊＊

厩舎にいくと、ユズルが馬車ならぬ護衛騎士車をおり、マツキとなにやら話していた。

ユズルのいる前で謝罪はできず、キエランはくるりと向きを変え、来た道を引き返した。

ユズルとマツキはずいぶん親しそうだった。二人がどんな間柄だろうとキエランには関係ないが、文化が違うと「知り合い」の意味も異なるのかもしれない。

謝罪は夜にするか、とため息をつく。

なるべく早く行かないと、もういいかな、と思いそうになる。

夜にしよう、と決意したとき、背後から「キエラン・ティアニー殿」と声をかけられた。

振り向くと、マツキに馬の疝痛を治してもらった近衛騎兵が立っていた。

筋骨隆々とした近衛騎兵は鋭い双眸でキエランを見下ろした。

ファーガルが流した噂を耳にしたのだろう。ファーガルの予想どおり、「キエランが口にするのも汚らわしい卑わいことを言った」は王宮の誰も信じなくても、「寝室に呼び出し、延々説教をした」は信じる者がいるようだ。

キエランは素直に叱責を受けることにし、近衛騎兵に向き直った。

「おぬし、マツキ殿が尊敬されているのは閨の技がすごいからか、と言ったそうだが、事実か？」

は？　と思い、うつむいた顔を上げる。寝室に呼び出し、説教をしたのではないのか？

近衛騎兵がキエランに目を細め、キエランはずいぶん経ってから「はい……」と答えた。

「もう一つ言ったそうだな。覚えているか？」

「……東方の房中術か、と、言いました」

近衛騎兵が、は〜〜〜〜〜〜〜〜〜、と絶望したような息を吐いた。

「まさかとは思ったが……、いまの言葉で事実だとはっきりした。キエラン・ティアニーよ、おぬしのような者のことをなんと呼ぶか知っているか」

少し考え、「……無礼者？」と訊くと、近衛騎兵が怒号を浴びせた。

「性差別主義者と呼ぶのだ!!」

は、はい、とかろうじて応える。

「私の乳母は、本当は医者になりたかったそうだ。だが、女だからと医療院に入るどころか、大学の入学試験を受けることもできなかった。試験を受け、成績が悪かったのならまだあきらめもつくが、それすら許されなかった。おぬしのような性差別主義者が、乳母の選択肢を奪ったのだ‼」

「そのおかげで、貴殿は乳母殿と出会うことができたのでは……」

「乳母が医師になっておれば、医師と患者として出会えたではないか！」

申し訳ない、と謝罪する。

「東方だからと妙な術まで出してくるとは、どこまでも差別主義者め。騎士たるもの……」

その後、キエランは延々と説教を受け、会う騎士すべてに騎士の心得を聞かされた。

＊＊＊

厩舎での健診をおえ、部屋に戻って二人の厩番ズが作成したカルテと自分のメモ書きを付き合わせていると、朝とは違う侍女さん三人が夕食を持ってきてくれた。

ドアの前に置いておいていただければ、と言うと、先頭に立つ、目が死んだ侍女さんが「わたくしたちが坊ちゃんに叱られます」と神妙に頭を下げた。

先頭の侍女さんは、便秘さんの乳母の妹さんで、子どもの頃、よく一緒に遊んだという。

「私も姉も医療院で働く医師になりたかったのです。けれど女だからと許されませんでした。獣とはいえ、医師は医師。逆境の中、みずからの望みを叶えたあなたを尊敬します」

死んだ目の中に威厳を感じさせる。ヴィクトリア朝時代だったら家政婦長クラス。

そこまで逆境じゃないですよ、性別による不利益より子どもとしての不利益の方が大きかったですし、と答える間もなく家政婦長は「ご要望があればなんなりとお申し付けください」と礼をして去った。

今夜のメニューは、ひまわりの種と松の実がまぶされたシードパン、羊の脳みそのシチュー、林檎（りんご）のコンポートみたいなやつ、ワイン、水、瑞々しい生のキュウリが丸々三本。

水まではいいとして、なんなんだろう、このキュウリ。王都の流行りかな。

ちなみに仕事中は、厩番ズがあざらしの血のパイだの、孔雀（くじゃく）の舌が入った蜂蜜のケーキだのを持ってきてくれた。王宮料理のもの珍しさに高尚（こうしょう）な味は求めないよ。

などと思って食生活は諦めていたが、シードパンは一口噛むごとに種の甘みと香ばしさが広がり、羊の脳みそは白子っぽいクリーミーさにクローブやナツメグがなじみ、林檎のコンポートは砂糖を使っていて、涙が出るほどンまかった。

キュウリは普通のキュウリ。がんばって三本全部食べた。

私は桶に入って髪を洗い、気合いでタオルドライして日常着のズボンを穿き、防寒用のチュニックにベールをつけ、薄闇の中に出た。

鈍い月光に照らされた草木は闇色に沈み、外気は思ったより暖かい。

ぱきりと小枝を踏むような音がして顔を向けたが、耳に届くのは松明のはぜる音、不寝番の騎兵が闊歩（かっぽ）する響き、フクロウの鳴き声、馬のいななき……。

すぐ視線を戻し、廻廊を小走りに通って、不寝番さんを見つけるたび「厩舎はどこですか」と訊いた。私が明日出勤しなければ不寝番さんたちが証言してくれるだろう。

厩舎ではサーコート姿の譲君が「よっ」と片手を上げ、私の服をざっと見たが、余計な会話が始まる前に「で、どこ？　侍女さんに気づかれる前に帰らないと」とせっついた。

譲君は、夜色に染まる庭の奥に歩を進め、「おぬし、侍女いんの？　私は従者つけてもらったけど正直足手まといっていうか」等、聞いたそばから忘れていく話をし、私は「女の相づちさしすせそ」をフル活用して「さっすがー」「しらなかったー」「すごーい」など言いながら静けさの中をわけいった。

木々の密集した黒い森の前で不寝番から松明を受け取り、遊歩道を進んでいく。

暗黒に飲まれるのではないかと思ったとき前方が開け、広い空間に切り替わった。

淡い月光が頭上から降り注ぐ。譲君が歩みを止めた。

「おぬしが好きだと思ってな」

そこにいたのは、ドラゴン、だ。

山を崩したような土が正面をおおい、木造りの縦格子がドラゴンと私たちを隔（へだ）てている。

「ここには、美月姫がシェイマス殿下に連れてきてもらったのだ。五年前の討伐のとき捕まえたのだと。あの殿下、美月姫にべた惚れでな。私と美月姫のことは教えておらぬ。かわいそうだが、言わぬ方が本人のためだ」

まだ夫婦なんだな、とひっそり思いながら、つま先を前に出した。

五年前、タイグさんを吹き飛ばしたドラゴンだ。

大きさは、田舎にある三階建ての一軒家、といったところだろう。要はデカい。魔法少年のお友達とは比べものにならない巨大な牙が、木と土で作られた檻の中で光っている。両翼を折りたたみ、息をひそめているが、この状態では体力が奪われる一方だ。

「この子、どうするの」

「隣国がドラゴンを率いて侵攻し、アートゥ・シュリアヴの肥沃（ひよく）な土地を奪わんとしている。民人が犠牲になる前に悪しきドラゴンを封じるのだ。ドラゴンさえいなくなれば隣国など恐るるにたらず」

何もかも典型的。これが嫌でタイグさんは王宮に戻らなかったんだ。

「譲君が兵を率いるの？」

「んなわけないじゃん」

譲君が素に戻って即答した。

「司令官はシェイマス殿下だよ。私は聖女を守らないといけないからさ。どうだ、すごくないか？」

「そうだね。ほんとすごい。さすが譲君。連れてきてくれてありがとう」

私は素直にお礼を言い、土牢の中でうずくまるドラゴンを見つめつづけた。

＊＊＊

翌朝、いつもの時間に厩舎に行き、折りたたみ式のいすに座って精緻な牛を描いている研究官に「ヒポクラテスの誓いってご存じですか」と訊いた。

研究官が羊皮紙から顔を上げた。

「何テス？」

「医師は、自分を信頼して打ち明けた患者の秘密を患者の死後も守り抜くっていう誓いです。ヒポクラテスは忘れてください。そういうの、医療院にありますか？」

「職業上知り得た秘密を口外しないのは、医師たるものの基本だ」

うむ、と首を下ろす。こういうところがまともなんだよな、医療院って。けど挑戦好き。

「実はお願いしたいことがあるんです」

私が説明すると、研究官は渋い顔で、ううん、とうなったあと、ため息とともに「仕方ない」と首を下ろした。やったね！

一日の仕事をおえ、部屋に戻って夜の支度を整えていると、家政婦長たちが夕食を運んできた。三人が廊下に消えようとしたとき、「坊ちゃんのことでお聞きしたいんですが」と家政婦長を呼び止める。家政婦長は二人を先に行かせ、私はドアをしっかりと閉めた。

実は坊ちゃんとは関係ないんです、と前置きしてから説明すると、家政婦長は死んだ目に戸惑いの色を浮かべた。

「医師になりたかったとは言いましたが……、医療のことは知りません。私ごときにお手伝いできることは……」

「私が必要としているのは医療に詳しい人ではなく、やる気があって口の堅い人です。仕事のことは坊ちゃんにもお姉さんにも話してはいけません。お給金は……」

「ただでもやります！」

お給金は、私のお給金から支払うことになると思うので大した額では……、と言う前に家政婦長が死んだ目のまま拳を作った。

ただはだめです。お金を払うからこそ安心して働いてもらえるんです。

そして、お金以上に大事なことがあります。

「一番大事なのは今回治療する動物が大変危険だということです。私の役割はみなさんの安全を守ることでもありますが、絶対に安全とは言えません。むりだと思ったらすぐ……」

「望むところです！」

ガシ！　と目が死んだまま拳を前に出す。労働条件の説明、まだおわってないよ。

「他に興味がある人がいたら声をかけてください。私が一人ずつ面談し、決定します。危険が伴う仕事だということをしっかりお伝えください」

家政婦長は死んだ目で生き生きと「御意です！」と叫んだ。

翌日から、馬さんの診療に加え、新たな作業が始まった。

まずは飼育員を任命し、患畜の生態(せいたい)について知っている限りのことを講義する。

馬の治療に必要だと言って、使用人さんにさびて使わなくなった鉄製品を集めてもらい、飼育員にさび付き鉄製品を煮込んで鉄さび汁を用意してもらった。飼育員、Ｇｏ(ゴー)だ！

大工さんにも声をかけ、折りたたみ式の木製フェンスを作ってほしいとお願いした。

お礼は動物の困りごと。息子がかわいがっているインコが逃げてしまい、貴族の飼い猫に食べられた、またインコの雛を拾ってきたがまた食べられるのは嫌だ、貴族の飼い猫をバレずに殺す方法はないか……。

ありません。あってもしません。

代わりに、インコの風切羽(かざきりば)を切って飛行能力を落とすクリッピングを提案した。

先端を切るだけなので痛くはないこと、羽が生え替わるとまた飛べるようになること、外敵が来ても飛んで逃げることができないこと、インコが歩いていることに気づかず飼い主が踏む危険があること……。注意点を丁寧に説明すると、父も息子も、猫に食べられるよりは、という結論に到達。紫色の風切羽をハサミでちょんちょんと切った。

翌日、今度は虹色のドレスを着た年配の女性が九官鳥の入った籠を持ってきた。

飛ぶことを覚えた鳥は飛べないことに気づかず落下し、深刻な怪我をすることがあります、ちょんちょんちょん。

その翌朝は貴族や従者、高位の使用人が鳥籠を持ち、厩舎の前で列をなしていた。

くちばしが長く伸び、えさが食べられなくなったオウムさんは、手布で目を隠してハサミでくちばしの先をパチンッ。

蝋膜、くちばし、足の皮膚が白く、がさがさになったカナリアさんは、研究官に駆虫薬を処方してもらい、塗布。ダニが寄生することによって発症する疥癬症だ。

四日前から腹部が膨らみ、うずくまったまま動かない雌の文鳥さんは触診で卵塞症と診断。用手にて腹部を圧迫し、ぶじ卵を排出。ふう……。

夜は侍女さんの面接だ。応募してきた四人、全員採用。

厩舎の仕事は六日に一回お休みとし、一日の勤務時間も夕方の鐘までにした。

お休み大事。長時間労働反対。

鳥さんのクリッピングが増えたため、厩舎の近くにある建物の部屋を借りて、動物なんでも相談所王宮支所、その隣を相談所事務室にし、大工さんが道具を完成させた日の夜、バイトさんたちに相談所事務室に集まってもらった。

青年厩番ズ二人、侍女チーム五人、医官ボーイズ四人、研究官補十二人だ。

厩番ズは、健診のとき直接声をかけた。厩舎長氏に、内密の仕事で、と言うと、貴族の所有するわけありの馬だと思ったらしく、すぐ了承し、何も訊いてこなかった。

医官ボーイズと研究官補は研究官が集めた。大丈夫かいなと思うものの、研究官には薬の処方をお願いしてあり、「医術の勉強をさせたい」と言われると断れない。

そんな研究官は医療室で今日の報告と明日の予定の説明中。

動物病院でいう終業ミーティングってやつだ。

総勢二三人プラス私で、部屋がぎゅうぎゅう。なぜか侍女チームがワインとレモンケーキを配って回った。私は侍女チームが座ったのを確認してから口を開いた。

「すでに説明したとおり、みなさんには私の仕事を手伝っていただきます。安全のため作業時はズボンを穿いてください。これから患畜の元に行って様子を確認し、明日の朝、全員で木製フェンスを運び入れます。少しでもわからないことがあれば必ず私に――」

「そのようなことはどうでもいい。この者らを追い出し、まずは患畜とやらの病状を説明しろ。動物だろうがなんだろうが、厩番や女に医療はわからん」

研究官補の一人がアイシングのかかったレモンケーキを食べながら横柄に顎を上げた。

研究官がいないから言いたい放題だ。

がんばってお勉強してきたんだし、こうなるのは仕方ないが、私の職場では許さない。

「私の手伝いに医師でなければできないような仕事はありません。ここにいる以上、みなさんの立場は同じです。性別や身分、普段の仕事で同僚を見下す人はお帰りください」

私は侍女チームに顔を向けた。

「今後、あなた方がワインやケーキを供する必要はありません。今回はありがたくいただきますが、代わりに食器は他の方々で洗って、拭いて、返してください」

そんなことできるか！　と研究官補の誰かが叫ぶ。できるわ！

「侍女や厩番でもいいのだったら、私の祖母が来ても構わないということか？」

医官ボーイズの一人が不機嫌そうに眉を寄せ、私は「はい」と頷いた。

バカバカしい！と研究官補が吐き捨て、ガタリといすから立ち上がった。

「行くぞ。研究官様が言うから来てやったのだ。獣の治療の手伝いなど、われらがすべきことではない。こちらまで卑しくなる」

どた、どた、どた、と靴音を響かせ、総勢十六人がいなくなった。部屋の中がスッキリ爽快。食器は汚いままだ。洗えって言ったのに。仕方ないから厩番ズに洗ってもらおう。

「先生……」

侍女チーム、厩番ズともども不安そうな顔をする。私は清々しい気分で全員を見回した。

「フェンスを運ぶ人が減りましたが、台車がありますし、大丈夫でしょう。いまから患畜を見に行きます。心してかかってください」

七人は困惑と申し訳なさのまじった表情を浮かべた。

そして、みんなで太陽の沈みかけた檻の前に行き、――七人とも言葉を失った。

＊＊＊　聖女の護衛騎士団長代理のワケあり人生開拓　＊＊＊

～こじらせ王子と和解したいので、聖女の突撃訪問を全力で回避します～

ほんとのことが広まっちゃってすいません、とファーガルが申し訳なさそうに言ったのは、何日前だったか。

悪いのは自分だとわかってはいるが、二六年かけて築いてきた名誉が地に落ちた。

と思っていたら、諸侯の妻やその夫から「お聞きしましたわよ。キエラン様も女性をそのような目でごらんになるのねえ。安心しましたわ」だの、「男なら東方だろうが西方だろうが女の閨の技は気になるもの」だのと下世話な笑みを向けられ、若い貴婦人には「両親がキエラン様から東方の術のなんたるかを学んでこいと言われました。なんのことかさっぱりわかりませんので教えてくださいます？」と、どう考えても知ってるだろ！　と言いたくなる誘いを受けた。

なぜこうなった……。

それはさておき、マツキへの謝罪だ。

マツキとユズルが楽しそうに話していた日の夜、とっとと謝罪をすませようと、マツキの逗留する部屋の近くまで行き、夜に女性の元を訪れるのはよくないかも、と初めて気づいた。口にするのも汚らわしい男だと認定された以上、どんな噂が立つかしれない。

大人しく帰ろうとしたとき、マツキが出てきて厩舎の方向に歩いて行った。

不寝番が立っているとは言え、夜の王宮を女が一人で歩くなど危ないではないか、と思いつつ、陰からそっと守るため靴音を忍ばせた。

まだ仕事があるのかと驚いていると厩舎にはユズルがいた。逢い引きか……。

邪魔をするのは無粋だと思うも、夜の王宮は危険だし、ユズルは剣も使えない。もしものときは一人で逃げそうだ……、と考えている間にマツキとユズルはどこかに向かい、気がつけばあとを追っていた。自分が情けなくなり、さすがに帰ろうとしたとき、ユズルが目指す場所に気づき、不快な緊張が訪れた。黒獅子の森だ。

二人はドラゴンのいる土牢の前で足を止めた。

冷静さを装うユズルの瞳には興奮と恐怖が入り交じっていた。

マツキは表情を変えなかったが、松明に照らされた赤い瞳には決意の輝きがあった。

どうするか。

ここ最近、シェイマスはずっとミツキのそばにいる。

キエランがシェイマスの護衛につくと、もれなくミツキがついてきて、キエランと異文化交流しようとする。ミツキに突撃され、逃げ遅れるたび、「護衛騎士にご命令を。経験の乏しい護衛騎士に経験を積ませることがいまの私の使命です」と告げ、剣の練習だの馬術の稽古だのと言い訳をしてミツキから距離を取った。シェイマスからも距離を取ることになるが、シェイマスの苛立ちが憎悪に変わるよりはいい。

結果としてキエランはあいた時間が多くなり、その時間を使って、マツキの偵察にいそしんだ。

ユズルと二人で黒獅子の森を訪れた翌日から、マツキは厩舎での仕事時間を短くし、休日まで作ったが、庭園で茶を楽しむことはなく、古い鉄柵や穴の開いた鍋を集め、大工になにやら頼み、鳥の治療を……、ととにかく忙しい。夕方以降は侍女がマツキの部屋を訪れ、あるとき医官と研究官補、厩番、侍女が厩舎のそばにある建物の一室に集まった。

ほどなく医官と研究官補が出ていき、マツキは厩番と侍女を連れ、黒獅子の森に行った。

マツキがしようとしていることはわかる。それは王に背くことであり、アートゥ・シュリアヴを破滅に導く行為だ。マツキは本当に悪しき魔女なのか……。

マツキの行動を王に知られるわけにはいかない。ミツキとマツキであれば、王はミツキの側につく。マツキが嘘つきだというミツキの言葉を間違いなく信じるだろう。

その後は？

自分一人で対処する案件だ。もしものときはマツキを説得してやめさせる。

それができなければ――。

まずは謝罪、と。いざというとき判断を誤らないためにも借りは返しておかねば。

厩舎の仕事をおえたマツキを追い、部屋に入ったのを見計らってドアの前に立ち、んん、と喉の調子を整えていると、取っ手が回り、マツキが出てきた。

マツキが、あ……、という顔とともに「こんにちは」と挨拶し、キエランは、う……、という顔で「こんにちは」と返した。こんにちは、などと言ったのは人生で初めてだ。

マツキが茶色い瞳を泳がせたあとキエランを上目遣いにとらえ、「馬さんに何かありましたか」と質問した。揺らぐ瞳に謀略の影が浮き沈みすると感じるのは気のせいか。

キエランは小さく深呼吸して、冷静な声を出した。

「馬ではない。今日はあなたに謝罪に来た」

マツキが不安そうな表情で「謝罪、ですか」と訊き、キエランは、ああ、と頷いた。

「以前、あなたに失礼なことを口にしたのに謝っていなかった。あなたの名誉を傷つけ、あなたを貶める言葉だった。いまさら謝罪と言われても迷惑だろうが、何も言わずにいるのは礼節を重んじる騎士として許されぬ。どうか私の非礼を……」

「謝罪ってなんですか？　謝罪されるようなことはないと思うので必要ありません」

「クルファー殿下の元に行ったとき、思っても……、みぬことを口走った、そのことだ」

マツキが眉間にしわを寄せ、記憶の奥底を掘り起こした。

「心当たりがないんですが、具体的にどんなことでしょう」

本当に忘れているようだ。来なきゃよかったと後悔するもマツキが思い出す危険がある。態度から何からすべて無礼だったと言おう。何もかも無礼だったのは事実なのだから。

「特定の何かではなく、私のすべてが……」

「わかった！　東方の房中術ですね！　あと閨の技！　気にしてないから大丈夫です！こっちでも東方の女性は房中術なんだなって思っただけで。私、房中術のことよく知らないんで、あのあとタイグさんに訊いたんですよ。そしたら、あいつの頭の中のことですからねえって言って教えてもらえませんでした。一体どんな頭の中なんだろうって、……すいません」

マツキがうつむき、低い声で謝罪した。表情は変えなかったつもりだが、機嫌を損ねたことに気づいたようだ。キエランは小さく咳払いし、取り繕って言った。

「とにかく謝罪に来た。ミツキ殿はあなたが嘘をついていると誤解なさり、私が否定してもお信じにならなかった。すべて私の責任だ。なるべく早くミツキ殿の誤解を……」

「ミツキが私のことで何か言ってましたか」

また余計なことを口にした、と反省する。たまに喋ると、余計なことばかりになる。

「何か言ったというわけではないが……、あなたの、生い立ちを出してきて……」

「実の親に育てられてないから性格がひねくれた、とかですか。気にしないでください。私の悪口が言いたかっただけなので。あの……ミツキが言ったのは私のことで、一般的な話じゃないです！」

マツキが熱心な声を出す。後半部分を脳内で反芻し、やっと意味が入ってきた。

キエランは吸いかけた息を止めた。

マツキがキエランの表情に気づき、下方からうかがうような顔をした。

「すいません、これ、言っちゃだめでした？」

沈黙が広がり、マツキが慌てて話を切り上げた。

「ごめんなさい。いまのは忘れてください。謝罪は受け入れました。では、これで……」

「まだ話は終わってないっ！」

キエランの横をすり抜け、厩舎に行こうとしたマツキの背中を怒鳴りつける。

マツキが「は、はいぃ」と怯えた声を出し、硬直したままキエランに向き直った。

「大声を出してすまない。いまのは……どういうことだ。クルファー殿下が話したのか」

マツキはため息をついたあと諦めたように口を開いた。

「誰からも聞いてないです……。あなたの目と髪の色、タイグさんと同じですよね。陛下とも同じだし。けど、シェイマス殿下は違うから、いろいろと事情があるのかな、と」

「クルファー殿下の髪の色は……私とは違う。陛下は白髪だし、そもそも髪はあまりない」

王がいたら激怒するにちがいないことを言ってしまったが、そんなことはどうでもいい。

「まつげです。白髪になりにくいんですよね、まつげって。髪はどんなにがんばって染めても生え際がすぐ伸びるし。でも、生え際に気をつけろって言ったら違う意味にとられそうで、……すいません、また余計なことを……」

本当に余計だ！　と思うも、いま大事なのは生え際ではない。マツキは急いで続けた。

「私、他人のお家事情って興味ないんで。タイグさんのこともどうだっていいし。このことはすぐ忘れます。馬さんに何かあったら、ご連絡ください。では失礼します」

マツキは逃げるように去って行き、キエランはマツキの背中を呆然と見送った。

「ご連絡ってなんだ……。早馬か？」

◆6章　ドラゴン君と王宮の陰謀

事務室のドアを開くと、白髪で青い目、顔中しわしわのばあちゃんと、五〇歳前後の上品そうな赤いゴージャス巻き毛のおばちゃん、茶色いチュニックを着た同じ顔の若者二人が並んでいた。上品そうなおばちゃんも含め、全員ズボンを穿いている。……どなた？

「どちら様でしょうか」

「祖母でもいいと言ったではないか！」

ばあちゃんの背後から、出て行ったはずの医官ボーイズの一人が挑戦的な目を向けた。

ばあちゃんを見て、医官ボーイズを見る。似ている、気がする。

視線を横合いにずらすと、侍女チーム、厩番ズが立っていた。全員ズボン。みな表情を引き締め、やる気満々といった様子だ。ちなみに研究官は医療室で新技術の講義中。

まずは四人の面接から。

ツインズは十九歳。医官ボーイの家で働く庭師兄弟。

上品そうなおばちゃんは医官ボーイのお母さんの友人。

全員身分が低かったり、女性だったりして、大学に行けなかった人たちだ。みな合格。

四人の医官ボーイズのうち、一人はバカにして来なかったという。

三人に、あなた方は帰っていいですよと言うと、残るに決まってる！　と怒鳴った。

私の職場で怒鳴り声は禁止ですよ。

フェンスは荷台を使ってちょっとずつ運び、研究官がいるとき組み立てる予定だったが人員が集まったので一気に行うことにした。

日が沈むと、宮殿の外にいるのは不寝番の警邏兵だけだ。獣医師ということは知られているので「こんばんは」と正面切って挨拶し、「動物の治療です」と言って通りすぎる。

真っ黒な森の入口でも「治療道具です」と言うと、無言で通してくれた。

厳つい男性ばかりだったら尋問を受けたかもしれないが、私を入れて半分以上女性だし、愛想のいいばあちゃんに「ご苦労様」と言われた日には、国を破滅に導くかもしれないできごとが繰り広げられているとは思うまい。

こんなことを考えるなんて私は本当に魔女なのかも……、という不安は、さておく。

ドラゴン君のいる土牢の前に立つと、侍女チーム、厩番ズは緊張し、医官ボーイズとボーイズの親族友人は恐怖で息を呑み込んだ。私は平常運転。人間は恐いが、動物は普通。

現在、ドラゴン君の両足首には木製の足錠が取り付けられ、胴部は折りたたんだ両翼とともに木の鎖でぐるぐる巻きにされている。うう、切ない。

鉄と鉄さび水やりと掃除は飼育員の担当だ。飼育員の報告では、名前を呼ぶとうっすらまぶたを開くという。飼育員はなついたと喜んでいるが、野生はそんなに甘くないよ。

ディアミド君の話を聞くかぎり、ドラゴンは戦うべきか逃げるべきか、何もしない方がいいか冷静に状況を判断している。いまは体力を回復させるときだ。

土牢のドラゴン君は私たちを見ると、ふーふー威嚇(いかく)したが、すぐ休眠態勢に入った。捕獲されてからまったく食糧を与えられず、五年ももったのだからすごい生命力、そして忍耐力だ。

大工さんに作ってもらった木製フェンスは、ドラゴン君の保定用に使う。

気性の荒い牛なんかを治療するとき両側から鉄柵で挟み、身動きが取れないようにして柵の間から診察することがある。それをドラゴンでやろうってわけですね。

土牢の正面に作られた縦格子の隙間は人ひとりが入るのに十分な幅があり、私は厩番ズとともにフェンスを横たえ、縦格子の隙間を通って中に入り、ドラゴン君の奥に回った。

家政婦長とばあちゃんに懐中電灯を渡し、ドラゴン君の様子を見ていてもらう。

医官ボーイズは懐中電灯に驚いたが、「研究官が発明した」と言うと疑うことなく感動した。あとは頼むぜ研究官。

フェンスの下端にはレンガが備わっていて、まずはスコップで穴を開けてレンガを埋め込み、フェンスを立てる。フェンスの縦格子は治療にあわせて一つずつ外せる仕組みだ。

いったん外に出て、医官ボーイズ、侍女チーム四人、ツインズと親戚のおばちゃんを誘導し、フェンスを持ち込んでドラゴン君の四方をかこみ、ぎりぎりの窮屈さで組み立てた。翼の動きさえ封じれば飛び立つことはできないため、フェンスの天井部分は必要ない。フェンスが倒れないことを確認し、次は足錠と木鎖だ。

鍵穴はどの錠前も同じ形とのことで、鍵自体を用意することは難しくなかったが、ドラゴン君に近づいて鍵を外すのは危険すぎる。どうしたもんかと思っていると、ばあちゃんが棒の先に針金をつけ、ピッキングしてくれた。

戸棚の鍵をよくなくすんだってさ。さすが人生経験豊富。

ドラゴン君にライトの直射をあてないよう注意しながら、みんなで木鎖を解いていく。厩舎から持ってきた脚立も活躍。最後の方は慣れてきて、なんとかドラゴン君を解放することができた。フェンスで押さえつけられてるから、さほど解放じゃないんだけど。

様子を見て、少しだけフェンスを緩める。

ドラゴン君が逃げる様子はない。明日いなかったら、それまでだ。

なるべく早くおえるからね。飼育員から大好きな鉄さび水をもらって機嫌を直してね。

「これだけか？　治療はないのか」

医官ボーイが不満そうな声を出した。こいつら、いい加減態度を改めさせないとな。

「今日はこれで終了です。明日は生食で体を洗い、視診をします。治療はそのあとです」

三人の医官ボーイズが顔中を曇らせる。嫌ならとっとと……。

「あなた方は帰っていいわよ。力仕事もこれだけいれば十分だし。ねえ、先生」

医官ボーイの親戚のおばちゃんが無邪気な笑みを向け、私が「はい」と頷くと、親戚のボーイが「手伝うと言ったのですから手伝います」と大人しくなった。うむ、いい感じ。

厩番ズの一人が「生食の塩分濃度は〇・九パーセントですか」と質問した。

私は「はい」と答えた。ここ、「パーセント」は通じるんですよね。実際に使ってる単位は違うんだろうけど、さすがに数字を間違えることはあるまい自動翻訳機能。

「〇・九パーセントというのは人間の体液の話だな。研究官殿が発明なさったことだ。なぜお前たちが知っている」

医官ボーイの言葉に厩番ズのもう片方が答えた。

「こちらの先生に教わりました。馬の傷口を洗うとき、〇・九パーセントの濃度の塩水を使うのが一番刺激が少ないって」

「馬と人間が同じわけがない！　人間はもっと高尚な生き物だ」

「馬も人間も血の色は同じだし、共通点はあるんじゃないかな」

ツインズが口を開く。ステレオ効果。

体液の塩分濃度は研究官が「発明」したのか。研究官、つくづくすごいな。

「さっき刺激っておっしゃいましたが、顔を洗ったとき、水が目に入ったら痛いのと関係がありますか」

おお、家政婦長、よくわかった。私は死んだ目の家政婦長に向き直った。

「まさしくそれです。真水に少しずつ塩を加えて顔を洗い、目に入っても痛くなくなった濃度が〇・九パーセントです」

「そのようなこと、研究官殿はおっしゃらなかった！　馬は喋らんのだし、〇・九パーセントで刺激が少ないと思っているかどうかわからんではないかっ」

そうなんだよ、喋ってくれればいいのにね。みんな、向学心が高くて大いに結構。

「顕微鏡を使えばわかります。せっかくですから馬さんの血をちょこっともらって、ついでにみなさんの血も顕微鏡で見てみましょう。時間のある方、興味のある方はぜひ」

「ビキョウでわかるのかっ？」

医官ボーイズが身を乗り出し、侍女チームの最年少が遠慮がちに手をあげた。

「……私も、なんとかっていう道具を見せてもらっていいんですか？」

「もちろんです。自分の血ですからね。使う血は一滴だけですから痛くはありません」

私の言葉に医官ボーイズを含めたバイトさん全員が喜びの声をあげた。

＊

翌朝、雇用主が早めにドラゴン君の土牢に来てみると、医官ボーイズが生食やらトイレの紙やらを用意していた。昨夜遅くまで血を観察し、みんなで興奮したり驚いたりして、すっかり改心したようだ。昇り行く太陽は東の地平を輝かせ、今日の晴天を告げている。

バイトさんたちが集まると、手押しポンプとホース、ブラシを使ってドラゴン君の体を慎重に洗い、血を落とした。

ブラシでこするときは怪我をしていないか確認し、水圧に十分注意する。

ドラゴン君の飲む鉄さび水には研究官の処方した鎮静薬がまざっている。どこまで効いているかは不明だが、ドラゴン君は微動だにしなかった。

地面が水浸しになるため、医官ボーイズがほうきで掃き出しつつ、トイレの紙で吸収。

血と泥を落とすと、濃い紫色の鱗が朝日の中で美しく輝き、バイトさんたちが感動のため息をもらした。ドラゴン君を見る目に負の感情はなく、家政婦長でさえ頬を紅潮させている。大いに結構。

その後は、残れる人だけ残ってもらい、患部の絵を描いてもらう組と視診を手伝ってもらう組にわかれた。みんな残った。厩舎の仕事は月一回の体調不良だと言って休診だ。

私は大きな体を入念に視診した。

背部と尻尾の真ん中に巨大な腫瘤を発見し、メジャーで測って羊皮紙に記録する。

牢内は悪臭がひどく、バイトさんは鼻から下に布を巻いている。

私は医療用バッグから注射器と穿刺針を取り出した。段ボール箱にあった最長の生検針は二〇〇ミリメートル。ドラゴン君のどの部分まで届くかわからないが、がんばるよ。

医官ボーイズは穿刺針を見て息をつめ、針の角度を変えるたび驚嘆の声をあげた。

ドラゴン君はずっとまぶたを閉じていた。

腫瘤の標本作製は全員で行い、ぶじ染色。薄い緑や濃い黄色を含め、ドラゴンちゃんの腫瘤細胞と大体同じだ。膿瘍、……ということでいいでしょう！

日中は馬さんの診察をしつつ、鳥さんのクリッピング。

大工さんが「羽を切ってもらう代わりに巨大なフェンスを作った」とふれ回ってくれたおかげで、貴族諸氏がネックレスだの、絹の手袋だのを持ってきたが、拝金主義者真月はお金で支払ってもらい、小金を稼ぐ。

動物医療は金持ちしか受けられない、と思われては困るので、使用人さんが来たときは「病気や怪我はお金がなくても治療します」と伝え、あちこち広めてもらった。

王宮での日々はめまぐるしくすぎていくが、気になるのはキラキラさんだ。

ドラゴン君の治療を開始しようとしたまさにその日、厩舎での仕事をおえ、部屋に戻って一息つき、事務室に行こうとしてドアを開くと、キラキラさんが立っていた。

考えられるとすれば、あれだ、延々説教ってやつ。

よくある……、と言ったらだめなんだけど、決して珍しくないセクハラ発言をしたら、酔って寝室に呼び出したなんていう論外の噂が広まったのだ。激怒して当然。

瞳で逃げ場を探していると、決闘の申し込みではなく、セクハラ発言の謝罪だという。気にしてないって言ったのに、まだぐだぐだしてるから、ミツキに何か言われたにちがいないと判断して、つい慰めてみたら、どつぼにはまった……。

みんな知ってると思ったら内緒だったようだ。まつげも、目も、髪の色もタイグさんと一緒。王都でよくある組み合わせかと思ったら、同じなのは陛下だけ。気づくよ、そりゃ。

王の子どもなのに臣下として末の王子の護衛って、どう考えてもお母さんは身分の低い女性じゃん！　誰にも言わないって約束したけど安心できるわけないよね。

彼を玉座にすえようとする勢力だってあるだろうし。てか、言わないって約束した？

あの日以降、キラキラさんに見張られてるような気がしてならない……。

何日か後、馬さんの健診の間をぬって相談所王宮支所に行くと、使用人の子どもちゃん二人が、待合ゾーンから離れた場所に立っていた。声をかけると、羽に縫い針が刺さり、胴部に糸が絡まった野良雀（のらすずめ）さんを手の平に乗せている。

貴族かお金持ちの子どもか大人の仕業だろう。縫い針は高級で、庶民は手に入らない。

待合ゾーンに急患がいないことを確認して、野良雀さんを先に診療すると伝えると、苦情を言う貴婦人、怒鳴る貴族、脅迫する高位の使用人……。

子どもちゃんたちが「もういいです」と帰ろうとしたため二人を引き止め、どっからでもかかってこい！　とばかりに諸氏をにらみ、お腹が痛くなっていると、キラキラさんが

「たまたま」通りかかり、「貴族たるもの慈悲の心を持つべきでは？」と慈悲がまったくなさそうな目を向け、全員が大人しくなった。

騎士なんだから厩舎に来ても不思議はないが、都合がよすぎないか？　考えすぎ？

野良雀さんは糸を切って針を抜いた。狭いケージに入れて視診すると、左足をあげたままだ。よく見ると、上部が赤黒く腫れている。触診により脛足根骨骨折と診断。元気になれば放鳥するというので、手術ではなく、ギプスで外固定することにした。

子どもちゃんとともに診察室にいたキラキラさんが「道ばたで拾った雀にギプスだと⁉」と訊き返した。貴族が怒鳴り込みに来る危険があったからいてくれたんだけどさ。

あなた、うるさいよ。

心の声が聞こえたのか、キラキラさんは「ギプスは大事だな」と誰ともなく同意を求め、大人しくなった。

留め金のいらない自着性の伸縮テープで細い足を注意深く固定し、狭いケージで絶対安静。いわゆるケージレストだ。

野良雀さんがテープをつついて外したらすぐ来るように言い、液体の鎮痛薬を渡す。治療費の心配をする子どもちゃんたちには事務室の掃除を手伝ってもらった。

キラキラさんが「掃除でいいのか⁉」と叫び、子どもちゃんが泣きそうな顔になる。

キラキラさんは私のひっそりした怒りに気づいて、「掃除は大仕事だ」と頷き、子どもちゃんたちが貴族に意地悪されないよう王宮の外まで送ってくれた。

ただの親切さんか？　だとしても、暇すぎるよね。

もしかして玉座を巡る王宮の陰謀に巻き込まれた？　暗殺される？　んなことない？

ドラゴン君の手術は休診日だ。

医官ボーイズは仕事だが、研究官に「最近たるんどるので説教をする」と言って呼び出してもらい、研究官も立ち合った。魔法少年がいないから麻酔をしないといけないしね。

医療院の全身麻酔は村にいたとき見せてもらった。液体を経口投与したのち、一滴ずつ口に垂らして維持麻酔とし、脈拍と体温を常に手で確認するという素朴なスタイル。

人工呼吸器は存在しない。つまりは、必要ない、ということだ。

投与量は、医師の経験による目分量。

スゲえな異世界、そして研究官。

戦地で王や将軍が倒れたとき、とりあえずの処置として体力の低下を防ぎ、安全な場所に連れて行く等々、よほどの場合に使う。

医療院で扱う麻酔薬は一種類だけだが、鶏さんや牛さんの怪我の治療に局所麻酔をしてみると、ぶじだった。動物で全身麻酔は試したことがなく、いきなりドラゴンはハードルが高い。

膿瘍だったらやることは決まっているし、局所麻酔で大丈夫だろう、と踏む。

ドラゴンに医療院の麻酔薬が効くのか不安になるが、先生は魔法少年を信じるよ。

手術助手、照明係、ドラゴン君の様子うかがい係、そして縄係を指名。

様子うかがい係は、様子を目視でうかがい、少しでも反応があれば、すぐ伝えてもらう。

縄係は縄を持って土牢の外に待機。土牢の中で作業する全員腰に縄をつけ、何かあったとき思いっきり引っ張って外に出してもらい、みんなで森に逃げ込む。どこまでも素朴。

医官ボーイズには厩番ズとともに縄係をお願いした。嫌がるかと思ったが、土牢の中にいる私たちの命を預かる仕事なので、みんな真剣に縄を持ち、綱引きの直前のような姿勢を取った。研究官は麻酔係だ。

全員マスクをつけ、術衣を着て、滅菌手袋を装着する。

土牢の外の人たちはいらないんだけど、うらやましそうだったしさ。

フェンスを動かしてドラゴン君の体を挟みこみ、腫瘤の位置にある鉄格子を外して、ばあちゃんに手元をライトで照らしてもらい、まずは患部のそばを人差し指でぎゅっぎゅっと押した。侍女チームの最年長が、まぶたの下の目玉が動きました！　と小声で叫んだ。

私は様子うかがい係に「どんな反応も見逃さないようにしてください」と念押しし、研究官が目分量で用意した麻酔薬を注入した。

ひっそり動物実験を繰り返している研究官の言葉に従い、腫瘤のまわりにばんばん注射し、少し時間をあけ、再び腫瘤のそばをぎゅっぎゅっと押した。

侍女チームの中堅が私に向かって頷いた。うむ。行くで。

私は研究官にお願いして手に入れてもらった鋭利な短剣を腫瘤の側面に刺し込んだ。

そこからどうするかって？ 手だよ！ めん棒とピンセットなんか使ってられるか!!

親戚のおばちゃんと研究官にドラゴン君の皮膚(ひふ)を引っ張ってもらい、生食で濡らして丸めたトイレの紙で腫瘤組織を剥離する。大丈夫なんかいと思うも、ぐいぐいはがす。

家政婦長に手元を生食で流してもらうと、血の中に黄色いチーズ様の膿瘍が見えた。

ゆっくりと腫瘤組織を引っぺがし、ぶじ取れるたび、研究官が地面に広げたトイレの紙に並べていく。尻尾が終われば、今度は背中だ。

脚立を使い、改めて局所麻酔をし、濡らしたトイレの紙を使い、ぐいぐい切除。途中で両肩に縄をつけ、左右からツインズに支えられて、完全に体勢を崩しながらひたすら膿瘍をはがしていった。全身汗だくになり、親戚のおばちゃんが顔の汗を拭いてくれる。

すべての腫瘤を取ったときにはドラゴン君の体は、ぼこぼこにへこんでいた。

ポンプを使い、生食で手術創を丁寧に洗う。

研究官に処方された液体の抗菌薬を塗布し、注射もして、縫合はせず終了。ふう……。

フェンスの縦格子を少し広げ、ケージレスト、ならぬフェンスレスト状態にする。

ドラゴン膿瘍は研究官に贈呈。あらゆるウイルスを中和する万能抗体を抽出して医学の発展に尽くしてください。

ツインズに手伝ってもらい、ふらふらになって脚立から地面に降り立つと、土牢の外に隠れていた飼育員が厩番ズの背後から恐る恐る姿を現し、不安そうに訊いた。

「……成功、したのか?」

多分ね!

＊

翌日から、バイトさんには数人でシフトを組んでもらい、私とともに朝と晩の一日二回、手術創を生食で消毒し、抗菌薬を塗布する手伝いをお願いした。

全員が一巡した三日後には白く生々しかった創面に肉芽組織が形成され始め、その二日後には安定した瘢痕組織に変わっていった。ドラゴンちゃんの腫瘤を切除して以降、本当にあれで良かったのかひそかに不安だったが、予後良好ということで。

手術から六日後の夜、親戚のおばちゃん、ばあちゃん、家政婦長のシフトで、ドラゴン君が問題なく治癒(ちゆ)しているのを確認し、明日からは私一人で十分です、と告げた。

このところ、医官ボーイズと厩番ズは、研究官補及びバイトをしなかった医官をまじえ、人間の病気と馬の病気の共通点と相違点を学ぶ勉強会を開いている。

侍女チームとばあちゃんは医師助手補という立場で医務室に出入りすることを許され、

ツインズは医療室の所有する薬草園と温室の手入れに加わるようになった。

親戚のおばちゃんは、夫と子どもの世話に明け暮れる中年女性が医療院のエリート医師と恋に落ち、若いトイレの紙作り職人から求愛されるという戯曲を書いている。

みんなそれぞれの道を歩んでいる。私も村に戻る頃合いだ。

診療道具は研究官がなんとかしてくれてるし、クリッピングで稼いだから王都の物価がどれだけ高くても、イケジョに「王都に口紅は売ってなかった」と嘘をつく必要はないだろう。あとは……。

ふと薄闇の王宮に視線を動かすと、見覚えのある二つの影が寂しい庭に瞬いた。

このあたりは王族や貴族のいる区画から離れていて、庭の手入れはされておらず、訳ありの二人が密会するにはちょうどいい。まあ、密会だろう。美月姫とキラキラさんの——。

「先生は医師とデキるか、職人とデキるか、夫の元に戻るかどれがいいですか」

親戚のおばちゃんの声が耳に届き、私は密会に気づかれないようおばちゃんたちの前に出て視界をずらした。聖女と騎士の訳あり密会など私にはどうだっていいが、一応ね。

「私だったら……」

キラキラさんは美月姫の護衛騎士団長代理兼副団長だから一緒にいても不思議はない。けど、夜二人きりで寂しい庭にいるのはやっぱ不適切だよな、と風紀委員みたいなことを考える。ああいう男性もやっぱ美月姫がいいんだな。美月姫、かわいいもんな……。

と思ったけど、あの人、私と美月姫の顔の区別ついてないんだっけ…………。

デート的なものなら私には関係ない。けど、王位簒奪の相談だったら？

美月姫がキラキラさんを気に入ってるのは間違いない。

シェイマス殿下のことは自分の崇拝者ぐらいにしか思ってないだろうし、キラキラさんが王の息子だと知れば、キラキラさんの方が王にふさわしいって考えるよね。

そこから先は？

私は借金返済。村に帰って、気が向けばタイグさんに話す。気が向けば。

「船に乗って異国の地に旅立つ、とかどうでしょう。そこでまた新たな出会い」

私の言葉に全員が感心し、次に登場する恋の相手をあげていった。

そういや譲君、最近見てないけどどこ行ったんだろう。

ほんとにパワハラで更迭されたんだろうか。

どうでもいいや、とすぐ気持ちを切り替え、みんなと別れて自分の部屋に走って行った。

＊＊＊　陰キャな聖女の護衛騎士団長代理の塩対応は、陽キャな聖女の対人スキル【無神経】の前に敗北す　＊＊＊

視線を感じ、キエランは薄闇の奥に目を向けた。遠くではぜる松明の炎と夜風に揺れる木々のささやきが静寂を満たし、無数の星と欠けた月が明るく花壇を照らしている。

「わたくし以外に気になるものがありまして？」

隣から典雅な声がかかり、キエランははっと注意を引き戻された。ミツキがキエランに寄り添い、距離を縮める。キエランは、添うな添うな、と内心で叫んだ。

「こんな夜中に貴婦人が男と歩いていては、あなたの名誉に関わります」

「あなたと一緒にいて名誉が汚れるなら本望です」

いや、私は自分の名誉を気にしているんです、と思いながら、ミツキから一歩離れると、ミツキは、ふふ、と笑って、一瞬で三歩縮め、キエランの左腕に手を絡めた。

そっちは剣があるだろ、触るな触るな、隣に並ぶな、と無言でアピールするが、ミツキが気づく様子はない。

これまでなるべくミツキと関わらないように努めていたが、夜、キエランの元に侍女をよこし、「ユズル様のことでお耳に入れたいことがある、と聖女様がおっしゃっています」と伝えられては断ることはできず、シェイマスに知られないよう待ち合わせの庭に行くと、ミツキが一人で待っていた。

ミツキは散歩をしましょうと言い、話が一向に始まらない。

マツキから自分の出自を聞いたのでは、という不安に駆られたが、ミツキが耳にしていれば、翌日には王宮のほとんどの者がキエランへの態度を変えるだろう。

自分の母が誰かは知らない。王が戦から帰ってきたとき、連れていた赤子がキエランだ。髪と目の色が王と同じだったため王の血を引いていることは間違いなく、王はキエランをティアニー伯爵家に預け、玉座（ぎょくざ）を狙うことのないよう臣下として腹違いの弟であるシェイマスを守らせることとした。

ティアニー伯爵家は王の遠縁にあたり、これまで何人か王や王家の髪と目の色をした者を輩出していたから、キエランの父母が誰かを疑う者はいなかった。

王と王妃以外にキエランの出自を知るのは、クルファーとシェイマス、ティアニー伯爵夫妻、王家の重要な後ろ楯であるクロス侯爵、そしてクロス侯爵家の三男だ。

聖女と騎士の夢をキエランも見た。

東方の民の顔立ちをした聖女と何人いるかわからない騎士の影。夢で見たときも、目を開いたときも、聖女の顔ははっきり覚えていたが、マツキとミツキを見たとたん混乱し、気づけば、東方の使節団の通訳との区別さえつかなくなっていた。不覚……。

ともかく、シェイマスに知られる前に、とっとと用件を終わらせねば。

「先日、団長殿がどなたかのご不興を買ったとうかがいましたが、そのことですか」

不興というのはユズルが舞踏会で貴婦人とダンスを踊り、侍女の断りなく、ベランダに連れ出した、というものだ。父である伯爵だか子爵だかが、若い娘と二人で話がしたいなら手順を守るべきだ、と苦言を呈すると、ユズルは「ご令嬢はあなたの所有物ではありません。彼女の意思を尊重してください」と返したという。

面と向かって娘を所有物扱いしていると言われた伯爵だか子爵だかは、自分の邸にユズルが出入りすることを禁じ、妙齢の貴婦人は、「軽々しく男と二人きりになる女」という評判を立てられるのを恐れ、ユズルの誘いを断るようになった。

王やシェイマスがユズルに何も言わないのは、ユズルが自分たちの邪魔をしないからだが、ドラゴン討伐をするとなれば、聖女の護衛騎士であるユズルが参加しないという選択肢はない。馬に乗れず、剣を振るわないなら、知略を生かすことになるだろう。が……。

「キエラン様がご不快になるかと思って言いませんでしたが、実はユズル様ではなく、マツキのことなのです。ドラゴンが王宮の外れに閉じ込められているのはご存じですわね」

キエランは、「まったく知りません。それは事実ですか」と驚いたふりをした。

「驚いたふりをなさる必要はありませんわ。キエラン様が五年前のドラゴン討伐でシェイマス殿下の命を救ったのは有名な話。王都を襲い、大勢の民人を殺した悪しきドラゴンのことを知らないはずはありません。あのドラゴンは、カルディア王国がアートゥ・シュリアヴを侵略するために送り込んだもの。マツキはあのドラゴンを連れて隣国に逃亡しようとしているのです」

ミツキにあっさり見破られ、ひそかにつまずいていると、ミツキは新たな情報を次々と繰り出し、訂正するまもなく、最後の最後でキエランは息を呑んだ。

逃亡しようとしているかどうかはさておき、誰にも知られないようドラゴンの治療をしているのはキエラン自身が目にしている……。

どこにポイントを置いて反応していいかわからずにいると、ミツキが続けた。

「マツキは、子どもの頃からユズル様に想いを寄せていました。ユズル様は、自分にはわたくしがいるからマツキの気持ちには応えられないと何度も伝えましたが、マツキはわたくしがユズル様と自分の仲を割こうとしていると思い込みました。わたくし以上にわたくしの両親の愛情を受けながらいつも損をしていると思ってきたマツキには、ユズル様が自分を好きにならないなど考えられないことだったのです」

またそれか、とは言わず、はい、と素直に頷く。

「マツキは自分はどんな動物でも治療できると豪語して、かわいそうな動物はいないかとユズル様にしつこく訊き、お優しいユズル様は仕方なくドラゴンの話をしたのです」

そのドラゴンの話を団長殿にしたのはどなたです？　とは訊かない。

「ユズル様からそのことを知らされ、わたくしは黒獅子の森の不寝番に直接確かめました。不寝番によると、早朝と夜、マツキが王宮外の者と黒獅子の森に住むフクロウやリスの治療をしているとか。ですが、本当に獣の治療なら王宮の者に任せればいいことです。悪しきドラゴンの治療ゆえ、高貴な方の志願者が得られなかったのですわ」

ドラゴンの元に行くには黒獅子の森を通る以外になく、通れば不寝番の目に触れる。

王宮に捕らわれたドラゴンの治療を外部の卑しい者に手伝わせるなど愚かとしか言いようがないが、マツキの迂闊さに腹を立てても仕方ない。

「ドラゴンの治療をしているのが事実だとして、どうして隣国に行くのですか」

「ここでは聖女になれないからです。ドラゴンはカルディア王国の象徴。みずからの治療により回復したドラゴンを連れてカルディア王国に行けば、聖女にはなれずとも、救国の民として扱われます。あのようなぼろ切れではなく、絹のドレスを着て、宝石をまとうことができましょう」

ミツキは一言話すたびキエランに歩を進め、キエランが二歩退くと三歩前に進み出た。

やがてかかとが苔むした花壇にあたり、キエランは後退できなくなった。

「問題はユズル様です。マツキだけなら衛兵に捕まえさせればすみますが、ユズル様はマツキのことをあわれに思い、カルディア王国に一緒に行こうとしているようなのです」

「カルディア王国をアートゥ・シュリアヴから救った英雄として扱われるために、ですか」

「和平のためです」

ミツキがキエランの胸にすがりつく勢いで身を寄せ、キエランは横合いに体をずらした。

「ユズル様は、怪我が治ったドラゴンをカルディア王国に引き渡し、アートゥ・シュリアヴに侵攻しないようお求めるになるおつもりです。けれど、悪しきカルディアがそのような案に応じるわけがありません。その場でユズル様を殺し、マツキに王国中のドラゴンを治療させ、わが国に攻め込んでくるでしょう」

「わかりました」

キエランは手の平をミツキに向け、腕を伸ばしてミツキが自分に近づけないようにした。ドラゴンが治癒すれば、次にするのはカルディア王国に返すことだ。獣を治すのを使命とする医師が、傷ついたドラゴンを土牢に閉じ込めるアートゥ・シュリアヴ王にいい感情をいだくわけがない。

キエランは腰に帯びた剣の鞘を軽く握り、力を込めた。

「いまの話が事実であれば放置するわけにはまいりません。すべて私にお任せください」

＊

翌朝、執務室で王が口にしたのは「ひと月後、カルディア王国の使者がわが国に来訪する」という言葉だった。王の斜め前に座るシェイマスが眉を寄せて王を見返し、王の正面でひざまずく側近が驚きの息を放ち、キエランは息をつめた。

キエランの横に立つファーガルは表情を変えなかった。

「先日、カルディア王から親書が届いた。わが国にドラゴンが飛来していると聞き、攻撃の意図はないと示すため表敬訪問したいそうだ。先方が礼を尽くして申し出たものをむげに断ることはできん」

アートゥ・シュリアヴとカルディア王国は経済の行き来はあるが、五年前のドラゴン討伐でクルファーを失って以降、国同士の交流はとだえている。ドラゴンの治療がおわりつつあるこのときに突如王から親書が届き、訪問を申し出るのは都合が良すぎないか？

ドラゴンの鱗をカルディア王国に送れば、マツキが直接カルディア王とやりとりするのは難しくないはずだ。

王の隣では、ミツキがキエランに信頼のこもったまなざしを向けている。

カルディア王国の使者が来ることを王から聞いてすでに知っていたのだろう。

昨夜キエランを呼び出したのは、キエランと同じ見方をしたからだ。

王をはさみ、ミツキとは反対の位置に普段朝議に出ることのないユズルが座っていた。

聖女と護衛騎士の存在はカルディア王も聞いているはずで、カルディア王国の使者がアートゥ・シュリアヴに来るのであれば、ミツキとユズルが応対しないわけにはいかない。

軍事長官が口を開いた。

「わが国の軍事情勢を偵察に来る気でしょう。いまから準備をするにしろ時間がたりません。いったん断ったのち、こちらから訪問したいと申し出ればいかがですか。礼を尽くすのが目的なら嫌とは言えますまい」

廷臣が同意の声を出す。カルディア王国の王都からアートゥ・シュリアヴの王都まで、馬車で二〇日前後。ひと月後の訪問は異例の早さで、なんらかの意図があるとしか思えない。

王が言った。

「逗留は王都にある別宮だ。自由に出歩けるわけではない。友好を示せば、先方とて油断しよう。まずは別宮を整え、使者に侮られぬようワインを存分に用意せよ」

足りないものは臨時税として徴収するように、と付け加え、廷臣たちが平伏した。

結局はまた税かと思いながら、キエランはファーガルとともにこうべを垂れた。

◆7章　竜騎兵と飼育員

　使用人さんたちが、白い水仙の植木鉢を抱き、幾枚もの織物を持ち、浮き彫りの施された衣裳簞笥を運んでいた。珍しい野菜を載せたロバや大きな丸チーズを積んだ荷馬車が私の前を通りすぎ、ロバさんの体重は戻りましたか、とか、馬さんのひづめはよくなりましたか、と声をかけ、先生に駆虫薬をむりやり飲ませてもらってから食べた分だけ太るようになりました、いまは元気いっぱいです、だの、先生に言われたとおりひづめに油を塗ってたらひび割れしなくなりました、保湿は大事ですね、だの返し、右や左に消えていく。

　王宮全体が五倍速ぐらいになったせわしさだ。身分の高い貴族の従者や侍女は私が挨拶しても無視したが、いつものことだから気にしない。

　厩舎の前では、近衛兵が鎧をまとった愛馬にまたがり、馬上から歩様を確認していた。

　便秘さんが私に気づき、恐い顔で微笑んだ。快便君の元に小走りで近づき、「今日は何かあるんですか」と訊くと、便秘さんが快便君の手綱を引いて、馬首を私に向けた。

「ひと月後、カルディア王国の使者が来ることになった。五年ぶりの正式な国交だから宴の準備に大わらわだ。われらも陛下の護衛につくことになるゆえ何かあればよろしく頼む」

五年ぶりの国交で宴の準備に大わらわって、もうちょっと他にすることがあるだろうに。

「軍馬の健診はおわったし、私は村に帰ります。必要なことは厩舎の人に教えたから大丈夫です」

背後にいたファーガルさんが馬上から口を開いた。

「陛下はあなたにいてほしいはずですよ。カルディア王国は軍馬の産地として有名だし、あなたのような方がわが国にいるとなれば自慢の種になりますから」

「獣医療は自慢の種に使うものではありません」

優等生の回答をするが、頭の中を占めているのは所領にいる農耕馬の繁殖だ。

近隣の村と協力して、今年はせめて一頭の種付けは成功させたい。

買うお金がなければ、増やせばいいのよ！

「もしかして私、自力で村に帰らないといけませんか」

不安そうな声を出すと、ファーガルさんが「一般兵に村まで送らせます」と言った。

「七日後に王宮の門が閉じ、歓迎の儀の関係者以外出入りできなくなるが大丈夫か」

後方から声が響き、振り向くと、鞍から降りたキラキラさんと目があった。

この人、やっぱり私を探ってる？

「王宮を出るのもだめなんですか？　もう戻ってこないのに」

ファーガルさんが、それでもだめなんですよ～、と申し訳なさそうな顔をした。

「じゃあ、それまでにおわらせます。みなさん、質問があればまとめておいてください」

骨折した野良雀さんはギプスを外し、経過観察中。そろそろ外に放していいだろう。疥癬症のカナリアさんはあと二回ほど駆虫薬の塗布が必要だから医官ボーイズにお願いする。クリッピングの方法を記した絵も必要だ。羽が生え替わったら自分たちでできるようにしなければ。あとは――。

「ドラゴンだっ！」

思考が声になったのかと思い、慌ててあたりを見回すと、誰もが紺碧の空を仰いでいた。同じ方向に顔を向けると、光り輝く太陽を背に巨大なドラゴンが悠然と空を泳いでいる。話に聞くのと実際に見るのとでは感情が異なるらしく、騎士たちは瞳に喜びと興奮を滲ませていた。野良だろうからカルディア王国とは無縁のはずだが、使者に先立ち、ドラゴンが表敬（ひょうけい）訪問に来たようだ。

野良ドラゴンはばさりばさりと両翼を動かし、広大な空をよぎっていった。

ドラゴンの尻尾を追っているとキラキラさんと正面から視線がぶつかった。

キラキラさんは即座に喉詰まりチャンに注意を戻した。

私は喉詰まりチャンの健康状態を確認するふりをして、キラキラさんをじっと見た。

キラキラさんが喉詰まりチャンの顎を掻きながら口を開いた。

「私にご用ですか」

「別に。喉詰まりチャンに何かあれば、お気軽にどうぞ。あと七日は王宮にいるはずです」

背を向けると、人の馬に変な名前をつけるな、とキラキラさんがつぶやいた。

聞こえていますよ。


いま考えるべきはドラゴン君だ。今晩見に行って問題がなければ、明日の朝、みんなでフェンスを解体しよう。打ち上げをする文化があるかどうか研究官に訊かねば。

厩舎の仕事は定時におえて、事務室で厩舎長と雑談しながら馬さんのカルテを整理する。

先生、ほんとに帰るんですか、陛下がお許しにならんでしょう、私はこの国の人間じゃないから陛下に許してもらう必要はありません、先生は聖女様と同じ場所から来たと聞きました、私はあなたこそ本当の聖女様ではないかと……、ギャハハハッ、ナイナイ！

などという与太話（よたばなし）をしながら、馬さんの飼養管理について説明。

日が傾く頃合いに部屋に戻って服を着替え、暗闇と松明が交互に沈む王宮を横切り、最後の予定を組み立てた。二七年の人生でこれほど仕事に情熱を燃やしたのは初めてだ。

かつてない充足感に満たされながら、ふと周囲を見回すと警邏兵の数が昨日より多い。

これからどんどん多くなっていくのだろう。

真っ黒な森の入口で見慣れた警邏兵に挨拶し、懐中電灯で足元を照らして遊歩道を歩いて行く。一歩進むたび、踏みしめられた草木が音を立てた。

私は背後を振り返った。濃い木々の中で立ち止まり、見えなくなった入口に目を細める。誰かいたと思ったが、……気のせいか。

懐中電灯を正面に向け、たー、すー、けー、てー、ともしものとき大声をあげる練習をしながら黒い森を抜け、土牢の前にやってきた。ドラゴン君は闇の中で息を潜めている。

私は土牢の外に置きっぱなしにした脚立を持って、お疲れ様でーす、と声をかけ、縦格子の隙間を通った。土と木に湿気が加わり、異臭を放つ。

ドラゴンは基本的には無臭だが、体から出た老廃物のにおいはしますわな。飼育員にうんちとおしっこを採取してくださいとお願いしたが、現時点でできていない。

木製フェンスで囲まれたドラゴン君は体を丸めてうずくまり、大きな翼をたたんでいた。

私は長い髪を後ろでまとめてバレッタでとめ、地面に這いつくばったり脚立に乗ったりしながら、あらゆる部位を確認した。

数日前までぺこりとへこんでいた手術創は安定し、他の傷痕も閉じている。

表皮が黒ずんでいるが、治癒の過程と時間を考えれば、もう問題ないだろう。ぶじ平癒。

正面にまわると、ドラゴン君がうっすらとまぶたを開き、白い瞬膜の間から私を見た。どきりとするも表には出さない。ドラゴン君は体力を温存するようにすぐまぶたを閉じた。

ドラゴン君の口元には飼育員の持ってきた鉄くず入りさび水の入った木桶がある。

水自体は取り替えたばっかりだから飲んだのかどうかわからないが、桶の底に沈んだ鉄くずを食べた形跡はない。

私は、失礼しまーす、と言いながら脚立を閉じて土牢を出た。脚立を元の場所に戻して縦格子の前に立ち、闇に沈むドラゴン君を見る。

厩番ズ、医官ボーイズ、侍女チームには明日の早朝の鐘が鳴る前に事務室に集まるよう言ってある。スマホもメールもないから、フェンスが解体できないと判断したときは集まり損だが、集まり損が普通にある世界だから怒る人はいない。

「明日の朝、フェンスを解体しに来ます」

お疲れ様でしたー、と土牢の中に声をかけ、すっきりした気分で森に向き直ったとき。

「明日の朝、フェンスを解体してどうする気だ?」

ざっと靴音が響き、背の高い男性が暗黒の森の中から現れた。

心臓がはね上がり、全身が硬直した。男性がゆっくり歩を進め、明るい月光の下に出た。

「ドラゴンの怪我を治したんだろ。この次はなんだ?」

懐中電灯を向けると、象牙とダイヤのイヤリングに真っ赤なサーコート……。

「びっくりするじゃん。もしかしてあっちの世界に通じるドアを探してた? 見つかったら教えてよ。教えてくれるだけでいいから」

譲君がライトの中でまぶしそうに顔をしかめ、私は安堵とともに懐中電灯を下ろした。

「あちらになど戻るわけがなかろう。私が契約をまとめてもパワハラ課長がしたことになっているのだぞ。前話した美月姫の浮気相手。人のことゆとりゆとりって言いやがって、黙れバブル期って感じ」

「私、まだ事務仕事が残ってるから行かないと。ドラゴン君のこと教えてくれてありがとう。ドラゴン君、ストレス溜まってると思うから触ったりしないように。じゃあね」

距離を取りつつ譲君の脇を通って森の中に入ろうとすると、譲君が私の行く手を片足で遮った。

「ドラゴンを土牢に閉じ込めるなんてアニマル・ウェルフェアに反してるよな。俺の部下の妹に聞いたら、カルディアは海上貿易で儲けてるんだって。ここの貴族、カルディアの連中が自分たちの文明の高さを妬んでるって言うけど、いや、文明って、メシ超まずいし」

右に行こうとすると譲君が右に体をずらし、左に行こうとすると左に体をずらす。

「私、こっちに来たとき助けてもらった村に動物病院を作ってさ。かかりつけの患畜がたくさんいるから、とっとと村に帰らないといけないんだ。美月姫と仲良くアートゥ・シュリアヴを救ってね。じゃあ」

「美月姫と一緒には救わないって。お前、インコの羽を切ってもらいに来た子爵を後回しにして、使用人の子どもが拾った雀を先に治療したじゃん。それを聞いた大金持ちの侯爵が、ほんとはお前が聖女じゃないかって言うんだ。ま、冗談だと思うけど。インコの子爵は家父長制バリバリの性差別主義者で、俺が娘さんにも人権がありますって言ったら決闘を申し込んできたの。殿下の親衛隊にいる長男が代理で俺と戦うんだって。卑怯(ひきょう)じゃね?」

「さすが子爵。決闘なんて信じらんない。怪我しないようにね。じゃあ――」

左に行こうとして右からすり抜けようとすると、譲君は私の動きを読んだように右に立ちはだかった。

「財政破綻寸前の国にいるより、カルディアの方がいいって。全快したドラゴンを連れて亡命(ぼうめい)を申請すれば受け入れてもらえるよ。お前が聖女、俺が護衛騎士な。ドラゴン討伐を口実に戦争を仕掛けるなんてアートゥ・シュリアヴこそ世界を破滅に導く危険国家だよ」

「世界の危機は美月姫と救って。それか一人で。じゃあ」

「お前、子どもの頃、美月姫と二人で俺を取り合ってたよな。あのときは、みっちゃん、まあちゃんより、ハムオが好きって言ったけど、まだ子どもだったし。いまの俺はお前を取るよ」

ハムオというのは譲君がお祭りで釣ってきたジャンガリアンハムスターの名前だ。

譲君が英会話をサボったから譲君のお母さんが里子(さとご)に出した。譲君がキッズスピーチコンテストで優勝して戻ってきたけど、なんか模様が違ったの、私も美月姫も気づいてたよ。

「タイムマシンで子ども時代に戻って言って。私、ほんとに帰るから。ご機嫌よう」

「待てって!」

譲君が横合いを通ろうとした私の左腕を強い力でつかみ、私は痛みで顔をしかめた。

直後、ざっという靴音ともに、いでーっ！　という叫びが耳元で轟いた。

上腕に食い込んでいた譲君の指が離れ、私と譲君の間に黒い影が割って入る。刺繍のない真っ黒なサーコートは、キラキラ……、キエランさんだ！　やっと思い出した！

「きさま！　上司に向かって何をするっ。離せ、離さんか!!　……いた……」

キエランさんが譲君の右手首を軽くつかんで背中に大きく回した。手首、肘、肩が見事にロックされている。合気道ってこっちの世界にもあるんだろうか。

譲君が、いたた……、と言い、草地に片膝をついた。痛いよ、きみ、折れちゃうよ、とつぶやく。うう、譲君、へなちょこすぎてかわいそう……。私はもっとへなちょこだけど、キエランさんにしてみたら、私のへなちょこも譲君のへなちょこも大差ないよね。

「キエランさん……、すいません、もう離してあげてください」

キエランさんがぱっと手を離した。譲君は両膝をつき、ぜえはあと息をしたあと、キエランさんから飛びのき、距離を取る。ボクシングをかじったことがあるようなフォームで、しゅっしゅっと拳を出し、右だの左だのにステップを踏み、フットワークを効かせた。

キエランさんは無表情で譲君を見ていたが、やがて「どうすれば？」と誰ともなく質問した。どうしましょうね。

「譲君、私、動物愛護団体じゃないし、ドラゴン君を土牢から出す気なんてさらさらないんだ。怪我をしてたから治療しただけ。亡命は一人でして。美月姫とどうなってるのか知らないけど、夫婦のもめ事に私を巻き込まないで。私、そういうの一番嫌いなんだ」

キエランさんが「夫婦だと⁉」と素っ頓狂な声をあげた。妙にリアクションが大きい。

「聖女殿と団長殿は結婚しているのか⁉ あちらの世界の結婚とは……どういうものだ」

もしかして内緒だった？ と思うも言ったものは仕方ない。口止めもされてないし。

されたっけ？

「種類はいろいろありますが、美月姫と譲君は神様の前で永遠の愛を誓いました」

「神の前で誓うのか？ どんな神だ」

「七日間で世界を作った全知全能の神様です。あちらの世界には、神様がたくさんいます。

私は信仰とは無縁ですが」

キエランさんが何か言おうと片足を踏み出したとき、ひゅん、という音が頭上から降りかかった。キエランさんが私の腕をつかみ、背後に隠した。

私は前方につんのめり、危ういところで持ちこたえた。どどっと地面に何かが突き刺さり、さらに体がぐらつくが、キエランさんが強引に私の腕を引き寄せ、転ばずにすんだ。

譲君は尻餅をつき、なんだよー！ と涙のまざった叫びをあげた。

キエランさんと譲君の間を見ると、数本の矢が大地を貫いている。

譲君の後方に広がる漆黒の森から靴音が現れた。

譲君が、お、お前ら、なんだよ、カルディアの刺客か？ とうわずった声を出す。

矢の主はどう見てもカルディア王国の兵士じゃない。そこにいるのは――。

「シェイマス殿下……、あなたがなぜ」

木々の影が左右に揺らぎ、中心からシェイマス殿下が歩いてきた。月を浴びて輝く肩当てと胸当ては、戦うにしては軽装だ。紺碧の瞳に浮かぶのは、怒り、悔しさ、失望……。

「ここ最近のお前の様子が気になってな。私の護衛につこうともせず、どこで何をしているのやら」

シェイマス殿下が譲君を見て、キエランさんの背後にいる私に視線を移し、キエランさんに目を戻した。シェイマス殿下の背後にいる兵士は四人。親衛隊ではなく王宮を守る一般兵だ。二人が弓に矢をつがえ、二人は腰に帯びた長剣に手をかけている。

ずいぶん数が少ない。

「その女にドラゴンの治療を持ちかけたのは、お前か、それとも女がお前に言ったのか」

「ずっと隠れておいでだったのですから、私たちの話は――」

隠れてたのか。そして、キエランさん、気づいてたのか。しかも、途中で言葉を止める。

キエランさんが先を続けなかったのは、私のことを考えたからだ。私が勝手に治療をしたことが知られればどうなるか。けど治療したのは事実だからかばわなくていいですよ。

と伝えたいけど、緊張と恐怖のせいで声にならない。

「お前らの話など聞こえるわけがない。お前が関係なかったとしても、その女がドラゴンを治療していることを知りながら誰にも報告しなかったのは、重大な反逆行為。美月姫殿のおっしゃったとおりだ」

「美月姫殿が何をおっしゃったのですか」

私の疑念をキエランさんが口にした。譲君はキエランさんから解放された右手首をしきりと動かし、瞳だけはぬかりなく逃げ場を探している。

「お前の様子が最近ひどくおかしいとな。もしやと思ってお前にドラゴンの話を持ち出したところ、しらじらしくとぼけたとか。その女が魔女かどうかは知らんが、お前がその女と結託し、カルディア王国にドラゴンを連れて行こうとしているのは明白。兄上からお前の方が王にふさわしいと言われ、王位を奪おうとしたのだろう」

「ええ、そうです！　私はこいつらの陰謀を止めようとここに来ました。美月姫もそう言っていたでしょう」

譲君が緊迫感を無視して割って入る。譲君、あなた、本気で殺されるよ。

「美月姫殿は、あなたのことは何も言ってはいなかった」

殿下が胡散臭そうに眉を寄せ、譲君は不本意だという顔をした。

「では、私は帰っていいですか。私にとって大事なのは美月姫です。シェイマス殿下がおそばにいないのであれば、私が美月姫を守らねば！」

失礼しますと言って、すばやくその場を去ろうとしたが、シェイマス殿下が引き止めた。

「あなたには、われらのことを見届け、陛下に報告してもらう。陛下の前に出れば、こやつはどうとでも切り抜けるだろうからな」

「この者らを処刑なさるのですね……。私はそのような場に立ちあったことはありませんが、騎士となれば仕方ない。二人には死をもって償わせましょう」

譲君、人の死を間近にするってそんな簡単なもんじゃないよ。鳴き叫ぶ動物を安楽死させるのでもつらいんだし。って、譲君、私が殺されるのも見届ける気か。

シェイマス殿下がまっすぐにキエランさんを見すえた。

「死にたくなければ、私を殺し、陛下には私がお前を殺そうとしたと告げよ。お前に玉座を奪われるのを恐れて罪をでっち上げようとしたとな」

なるほど、と納得する。だから、自分を入れて五人なのか。

キエランさんが全員を倒すのが不可能ではない人数だ。キエランさんがほんとに嫌いなんだったら、もっとたくさん人を集めればいいのにそうはしない。

「それほどまでにこの私が憎いですか。あなたが用意した人数の半分であれば、なんとかなったかもしれませんが、……これでは私に勝つ余地はありません」

キエランさんはシェイマス殿下に焦点をあわせたまま、背後に立つ私にささやいた。

「あちらに走れ。壁沿いに進めば赤い実がついた茨があり、その奥の切石が取れるようになっている。そこから王宮の外に出て、とにかく逃げろ。あなたの腕があれば、どこででも生きていける」

「その女に手出しはせん！　この人数の倍でもお前なら簡単だろう」

シェイマス殿下が怒鳴り声をあげた。私がもたもたしていると、キエランさんが苛立たしげに舌打ちし、逃げろと言った方向に私を押し出そうとした。

「早くしろっ」

どうしよう、と思うも、することは一つだ。お互い決して嫌いではないのにろくでもない父親のせいで誤解したまま人生が続くのはつらすぎる。

私は恐怖を脇に置き、がんばって声を張り上げた。

「そろそろ出てきていただけますか。さっきからずっと待ってるんですが」

シェイマス殿下が私に注意を移し、「何を言っている？」と顔をしかめた。先に気づいたのはキエランさんだ。シェイマス殿下を見て、私を見て、私の背後に目を細めた。

「あの者らは殿下が連れてきたのではないのですか？」

「何の話だ！」

直後、キエランさんが腰の長剣を抜き、土牢に向かって身構えた。シェイマス殿下が連れてきた兵士も、譲君に矢を向けた一人以外、攻撃の矛先を私の後方に切り替えた。

土牢の右手からゆっくりと草木を分け、どこか優雅な仕草で一人の男性が現れた。

「すいません。出るタイミングを失ってしまって……。どうしたもんかと」

困ったような声。どの段階で失ったのか。いくらなんでも限度がある。

「ファーガル……、どうしてここに」

ステレオ効果。シェイマス殿下はもちろん、キエランさんもまさかこの人が出てくると思わなかったのだろう。キエランさんがシェイマス殿下を見て、その驚きに気づく。

土牢を囲む木々の陰に潜む人たちはシェイマス殿下とは関係ない。

殿下が連れてきたのは四人だけ。シェイマス殿下はキエランさんを殺そうとしたんじゃない。キエランさんに殺してほしかったんだ。

母親の違う兄の方が玉座にふさわしいと思いながら玉座を奪われる日を恐れ、キエランさんを臣下にした父を憎み、いなくなった長兄を憎み、自分を憎んだまま生きつづけるより、優秀な次兄に殺された方がいい。そう思い、少ない人数しか連れてこなかった。

道連れにされる兵士は気の毒だけどね。

「護衛ですよ。一人でここに来るのは危険ですから」

ファーガルさんもシェイマス殿下と同じ軽装の鎧をまとっている。

シェイマス殿下が額に腹立ちを滲ませた。

「ずっとそこにいたのなら何があったか見ていたろう。キエラン・ティアニーは、その女がドラゴンを逃がそうとしていたのを誰にも伝えなかった。隣国に行くつもりではなかったとしても罪は免(まぬが)れん。女は鞭打ちののち鉄の採掘場で男の相手をさせ、ティアニーは梱の塔で一生をすごさせよ！」

男の相手って、つまりそういうことですか……？　楯の塔っていうのはよくわからないけど貴族や王族が幽閉(ゆうへい)される場所ですよね。いや、だから、とっとと出てこいって。

キエランさんは、シェイマス殿下を無視するように苛々した口調で訊いた。

「きさまがなぜ彼女の護衛につく。後ろの者たちも連れてきたのか。陛下が知ったら……」

「ぼくの護衛の相手は真月殿じゃありません」

深呼吸をくり返し、やっと恐怖が薄れてきた。私は今度こそ本当に声を張り上げた。

「私が呼んだのはファーガルさんじゃありません。飼育員さん、出てきてください！」

キエランさんもシェイマス殿下も不審そうな顔をし、私の視線の先に目を凝らした。

土牢の中から灰色のマントで全身を包んだ飼育員が現れた。

いつも極力土牢に入らないようにしていたから長々と隠れているのは苦痛だったろうが、それこそタイミングを失ったのにちがいない。

キエランさんとシェイマス殿下が剣先を斜めに向け、いつでも斬れる姿勢を取った。

えさやりと掃除担当の飼育員は土牢で私が挨拶しても視線をくれず、まともに口を開いたのは数えるほどだし、バイトさんなどいつでも踏み潰していい虫けらとしか思っていないが、その分月光の下に出てくると岩が動いたような威圧感が迫ってきた。

飼育員がマントのフードに手をかけると、太い指に巨大なルビーとエメラルドが光った。

キエランさんとシェイマス殿下がバタッという音とともに両腕を地面に立て深々と平伏した。シェイマス殿下が「早くひざまずかんか！」と後方に立つ部下を怒鳴り、部下四人は何事か理解できないまま殿下と同じ恰好になった。

譲君もきょろきょろしながら一緒になってひざまずき、ファーガルさんも膝を折った。木陰で息を潜めていた近衛兵が、ぞろぞろ出てきて片膝をついた。総勢約二〇人。便秘さんもいる。世話役オジサンが憎々しげに私を睨み、私も仕方なく膝をついた。

「どうして、陛下がこちらに……」

口を開いたのは、三人息子の末っ子だ。

フードを取った飼育員が居丈高、かつ自慢げな声を出した。

「ドラゴンを治療するよう私がその娘に命じたのだ。あのまま土牢で死なせるわけにはいかんからな。王たるもの慈悲の心が必要だ。シェイマスよ、そなたも覚えておくがいい」

嘘をつけ。譲君にここに連れてきてもらった翌日、研究官に頼んで陛下に会わせてもらい、治療をしたいと申し出たら、虫けらを見るような目をしたじゃないか。

私が怪我を治す間に陛下がドラゴンを手なずけてはいかがでしょう、ドラゴンが陛下にひざまずいたと知れば、カルディア王国も陛下を敬います、と提案し、やっと治療を了承した。むりだと思うけど、と内心で付け加えたことを陛下は知らない。

私の回顧（かいこ）をつき破るように背後で木のきしむ音がした。真っ先に反応したのは、私だ。

反射神経がすごかったわけではない。職業上の慣れだ。

私は膝を折ったまま背後を振り返り、練習を超える声で絶叫した。

「逃げてーっ！」

「逃げてくださいっ。早く！　逃げなさいっ！」

土牢から離れて前方に駆け出すも、男性陣は何が起こったかわからず、呆然と私を見る。

私は陛下の腕を鷲掴みにし、森の中に押し出そうとした。が、体重がありすぎて動かない。世話役オジサンが「無礼者!!」と怒号を発して立ち上がり、私に長剣を振りかぶった。

斜め後方から銀の閃光が舞い降り、あ、と思うまもなく、目の前で別の閃光と交差した。

キエランさんが斜めから剣を抜き、世話役オジサンの刃を防いでいた。私は言った。

「逃げなさいっ、早く!!」

世話役オジサンはもちろん、キエランさんも、陛下も、私に向かって顔をしかめた。

「逃げろー!!」と叫んだのはファーガルさんだ。

私のときと違い、騎士たちの表情が一変する。が、もう遅い。

地が割れるような轟きをあげ、土牢の縦格子がフェンスとともに内側から破壊された。

近くにいた近衛兵が角材の直撃を受けて吹き飛ばされた。キエランさんが私に覆いかぶさり、私は押し潰されるようにうずくまった。悲鳴が行き交い、土壁が崩れ、咆哮が巻き上がる。ドラゴン君が巨大な翼を広げ、怒りとも呼吸ともつかない声を発した。

キエランさんの体重で骨がきしみ、全身が苦痛で喘ぐが、痛みより何よりドラゴン君だ。

固形物を食べないから、まだ回復途中だと思っていたが甘かった。

ドラゴン君は人間の目を欺くためうずくまったまま鉄さびを舐め、体力の回復を待っていたのだ。もう逃げられると思ったそのとき、全身全霊の力を込めて羽ばたいた。

私は太い腕を後頭部で押し、私を守る体の下からドラゴン君をのぞき見た。キエランさんが自分の重みにやっと気づき、上体をわずかに起こして「大丈夫か！」と訊いた。

私はキエランさんには答えず、夜の景色に目を凝らした。ドラゴン君の作った闇が輝く月光を隠している。世話役オジサンが長剣をかかげ、「戦えーっ」と叫んだ。

声音に極限の恐怖が宿っている。完全にパニック状態だ。近衛兵たちは我を忘れて逃げた者、固まって動けない者、転んだ者、剣を持って斬りかかる者――。

半分以上は角材の直撃を受け、土塊の下敷きになっている。

みな鎧を着ているから命はぶじだと思いたい。鎧を着ていないのは……。

「譲君……」

私は、キエランさんの腕の隙間から、握ったままでいた懐中電灯で夜を照らした。

譲君は両腕で頭を抱え、岩陰でうずくまっていた。

学校の防災訓練で教わった理想的な身の守り方だ。防災訓練を受けてない騎士たちは譲君の姿勢を見習うことなく、「きさまも戦え!!」と叱咤した。

ファーガルさんと数人の近衛兵に守られた陛下がドラゴン君に向かって「クルファー！」と叫んだ。ドラゴン君は、陛下がつけた名前を呼ばれても一切反応しなかった。

「どうーっ、どうどう!!　私の声が聞こえんのかっ、クルファー、クルファー!!」

「陛下、お逃げくださいっ。きさまら、陛下を早く森の中に!!」

剣を抜いたファーガルさんが陛下を背中でかばい、近衛兵に命令する。ドラゴン君が羽ばたき、爆風のような激しさで周囲にそびえる巨木を根元から浮き上がらせた。

キエランさんが私の腕をつかんで立ち上がり、私を背中でかばいながらドラゴン君に対峙した。つかまれた手首がきしみ、強烈な痛みで目がくらむ。

キエランさんに「森に逃げ込め!!」と怒鳴られたが、私は彼を無視して、ドラゴン君の全身を瞳だけで確認した。もう大丈夫だ。

と思ったとき、頭上から咆哮が巻き起こった。ドラゴン君とは異なる甲高い声だ。

顔を上げると、晴れ渡った広大な夜空を漆黒の影がよぎっていた。

ドラゴンだ。朝見たドラゴンよりずいぶん小さい気がするが断言はできない。

天空のドラゴンがいななくと、鉄と鉄をこすりつけたような音が鼓膜に刺さり、強烈な痛みを巻き起こした。

「リュウキへイだ……。カルディアの兵士だ!!」

誰かが絶望の響きをあげた。リュウキへイ……って、「竜騎兵」だよね、多分。

兵士たちが口々に叫ぶ。竜騎兵だ……！　カルディアがわが国を侵略しに来た!!

世話役オジサンが恐怖の矛先を私に向けた。

「やはりきさまがカルディアを引き入れたのか！　アートゥ・シュリアヴを滅ぼす悪しき魔女めっ」

キエランさんが世話役オジサンの剣をはじき、世話役オジサンが「きさまも仲間か！」と絶叫した。ファーガルさんが「陛下を守れ!!」と大声で叫んだ。

キエランさんの背中に押され、後退したとたんバランスを崩し、草地でかかとを滑らせた。キエランさんが私に目を向け、世話役オジサンがキエランさんに長剣を振り上げた。

私が「危ない!!」と叫んだとき、風の圧迫が舞い降り、世話役オジサンが吹き飛ばされた。キエランさんは私を背中に隠したまま顔の前で片腕を曲げ、突風を遮った。

突如、風が静まった。

傾いた巨木が倒れる音が、地を揺るがせる。軍事長官を呼べ、陛下はどこだ……！

鼓膜から耳鳴りが消え、頭痛がどこかに去って行く。私はキエランさんの背後でそろそろと顔を上げた。土牢が物理的な力で破壊され、盛り土が崩れ落ちている。

うずくまった陛下に数人の近衛兵が覆いかぶさっていた。

世話役オジサンは譲君のそばで仰向けに倒れ、うめき声をあげている。譲君が腕を外して頭を上げ、世話役オジサンに気づいて顔をしかめた。みな命に別状はないようだ。

私は意識を正面へと移しかえた。キエランさんを挟んだその奥に別のドラゴンがいた。

キエランさんもファーガルさんも剣をつかんではいるがドラゴンに圧倒され、動けない。

陛下、ごぶじで……‼　という声が森の奥から近づいた。王宮を守る警邏兵だ。

先頭の一人が「先ほど軍事長官に伝令を送りました。すぐに兵が……」まで言い、恐怖と驚きでつま先を止めた。

ドラゴン君は土牢の上で、惨状など知りません、とばかりに片方の翼を広げ、顔をうずめて毛繕いをしている。

間近にいるドラゴンはドラゴン君よりずっと小さく、背中に人を乗せていた。警邏兵が恐慌をきたし、口々に叫んだ。竜騎兵だ……、陛下が危険だ、殺せ……、殺せー‼

「さがりなさいっ‼」

恐怖のあまり攻撃に転じた警邏兵の間にこれまでと違った声音が駆け抜ける。

キエランさんとファーガルさんが声の方向を注視した。私に。

「あのドラゴンは私の患者と飼い主さんです。あなた方が何人いても、ドラゴンにはかないません！」

「患畜」だと翻訳されない危険があるので、「患者」

人の乗っているドラゴンは戦うには小さすぎる。ドラゴンに乗る影も――。

まだ子どもだ。

私は懐中電灯を小さなドラゴンに向け、ライトの中心を移動させた。

目の前のドラゴンは銀の頭絡（とうらく）をつけていた。背中にいる竜騎兵とやらは私の三分の二ほどの身長で、頭絡から伸びる手綱をゆるく握っている。

かぶとはつけているが鎧はなく、剣も帯びていない。

私は懐中電灯に照らされた人影に「こんばんは」と挨拶した。人影が「こんばんは、先生」と礼儀正しく挨拶を返す。キエランさんとファーガルさんが問うように眉を寄せた。

「どうしてここにいるの。きみの乗ってるそのドラゴンは……、ドラゴンちゃん？」

懐中電灯をドラゴンちゃんに移動させる。手術痕には黒っぽい瘢痕組織ができあがり、鱗の形をしたひびが入っていた。あのひびが乾燥して半分はがれ、新たな鱗（うろこ）になるようだ。

魔法少年ディアミド君は、ドラゴンちゃんの胴体についた棘の部分に足を乗せ、背中をまたいで棘と棘の間に座っていた。以前見たときはディアミド君が両腕で抱えることができたが、もうむりだ。成長期にしろ、成長しすぎでは？　こんなもの？

「ドラゴンがぼくを乗せられるようになったんで先生のとこに遊びに行ったら、村の人に先生は王宮って言われたの。で、アートゥ王が謝罪するから来てほしいって手紙を送ってきて、ぼくも連れてってもらえることになったから先生がいるか見てたら、お母さんが暴れてた。先生、大丈夫？」

話が見えない。かろうじて「お母さんが暴れてた」が耳に残る。お母さん？

「この子は、アートゥが襲った鉄山にいた子ドラゴンだよ。あの鉄山にいたら危ないから、うちの近くに移り住んできたの。あのおっきいのは、この子のお母さん」

私の疑問に気づいたようにディアミド君が言い、ドラゴン君を指さした。

ドラゴン君が逃げないのは自分の子どもがいるからだ。

この人間ども、うちの子のお友達？　ってとこだろう。

ディアミド君が剣を向ける兵士たちを見て、口調を変えた。

「アートゥ・シュリアヴ王陛下はこちらにおわすのか。私が来ることは伝えてあるはずだ。ドラゴンで遊泳することもな」

陛下がファーガルさんの背後でむりやり呼吸を整え、厳めしい声を出した。

「これほど早くいらっしゃるとは思いもよりませんでした。ディアミド殿下でよろしいですかな」

私は懐中電灯をディアミド君から陛下に移した。陛下が顔をしかめ、慌ててライトを移動させる。殿下って、あの「殿下」であってるよね。ディアミド殿下。ってことは……。

ディアミド君はライトのわずかな光を浴びながら私に言った。

「まだ偉くなってないから助けたうちに入らないよ、先生。偉くなるのはずっとあと」

カルディア王国の王子にして、サイコパス予備軍兼魔法少年は、唇に優雅な笑みを滲ませた。

◆終章

夜中に軍事長官が揺り起こされ、一般兵が森の入口にやってきたが、キエランさん、ファーガルさん、その他動くことのできる兵士が足止めをした。曰く、怪我をしたドラゴンが落下した、獣の医師が治療をし、陛下が手伝っている、危険だから来ないように、だ。便秘さんにお願いして、密封保管していた膿瘍を研究官に持ってきてもらい、陛下が森の入口まで出て行ってその場の人々に見せると驚嘆が広がり、全員が平伏した。

陛下の人気はドラゴンを討伐したときと比べものにならないほど上がりに上がった。

悪しきドラゴンを慈悲深きアートゥ・シュリアヴ王が救ったというのは、汝の敵を愛せよ的な偉大さがあるのだった。救ったのは私だけどね‼

ディアミド君は使者の正式な来訪まで王宮にある客用の宮殿に逗留することになり、おうちの人に、アートゥ・シュリアヴ王に歓待されてるから帰るのは少しあとになります、と早馬で手紙を送った。

カルディア王子の急な来訪は王宮の貴族にも知らされることはなく、ディアミド君は陛下の便利使いであるファーガルさんに守られ、かつ、見張られながら、アートゥ・シュリアヴを視察した。

陛下は、カルディア王国の方から親書を送ってきたと臣下に伝えたが、もちろん逆だ。ドラゴン君が順調に治っていると知り、私になんの相談もなく、カルディア王に親書を送った。平癒したドラゴン君を見せてドラゴン共同飼育基金という形で支援してもらう方法もありますよ、と言ったのは私だけど、本当にお金を出させるんだったら、私が飼養管理をしないといけなくなるじゃんか。

汚い手を使って土牢に閉じ込めたことは、カルディア王も知っているはずだが、そこは大人の対応。知らないふり。

土牢を破壊したドラゴン君は空を飛べるようになり、ご飯のときだけ帰ってきたが、陛下はドラゴン君を野生に帰すのが惜しくなり、私がいないすきを狙って兵士を集め、鉄さび水に医官長が処方した麻酔薬をまぜて、木のフェンスで取り囲み、新たに作った土牢に再び閉じ込めようとした。

全快したドラゴン君はフェンスも兵士も吹き飛ばし、本格的にどこかに飛んでいった。

命を助けてやったのに恩知らずな！　と陛下が激怒していましたよ、とファーガルさんが教えてくれた。

命を助けたのはあなたじゃないでしょ、とは言わなかったですけどね、だそうだ。

陛下にはドラゴン君のお世話はすべて一人でやってくださいと言ったが、陛下がしたのはご飯を出すだけで、ご飯の用意もご飯を引っ込めるのも掃除も何もかも全部ファーガルさんがした。陛下になつくわけないって。

ディアミド君の歓迎の宴には、私も出席させられた。

せっかくだから、ナプキン代わりに使っていたトイレの紙を輸出できないか、ディアミド君に訊いてみると、陛下に断りなく口を開いたということで側近にむっちゃ怒られた。

鞭打ちかも、と本気で怯えていると、ディアミド君がトイレの紙に感心し、どんな作りか、どう使うのか、側近たちに次々質問した。魔法少年よ、きみのおかげで先生はぶじだ。

抗菌薬は高すぎて買い手がつかないことが多く、逆にトイレの紙はアートゥ・シュリアヴでは当然のごとく利用されていたため、誰も価値ある輸出品だと考えなかった。

交易に利用できると気づいた陛下は、トイレの紙を新たな税としてすべての所領から納品させようとしたが、村で使うトイレの紙がなくなり、国が汚臭を放てば、トイレが汚いと思われ、意味がなくなる、と研究官に言ってもらい、国が買い取る形になった。

ただし、トイレの紙の取り扱いは国の専売(せんばい)。どこまでもごうつくだ。

トイレの紙は誰でも簡単に作れるため、流民(るみん)がトイレの紙作りをするようになり、流民が減って少し治安が良くなった。

問題は聖女だ。

アートゥ・シュリアヴを救う月の聖女は、神から切り離された存在だという。

神の名で何かを誓った時点で聖女ではあり得ない、らしい。美月姫と譲君が夫婦だったことは王宮の誰も知らなかった。二人とも隠した方がいいと判断したのだろう。

バラしてごめん。

神に誓った以上、美月姫は聖女ではないそうだが、アートゥ・シュリアヴ王が美月姫を臣下の前で聖女だと認定したため、いまさら聖女ではなかったとは言えない。

だが、王宮にも置いておけないため、カルディア王国の使者が来る前に「諸事情」で王都を去ることになった。

どこに行ったかというと、地方にある、こんなときには定番の女子修道院だ。神から切り離されているはずの聖女が神に仕える女子修道院に入るのは何かを物語っているが、当の美月姫は厳しい修道女生活を聖女としての修行だと考えたらしく、特に嫌がることはなかった。けど、高校のときから続く美月姫の悩みは「同性の友達がいない」だったはずだ。女子しかいない共同生活にたえられるんかいな。

と思っていたら、月に一回、通常の修道院との食事会があるという。美月姫は修道院にお米があると知り、食事会の調理担当を志願して、全員に絶品とろとろオムライスを作って出した。そして、オムライスを食べた全員が、嘔吐（おうと）、発熱、腹痛に襲われた。

ちょうどその席に、美月姫が女子修道院送りになったあと騎士を解任された元護衛騎士たちが、聖女美月姫を奪還（だっかん）すべく見習い修道士として潜んでいたが、全員とろとろオムライスでお腹がぴー。

美月姫だけがぶじであれば魔女認定されたかもしれないが、美月姫ももれなくぴー。

サルモネラ菌か未知の菌かは知らないが、慣れない土地で半熟卵を食べたらだめだよ。

一番被害の大きかった美月姫は拷問を受けて魔女の告白を迫られることもなく、食事会は出禁となり、現在ひたすらトイレの紙作りをさせられている。

使ったんだから仕方ないよね。

元護衛騎士団員はそのまま見習い修道士に。この先、聖女美月姫と会える日が来るのかは謎だ。

彼らの上司である護衛騎士団長の譲君は大学教授に請われ、アートゥ・シュリアヴの学問の中心である「智恵の瀬」に行くことになった。子爵に決闘を申し込まれ、王宮から逃げようとしていた矢先だから、これ幸いだったろう。

けど、アートゥ・シュリアヴの大学にいるのは学問に身を捧げてきたオジイチャンばっかり。修道院と違い、女子大学すらないため、譲君は「性別によって教育の機会を妨げてはなりません」と言い、エリート意識に凝り固まったオジイチャン教授陣の機嫌を損ねた。

ごく一部の教授がいたく感心し、研究生としてわずかな女性を受け入れることになった。

大学に行くことができる女性なんて、結婚して子どもも孫もいる貴族階級のオバアチャンですわな。

譲君は向学心に溢れたオバアチャンの講師役となり、「ワインがまずい」だの「ベルを鳴らしたらすぐ来なさい」だの言われ、「天は人の上に人を作らず。人の下に……」と講義して「黙りなさい」と返されるステキなキャンパスライフを送っている。

美月姫と譲君が結婚していたことは、あの日、あの場にいたごく少数の人にしか知らされていない。陛下の気が向けば、いつでも王宮に呼び戻せる、ということだ。

都合がいいよね、と思うも、本物の聖女が誰かも含め、私には関係ない。

大事なのは借金完済！

畜産物の生産量の向上と畑の収穫高のUP(アップ)！

あとになって、ファーガルさんに私の名前の意味を質問された。「カンナ」は「神がいない」、「マツキ」は「真の月」と答えると、ファーガルさんは「なるほど」と納得した。

軍馬の健診をおえた私は陛下に引き止められた。

「ぜひ王宮に留まり、アートゥ・シュリアヴのために獣の医療をいかしてほしい」

とのことだったが、私は村に帰ります、と答えた。廷臣激怒。

「アートゥ・シュリアヴ王陛下の命令をなんと心得る！」と怒鳴られたが、そうか、命令だったのか。

陛下は廷臣以上にご立腹だったが、シェイマス殿下が「みずからの利を捨て、貧しく愚かな民のため、この者を獣の医療に従事させることは、民を思い、国を思う真の王がなす行い。これこそアートゥ・シュリアヴ建国の王でさえなしえなかった王の王です」と言ってくれて村に帰ることが許された。

キエランさんが小声で「治療が必要な獣を次々王宮に運び込めば、村に帰れないのではないか？」とつぶやき、この人が王でなくてよかった、としみじみ思ったよ。

美月姫が結婚していたと知り、シェイマス殿下は相当ショックを受けているはずだ。逆恨みされても仕方ないけど、恨まれてるわけではなさそうで、ほっとした。

馬さんの診療代で村の借金ぐらい返せるよね、なんなら三年分の税金が前納できるかも、と期待していたら、なんと診療代は王宮に留まる権利だという。

ファーガルさんに確認したけど、ここは動かないそうだ……。

村に帰る日の前日、親戚のおばちゃんは自分が書いたロマンス戯曲をくれた。

侍女チームはアートゥ・シュリアヴ語の子ども向けの辞書を、厩番ズはアートゥ・シュリアヴの童話集を、ツインズは庭木や草花の説明書をくれた。

いい加減、字を学ばないとね……。

医官ボーイズはなんと毛織りのあったかいフード付きマントをくれた！

私一人で着るのはもったいないから村のみんなで着回そう。

便秘さんは、寂しくなるなあ、とため息をもらし、キエランさんは、小声でぼそぼそとつぶやいた。

ファーガルさんは、では聖女殿、あなたがいなくなって寂しいですが、次に会える日を楽しみにしています、どうせすぐ会えるでしょう、と団長代理は申しています、と団長代理を代理して申します、と言ったが、キエランさんのぼそぼそはそんなに長くなかったぞ。

私、聖女殿じゃないし。あなた方には会いませんよ。

もう二度と、――とは言わないけどね！

【参考】
２０２１年度灘中学校入学試験問題

コスミック文庫 α

異世界動物なんでも相談所
～女獣医師、貧乏な村で畜産改革を実行します～

2022年８月１日　初版発行

【著者】　麻木未穂
【発行人】　相澤　晃
【発行】　株式会社コスミック出版
〒154-0002　東京都世田谷区下馬 6-15-4
【お問い合わせ】 ―営業部―　TEL 03(5432)7084　FAX 03(5432)7088
―編集部―　TEL 03(5432)7086　FAX 03(5432)7090
【ホームページ】 http://www.cosmicpub.com/
【振替口座】　00110-8-611382
【印刷／製本】　中央精版印刷株式会社

ISBN978-4-7747-6401-6 C0193